Privy Seal
His Last Venture

Ford Madox Ford

五番目の王妃　第2巻

王璽尚書　最後の賭け

フォード・マドックス・フォード

高津昌宏——訳

論創社

わたしの偏見に対して度々論戦を挑み、わたしの主張を正してくれた、しかも愛情をもってそうしてくれた、ラウラ・シュメッディング夫人に捧ぐ

王璽尚書　最後の賭け＊目　次

王璽尚書　最後の賭け

日々「私は暮したり」と言ひうる人は自主の人にして楽しく暮す。

ホラチウス　『歌集』三巻　二九歌　四一―三行（*Carmina*, Ⅲ, 29, 41–3.）

登場人物一覧

ヘンリー八世
イングランド国王。生涯で六人の妻を娶ることになる。

キャサリン・ハワード
ヘンリー八世の五番目の王妃となる人物。リンカンシャー州の貧乏貴族エドマンド・ハワードの娘。

メアリー王女
ヘンリー八世が第一王妃キャサリン・オブ・アラゴンに生ませた娘。私生児とのうわさを立てられ、父親に激しい憎しみを抱いている。

エドワード王子
ヘンリー八世と第三王妃ジェイン・シーモアの子。後にエドワード六世となる。

トマス・クロムウェル
ヘンリー八世の側近中の側近、王璽尚書。プロテスタントと結び、イングランドの国力増強を図る。

トマス・ハワード
キャサリンの伯父の有力貴族。第三代ノーフォーク公爵。紋章院総裁。

アン・オブ・クレーヴズ
ヘンリー八世の第四王妃。クロムウェルが神聖ローマ帝国やフランスと対抗するために、クレーヴ公国から迎えるのだが、王はこの王妃を気に入らない。

トマス・クランマー
カンタベリーの大司教。

ガードナー
ウィンチェスターの司教。カトリック派の聖職者。

ニコラス・ユーダル
当代屈指のラテン語学者。名うての女たらし。銀器を盗んだ疑いでイートン校を追われ、リンカンシャー州でキャサリン・ハワードの家庭教師となった後、クロムウェルの命で、メアリー王女の家庭教師となり、さらに外交文書翻訳のためパリに滞在。

アノット未亡人
フランス王が賓客として招く外交使節を泊める宿屋の女将。ユーダルを気に入り、強引にその妻の座に座る。

トマス・カルペパー
キャサリン・ハワードの母方の従兄。呑んだくれの暴れ者。刺客としてパリに送られる。

ニコラス・ホグベン

父親がトマス・カルペパーの農場の管理人だったが、カルペパーがその農場を売ってしまったため、カレーの城門の門番となる。カレーでカルペパーと再会、その従者となる。

ニコラス・スロックモートン

リンカンシャー州出身で、トマス・クロムウェルの側近であるスパイ。

ジョン・バッジ（父）

食糧雑貨商をやっていた昔かたぎのカトリック教徒。

ジョン・バッジ（息子）

印刷工で、熱狂的なルター派信徒。

ハル（ネッド）・ポインズ

ジョン・バッジ（息子）の妹が廷臣と結婚してできた子であるが、両親に死なれ、ジョン・バッジに育てられた。現在は近衛連隊に属し、出世を夢みている。

マーゴット・ポインズ

ハル・ポインズの妹。ユーダルの口利きでキャサリン・ハワードの侍女となり、ユーダルと相愛の仲になる。

ロッチフォード夫人

ヘンリー八世の第二王妃だったアン・ブーリンの従姉で、メアリー王妃の侍女として仕えている者たちの最年長者。

シセリー・エリオット

メアリー王女の侍女たちのなかで実質的なリーダー格。身近にいた男たちが大逆罪を犯したという名目で次々と殺されたことからクロムウェルに激しい憎しみを抱いている。

ニコラス・ロッチフォード

ロッチフォード夫人の従兄で、ボズワース・ヘッジの戦いの勇者。バラードにもその武勇が讃えられたが、現在は事なかれ主義者。シセリー・エリオットを妻に迎える。

ヴィリダス

クロムウェルのスパイの一人。もともとグリーンという名だったが、権威づけのために改名。

リズリー

クロムウェルのスパイの一人。熱狂的なプロテスタント信徒。

ラセルズ

カンタベリー大司教クランマーの従者。クロムウェルに認められ、後にその下で働く。

第一部　日の出

Ⅰ章

　ユーダル先生はパリの宿屋の一室に座っていた。そこは、慣例上、フランス国王(1)が自費で使節として来た者たちを泊まらせる宿屋だった。先生は、サー・トマス・ワイアット(2)とフランス国王の廷臣たちとの間で交わされる手紙をラテン語に訳すために、ここに送られてきたのだ。というのも、彼はブリテン諸島のなかでもっとも学識ある男だと見なされていたからである。ここに送られてくることに対して、ユーダル先生は散々愚痴をこぼしていた。というのも、たくさんの愛人をイングランドに残してこなければならなかったからだ。キャサリン・ハワードの侍女をしている大柄で金髪のマーゴット・ポインズ、背が高く権勢を誇るキャサリン・ハワード本人、美味い食事を食わせてくれるカンター判事の奥方(3)、その他二人の女性たちを。そのなかには、簡単にいい仲になった女もいれば、まったくうまくいっていない女もあった。いずれにせよ、この使命は給金がよく――イングランドのメアリー王女の家庭教師をして一日に稼ぐ四ペンス銀貨と同じ枚数の五シリング銀貨を日ごとにもらえる(4)というものだった――行かないという手はなかった。しかも、王璽尚書の斡旋によって得られた仕事だった。ユーダルは王璽尚書のために英語で劇を書き、この高い給金の職はその報償だった。王璽尚書の斡旋を断るのは恐れ多きことだった。ユーダルは、ラテン語で手紙を書く仕事をすることにより、俗語で劇を書いた後味の悪さを拭い去ることができるかもしれないと考え自らを慰めた。

だが、彼のパリでの仕事も終わり――というのも、イングランド国王が酔っ払いの威張り屋を派遣して暗殺しようとしたポール枢機卿(5)が、その噂を聞きつけて慌ててパリを去り、この逃亡によって、まもなくフランソワ一世とイングランドとの間にもっと和解が進むのではないかと想像されたのだった――そこで、ユーダル先生は部屋に座り、ドーバーに帰る船旅の計画を立てていたのだ。

部屋はかなりの大きさで、大部分に木の羽目板が張られ、油皿に浮かぶ燈芯で照らされ、石炭の暖炉で暖められていた。というのも、ユーダル先生は手足の冷えに悩まされていたのだ。その宿屋――金の天体観測儀亭――は、大きな口に笑みを浮かべた幅広の顔の横柄なイングランド女が経営していた。女は、ユーダル先生のそばに立った。四十七歳くらいで、自らをアノット未亡人と呼んでいた。

ユーダル先生は向う脛を暖めるためガウンを脚から捲り上げて暖炉の前に身を屈めていたが、腹立たしげに両手を振り、がっかりした顔をしていた。

「ああ、宿屋の女将さん」ユーダルが言った。「男が一人でいるのは良くないと聖書にも書いてあるではありませんか」

「宿屋の女将は、宿を清潔にしておくべしと、パリ市長の著作に書いてありますわよ」アノット未亡人が答えた。古いイングランド風に被った女将の大きな白い頭巾の影が、天井の褐色の木の梁の上で揺れていた。

「いや、いや」ユーダルが答えた。「逗留者の安楽と愉楽と娯楽に適したものを提供することが、すべての宿の主人に強いられる義務であると、そこには書いてありますぞ」

「あの娘は別の家に閉じ込めました」女将が答えた。「三週間は入っていてもらわなければ」女将は黒いリボンに束ねた鍵を振って、横柄にユーダルを睨みつけた。

「先生は去勢鶏を召し上がりますか、それとも若い山羊になさいますか」

「去勢鶏は大鋸屑の味がし、若い山羊は道の土埃のような味がするでしょう」ユーダル先生がぼやいた。「もう一度、給仕をしてくれる娘を付けてくださいな」

「どの娘も給仕は致しません」女将が言った。

「あなたも、ですか?」ユーダルが訊ねた。ユーダルは肩越しに目を遣り、女を吟味し、女の目もユーダルを吟味した。女将は肩幅が広く、長くてたっぷりとした胸衣《むねあて》を身に付け、リンゴのように赤い頬をしていた。

「あの娘は本物のバージンでしたな」ユーダルが忍び笑いを浮かべた。

「ですから、あなたが硬貨の響きを台無しにしてしまうに違いありません」女将が答えた。

ユーダルはため息をついた。「それでは、あなたがわたしと一緒に食べてください。『アルカディアの人々だけが、歌に長けた者[6]』なのでしょうが、夜、ここに一人でいるのは寒い」

二人は、山羊の肉、蜂蜜で甘くした緑のニラネギ、ワインに漬けたモリツグミ、ボース川の河口で取れたタラの塩漬けを食べた。ユーダル先生はこれを食べて喉が渇いたので、女将が自分で買ってきたブルゴーニュ産のワインの温かいのをたらふく飲んだ。二人は暖かい暖炉の前の長椅子のクッションの上に並んで腰掛けた。

「娘も美しいが、母はもっと美しい[7]」ユーダル先生が呟き、女将の柔らかくぽっちゃりした腰に両腕をまわした。「あの娘は美しい串だったが、女将はもっとふっくらした焼串だ」女将は暖炉の火に暖められた頬にユーダルのたくさんのキスを受けていたが、やがて大きな肘で強くユーダルを押し退けた。

その突きの強さにユーダルはあえぎ声をあげ、女将が言った。

「貪欲な犬は激しい平手打ちを食らうものよ」そしてネッカチーフを整えた。ユーダルが近づこうとすると、笑いながら押し返した。

「もう試食は済んだでしょう」女将が言った。「正式の食事には別料金がかかりますのよ」

痩せてひょろ長いユーダルが、踝のあたりでガウンをパタつかせ、目にはユーモラスな微笑を浮かべ、唇をヒクつかせながら、女将の前に立った。

「ああ、柔らかく暖かい女将よ」ユーダルが大きな声で言った。「支払いは致しますぞ」そして衣装戸棚をはげしく引っ掻き回しながら、マルクス・トゥリウス・キケロ[8]の言葉を引用した。「一つの都市は妻に頭飾り帯を提供した」ユーダルは一つの小さな袋を引っ張り出し、言った、「もう一つの都市は首飾りを」――女将が二つ目を受け取った。「第三の都市は髪飾りを(9)」と言いながら、ユーダルは三つ目を付け加え「わたしが持っているのはこれだけです」と言って、女将の膝の上にそれを放った。そして、女が冷静にテーブルの上の硬貨を数えている間に、ユーダルは「わたしがイングランドに帰る運賃は残しておいてくださいよ」と付け足した。

「ユーダル先生」女将が大きな顔をユーダルのほうに向けて言った。「これでは十分の一にも足りません。見本を召し上がったのですから。全部食べて行ってくださいな」

「ああ、なんて不当なことを！」ユーダルが大声をあげた。「もうこれ以上は要りません！」そして両手を振った。「あなたはご自分がしていることをよく考えるべきです」ユーダルが発言した。「愛が何たる厄介者か考えてください。愛のためにどんなに多くの人たちが死んでいったことか。ピューラモスとティスベー(10)、ディードー(11)、メーデイア(12)、クロイソス(13)、カリロエー(14)、哲学者テアゲネス(15)…。ゴルドニウス(16)が何と書いているか考えてください。『予測はこうなる。もし恋人たちが救われねば、気が狂うか死ぬかしかない(17)』と書いています。さらに、ファビアン・モンタルトゥス(18)は「この情熱を鎮められないと、脳が炎症を起こす。それが血を干からびさせる。すると、人々は狂気に至るか、自殺してしまう」と書いています。パルテニオス(19)が言っていること、プルタルコス(20)が恋人たちの物語で語っていることを、わたしはあなたにとくと考えて頂きたいのです」

女将の顔はユーダルの目には端正で滑らかに見えたが、女将はユーダルに首を振った。

「確かに悲惨で美しい物語だわ」女将が言った。「あなたにたくさん語って頂きたいわ」

「夜通しずっとでも」ユーダルが熱を込めて言い、両腕に女を抱こうとした。しかし、女はユーダルの胸に手を当てて、彼を押し返した。

「お望みなら、夜通しずっとでも」女将が言った。「でも、まずは修道服を着た男の前で、もっと美しい物語を語って頂かないと」

ユーダルはひと跳びで、たっぷり四フィート後ろに下がった。

「わたしはまだ誰とも結婚していません」ユーダルが言った。

「それでしたら、そろそろ誰かと結婚してもいい頃ですわね」女将が答えた。

「ですが、後家さん。よく考えてください」ユーダルが嘆願した。「こんなに美しい物語を台無しにするなんて。こんなに立派な男のプライドを卑しめるのですか」

「まあ、それは残念なことですわね」女将が言った。「でも、わたしは夫を持ちたいのです」

「この十年夫なしで上手くやってきたではありませんか」ユーダルが大声をあげた。

ユーダルに頬を向けたときの女将の顔は、金剛石のように強張って見えた。

「女の酔狂な気紛れだと呼ぶのならそう呼ぶがいいわ」女将が言った。

「愛の公明正大な試合で、わたしにはこれまで二十六人の生徒がいたのです」ユーダルが言った。

「あなたは二十七番目となります。二十七には七と二があり、七足す二は九になる。さて、九は数字のなかでもっとも幸運な数なのですぞ。どうか、それになってください」

「いいえ」女将が答えた。「そんなに多くの人を教えて、こんなに少ない稼ぎしかないあなたは、節約を学ぶ時ですわ」

ユーダルはそっと女将の脇のクッションのなかに潜り込んだ。

「こんなに美しい話を台無しにするのですか」ユーダルが言った。「わたしにこんなに多くの誓いを破れと言うのですか。わたしはたくさんの女性に結婚を約束しました。ですが、結婚しない限り、その誰との誓いも破っていないことになるのではありませんかな」

女将はユーダルから顔をそむけ、笑った。

「それはそうかもしれません」女将が言った。「でも、もしあなたが今夜わたしと結婚してくださるなら、あなたはひとりの女性と約束を守ることになりますわ」

「女将よ」ユーダルが嘆願した。「わたしは偉大な学者なのです」

「はい、はい」女将が答えた。「そして偉大な学者さんたちは、偉大な社会的地位に就くようになっています」女将は、ユーダルの小さな財布から出てきた硬貨の数を数え続けた。大きな梁に映る女将の頭巾の影がさらに威圧感を増した。

「ユーダル先生はイングランドの国の大法官に出世するかもしれないと考えられていますわ」女将が付け加えた。

ユーダルは額に手を当てた。

「ああ!」ユーダルは言った。「もし人々がそう言うのを聞いたなら、あなたにもお分かりでしょう。あなたと結婚したら、わたしが出世できないということを」

「それなら、わたしはこのパリの街でまったく気楽に宿屋を経営いたしましょう」女将が答えた。

「ここに十四ポンド十一シリングあります」

ユーダルは華奢な両手を前に伸ばした。

「おお、わたしは朝、あなたと結婚しましょう」ユーダルが言い、舌の先で唇を湿らせた。ドアの外で何人かが足を引きずって歩く音が聞こえた。

「この家に別の客がいるとは知らなかった」ユーダルが言葉を発し、再び、女将にキスし始めた。

「クレーヴズから外交使節が来たことを知らなかったのですか」女将が囁いた。

女将の頭が後ろに倒れ、ユーダルは震える手でそれを支えた。女将の声が「助けて！　助けて！[21]」と鳴り響くと、ユーダルは木の葉のように震えた。

大きな金属音が鳴り響き、ドアの穴から暗い部屋に明かりが射した。そこでユーダルは、自分がたくさんの串を持った皿洗い、肉を切り分けるフォークを持った料理人、磨かれた鋼鉄の糸巻棒を持った台所下働きに監視されていることを知ったのだった。

「さあ、今夜、結婚して頂きますわ」女将が笑った。

ユーダルは長椅子の端に身を寄せ、強烈な光のなか、目を細めて女将を見つめた。

「今夜、結婚して頂きましょう」女将が再び言い、頭飾りの位置を直し、袖を捲り上げて白く丸々と肥えた両腕を顕わにした。

「ああ。それは」ユーダルが優柔不断に答えた。

女将はフランス語で助力者たちに向かって言った。

「さあ、串を持って彼のもとへ」

白い衣を纏った一団が、松明の光のなかでキラキラと輝く切っ先の尖ったものを手に、ユーダルに迫った。ユーダルは窓際の大きなテーブルの後ろに飛び退き、重い鉛色の鶏冠石を摑んだ。ユーダルはフランス語を話さなかったが、フランスの皿洗いたちは、ユーダルが自分たちの頭をかち割るつもりだということを理解し、青い頭巾を被った七名（四人は男、三人は女だった）が部屋の中央に固まって立った。

「軍神マルスと太陽神アポロにかけて」ユーダルが言った。「他に仕方がないなら、あなたと結婚する気でいたのですよ。でも、今はパエトン[22]のように、あるいはタルペーイアという名の岩[23]から投げ落とされる哀れな人々のように、窓から身を投げて死にたい気分です。わたしは愚かな行為をしようとしましたが、今はむしろ死んだほうがましだと思っています」

「何て高貴にあなたの舌は揺れ動くのでしょう」女将が言い、ごろつきたちに下がるようにと大きな声で命じた。ドアが閉まり、明かりが遮断されると、女将は快適なうす暗がりのなかで言った。「あなたの言葉には惚れ惚れしますわ。わたしの最初の亭主は舌足らずだったから」女将は合図してユーダルをそばに呼び、腕組みをした。「この件について話し合いましょう」女将が気安く言った。「つまり、こういうことですね。あなたはわたしと結婚するか、窓から飛び降りるか、どちらかだと」

「まさに罠に嵌められたのではないですかな」ユーダルが訊ねた。

「去勢鶏をあまりに長いこと求めすぎた狐は皆そうなるのですよ」

「でも、考えてもみてください」ユーダルが言った。彼は誘惑を避けようとして、炉辺のスツールに腰掛けた。

「先生には外にいるごろつきたちのことは忘れて頂きたいわ」女将が言った。

「あの連中は悪夢に出てくる輩のようだった」ユーダルが言った。

「でも完全には忘れないでくださいね」女将が答えた。「わたしもそれなりの家柄の人間なのですから。わたしの父は七頭の馬を持っていましたが、農耕に従事していたわけではありませんのよ」

「ああ、豊満な女よ！」ユーダルが答えた。「あなたは豊かな家柄にして胴まわり豊かなる女だ。でも、あなたがわたしの首に纏わり付いていたのでは、わたしは容易に出世できますまい」

「先生」と女将が言った。「あなたがロンドンで出世街道を邁進している間、あなたの妻はパリで待ちましょう」

「考えてみてください」ユーダルが言った。「ロンドンには、美人で大柄な、マーゴット・ポインズという名の娘がいるのです」

「わたしより美人なのですか」女将が訊ねた。「きっとそうですのね」

ユーダルはスツールを前に傾けた。

「いいや。断じてそんなことはない」ユーダルが熱を込めて言った。

「それでは、わたしより体が大きいのだわ」

「いや、いや。マーゴットの体つきは、あなたの半分も豊満とは言えません」とユーダルは答え、長椅子のところに寄って行った。

「では、その女の体を支えることができるならば、わたしの体を支えることもできますわね」と女将は言い、ユーダルから離れた。

「いいや、マーゴットはわたしを支援してくれます」ユーダルは、暗がりのなか、女将の手を探った。女将は身を縮めた。

「あなたはわたしよりその女のほうが好きなのね」女将は嫉妬を真似た素早い身振りを付けて言った。

「ヴィーナスの乳房にかけて、そんなことはありません」ユーダルが答えた。

「ああ、もう一度、そういう言葉を使ってください」と女将が呟き、ユーダルに柔らかい手を差し出した。ユーダルは自分の冷たい両手でその手をこすり、言った。

「パポスの女王[24]にかけて、女王の鳩と雀の群にかけて。ピュリス[25]の東屋、アイギュプトス[26]の腰帯にかけて、あなたを愛しています」

女将は喉を鳴らして、喜びの「おお」という音を立てた。

「ですが、このマーゴット・ポインズはキャサリン・ハワード嬢の侍女なのです」

「わたしは自分自身の侍女でしかありませんから」女将が言った。「あなたはあの女のほうが好きなのですわ」

「そんなことはない。そんなことは！」ユーダルが優しく言った。「だが、このキャサリン・ハワード嬢は国王の愛人なのです」

「わたしは自分の亭主たちを除いては既婚者の愛人だったことはありませんでしたから」女将が答えた。「あなたはそのマーゴット・ポインズのほうが好きなのですわ」

ユーダルは女将の柔らかな掌を指で愛撫し、自分の首に当ててこすった。

「ですが、ですが」ユーダルが言った。「わたしはマーゴット・ポインズと結婚しなければならないのです」

「どうしてわたしや二十七人中の別の女以上に、その女と結婚しなければならないのですか」女将がそっと訊ねた。

「キャサリン嬢は王妃になるからです」ユーダルは答え、もう一度女将に体を寄せた。女将はそっとため息をついた。

「それでは、わたしと結婚したら、あなたは大法官になれないのですね」女将が言った。

「王妃を怒らせるわけにはいきません」ユーダルが答えた。女将は慈悲深く心を込めてユーダルに寄り添った。

「さあ、美しく大柄な、ロンドンの娘より、わたしのほうが好きだと、もういっぺん誓って頂戴」

女将がユーダルの耳元で囁いた。

「ゼウスがヘラよりもダナエー[27]を重んじたように、ナルキッソスがあらゆるニンフに増して自分の影を重んじたように、ヘラクレスが自分の力以上にオムパレー[28]を重んじ、ユダヤ王のダビデがバトシェバ[29]を…」

女将は「おお、おお」と呟き、両腕をユーダルの肩にまわした。

「ああ、あなたの素晴らしい言葉を何と愛していることか！」

「大法官になったら」とユーダルが言った。「あなたのもとに戻って来ます、麗しき微笑みの女《ひと》よ！　イミトス[30]の蜂蜜、キプロスのワインよ…」

女将は暗闇のなかで、ユーダルから少し身を離した。

「それで、もしあなたがマーゴット・ポインズと結婚しなかったら…」

「災いがマーゴットを襲うことを祈りますが、それでもマーゴットと結婚しないわけにはいかないのです」ユーダルが言った。「さあ、こっちに来てください、来てください」

「そうしないと、キャサリン・ハワード嬢の不興を買うのですね」

ユーダルは女将を引き寄せようと努めたが、女将は少し身を強張らせた。

「それで、そのキャサリン嬢はイングランド国王の愛人なのですね」

ユーダルの両手は暗闇のなかで、おどおどと女将のほうに伸びて行った。

「そして、そのキャサリン嬢は王妃になるのですね」

女将がユーダルの手の下をスルリと抜けて暗闇のなかに消えたので、ユーダルの唇からは苛立たしげな非難の音が洩れた。

「あら、それでしたら、あなたの出世を妨げたりはしませんわ」女将が言った。「お休みなさい」

暗闇で、ユーダルは女がすすり泣くのを聞いた。

ユーダルが悪態をつき、女の声のほうに飛び出して行ったので、長椅子が後ろに倒れた。

「先生」女将が言った。「手を引いて頂戴。結婚してくれなければ、あなたにわたしをあげたりはしません。そう誓ったのですから」

「わたしは二十七人に結婚を誓いましたが、まだ誰とも結婚していません」とユーダルが言った。

「ダメです。ダメですわ」女将はすすり泣いた。「手を引いて頂戴。これからは、もう誓いを立てたり致しません。あなた以外誰とも結婚しないという誓いは別にして」

「それでは、後生だから、わたしと結婚してください」ユーダルは声をあげ、叫んだ。

「さあ、司祭を連れて来なさい(31)」女将がユーダルの腕のなかで強張りを解いた。

ユーダルは明かりと横目で睨む皿洗いたちと大きな外套をもってニヤニヤ笑っている女中たちに直面した。彼の褐色の、啄木鳥のような顔は、うなだれているようでもあれば、欲望でギラついているようにも見えた。褐色のフードを後ろに垂らし、角でできた眼鏡をかけた、痩せたドミニコ会士がミサ典書を大声で早口に読み上げ、五シリングの謝礼を受け取った。ユーダルには、別の家に娘を閉じ込めることになった罪の改悛のために、もう五シリングが求められた。襟にピンで留めるピンクのリボンが持って来られると、花嫁が言った。

「旦那様、わたしはあなたの立派な言葉をずっと愛していました。ですから、こうしたものを皆、用意してあったのです」

その結び目がしっかり括りつけられると、ユーダル先生は向う脛のあたりのガウンを握って、横目で床を睨みつけた。大きな明かりと笑い声のなかで、飾り結びの用意がされている間に、花嫁が言った。

「わたしは気楽な夫を持ちたいと思っていました。気楽な夫とは、留守をしがちな夫のことです。わたしがパリにいて、あなたがロンドンにいることほど、気楽な関係があるでしょうか。わたしはここで宿屋を営み、あなたは向こうで本に専念する。あなたは時折ここで美味しい去勢鶏にありつけましょうし、あなたがロンドンに、ここよりもっと立派な家をもったならば、わたしがそちらに同居いたしましょう」

「罠に嵌められた！　罠に嵌められた！」ユーダルがこっそりと呟いた。「サー・ランスロットと同様に(32)」

ユーダルは義務としてのしかかる美しいマーゴット・ポインズとの結婚とマーゴットが憤慨する様をありありと思い浮かべた。キャサリン・ハワードはマーゴットのことをとても愛していて、こうした事ではひどく厳格だった。ユーダルは目で妻を値踏みすると、舌なめずりしたが、目を伏せると、落胆の表情になった。せいぜい良いのは、新しいユーダル夫人がパリに留まることくらいだ。

ユーダルは褐色の司祭の華奢な腰に巻かれた縄を眺め、突然、横を向いて外套を投げ捨てた。

「こうした厳しき事態にも平静な心を保たせ給え」とユーダルは引用し、笑い出した。というのも、彼は当世のイングランドでは、托鉢修道士や修道士による結婚は有効とは認められていないことを思い出したからだった。従って、自分こそが勝者であるということを。鎧戸の裏の、壁の凹みのなかに洞穴ベッドがある、明るい色の四角い梁が付いた長方形の部屋では、青いカシミアのガウンを纏った太い腕の女が結婚式用のビールが入った泡立つ桶を皿洗いたちに振る舞っていた。開いた窓からは、小男が喚き散らす乞食や街の女たちに向かって、結婚式のお祝いの小銭を撒いていた。盲目のホルン吹きが、吹いているバスーンのリードを見えない目でちらちらと追いながら、開いた戸の前で演奏していた。二人の生意気な女中たちが、花嫁のストッキングを次々にもぎ取ろうとしていた。これらの事すべてが、ユーダルの目には好ましく陽気なことに思えた。そこで、ストッキングをもぎ取ろうとしていた女中たちの一人がひどく彼にぶつかってきたとき、ユーダルはその娘を両腕でしっかりと抱きかかえキスを浴びせた。やがて娘は結婚式用のビールを大ジコッキーで飲もうとユーダルの抱擁からもがき出た。

「今日はわたしに！　明日もわたしに！」[33]ユーダルが言った。粗悪な硬貨で女高利貸しに支払うのは悪くないとユーダルは考えていた。

Ⅱ章

三日後の朝、ユーダル先生を捕えた女が、捕えた相手に向かって言った。

「旦那様、そろそろあなたに結婚の贈り物をあげてもいい頃ね」

腹いっぱいに鯉とパンと朝食用ビールを飲み食いして幸せな気分に浸っていたユーダル先生はルクレチウスの写本から顔をあげて、「何ですと?」と呟いた。彼は大きな石造りのキッチンの窓腰掛けに座っていたところだった。暖炉の前の、一本の長い鉄の串の上で、胴体を串刺しにされた十四羽の去勢鶏が一斉に回っていた。タレをかけてまわる女中の木靴が、威勢よくカタカタと鳴った。煙突からは、目に見えない煙の渦が煤で汚れた鎖に当たり、カチャン、カチャンと鳴る音が聞こえていた。何よりも暖かさと満腹といい女と良書を好むユーダル先生は、これらのものすべてを手に入れていた。彼は、あと十四日間はパリに留まるつもりでいた。住民がアルデンヌ[1]から来た褐色の豚を殺すことになっていて、その死に対し、彼はかつてサッポー詩体[2]で哀歌を書いたことがあった。

「だって」大きなパンを胸にかかえてユーダルの前に立った女房が言った。「腹いっぱいと腹半分の間の状態で廏から出された馬は、十中八九、自分の意志でまぐさ桶に戻ってくると言いますからね」

「ああ、ウェヌスとヘーベー[3]を一体にした女よ」ユーダル先生が言った。「わたしは学者としてここで人生を終えようと思うのだ」

「まずは遠くに旅して欲しいものね」女将が答えた。

ユーダルは本を綺麗なまな板の上に置いた。

「良い隠れ家を知っているのです」ユーダルが言った。

女将は窓辺のユーダルの脇に腰を下ろし、亭主の長いガウンの毛を指でいじり、この明かりのもとで見ると、ガウンにひどく虫が喰っているところがあるのが分かると言った。するとユーダルは、不十分な食事で詩想を養う自分は、ガウンを身につけたいとは願わないし、また、それを身につける金もないと答えた。女将は亭主の胸の上のメダルをまっすぐに直し、腕組みした。

「わたしたちが逃げ込むのにもっと良い家が見つからなければ」女将が言った。「この家が役に立つでしょう。さあ、将来のことを話しましょう」

ユーダルは小さなうめき声をあげた。

「ここにある今日を愛そうではないですか」ユーダルが言った。「わたしはルクレチウスの詩を読んであげよう。あなたはあの四番目の去勢鶏の由来を説明してください」ユーダルは列のどの鶏よりも優に三割長い手羽を回している、串に刺さった褐色の死体を指差した。

「あれは焼き具合を計るためのものです」女将が言った。「外交使節に味わって頂くため、あまりに濃くしっかりと狐色にならないようにするのですわ」

ユーダルは首を傾げながら、その鶏のことを考えた。

「夫に従う妻の立場というわけですな」ユーダルが言った。

「妻を養う夫の立場です」女将が答えた。そして両肘を指でトントンと勇ましく叩いた。

「そうなのですよ」女将が言った。「あなたは大法官になる旅の途上に着くために、明日、ロンドンに向けて出発するのです」ユーダルがうめき声をあげている間に、女将は彼に居丈高に命令した。イングランドに行きなさい。高い地位を求めなさい。もしあなたがそうした地位を獲得したら、わたしもあなたのもとへ行って一緒に暮らします。もし上手くいかなかったら、あなたは時々わたしの家の炉辺に帰ってくることができるでしょう。「さあ、もううめき声をあげるのはお止しなさい」と女将は言い、ユーダルの嘆きを制止した。「そんな言葉は次に求愛する娘のために取って置きなさい。あなたは、わたしからは、求めるものをすべて手に入れたのですからね」

ユーダルは、交差した膝の上に片肘を載せ、手首で痩せた褐色の顔を支えながら、五秒間考えた。

「本質的に良い取引と言えるのでしょうな」ユーダルが言った。「あなたが大法官の妻になる可能性とわたしがパリで必ず去勢鶏を食べられる可能性を並べ立てているのですからな」

ユーダルは自分の長い鼻をトントンと叩いた。「だが、あなたの利害を考えれば、あなたはほとんど損失を蒙っていない。わたしを鎖に縛り上げたのに対して、あなたは三夜の夫婦同居をしたのに過ぎないのですからな」

「旦那様」女将が答えた。「あなたはそれ以上のものを受け取れますわよ！」

ユーダルは毛皮の服の下で少々身をくねらせた。

「旦那様というのは良くない呼び名だ」ユーダルが感想を述べた。「心がうずく」

「でも、お腹を満たしてくれますわ」

「そうだな」とユーダルが言った。「そこで、わたしはここに留まって、その酸っぱさと同様に甘さを味わおうと思うのだ」

女将は小さな笑い声をあげ、大きなナイフで、二人の間に置かれたパンから大きな一山を切り分けた。

「いいえ」女将が言った。「明日、串とフォークを持ったわたしの親衛隊があなたをドアから叩き出すでしょう」

ユーダルは唇でニタッと笑った。女将は頭巾を被っていたが、髪は金髪で豊かだった。だが、彼女の意志は固かった。「わたしにはあなたを出世させる大きな力があります」女将が言った。

一人の男の子が女将に、切り刻んだ食材の載った木皿を持ってきた。次に、袖なしの短い胴着を着た男が、艶やかな薄いピンク色になるまで焼かれた中位の大きさの豚を抱え、女将の脇にやって来た。男の子が豚の切り裂かれた腹を注意深く押さえて左右に開き、女将がそこに薄く切ったパンを詰め込み、チャイブ、ナツメグ、塩の塊、ベルガモットの芽、刺激性の匂いがするマリゴールドの種、蜂蜜で甘くした牛の肝臓の団子を落としていった。それから女将は豚の腹のまわりに、骨製の大きな針で縫った綺麗な亜麻布を巻いた。

「ああ、何と独創的な顔つきであることか！」ユーダル先生は豚の穏やかな顔を見ながら考え込んだ。「クレーヴズの大使に瓜二つではないですか。それでも、クレーヴズの大使はこの称賛すべき怪物を食べるのだろう。ああ、残酷な食人種よ！」

女将はその重荷を焼き串に委ね、パンの塊を男の子に与え、エプロンで指を拭くと、言った。

「この豚はあなたの旅の途上で役立ってくれるでしょう」

「わたしの合切袋に入れてくれるのですか」ユーダル先生は喜んで訊ねた。

女将が答えた。「いいえ、クレーヴズの大使の胃袋(4)に入るのです」

「難しい謎をかけるのですね」ユーダルが言った。

「いいえ、赤ん坊だってこの謎を解くことができますわ」女将が少しの間、謎かけの成功を楽しむかのようにユーダルを見た。「わたしの旦那様。こんなふうに詰め物をした豚はクレーヴズの人たち向きの食事ですのよ。誰が何を好んで食べるのかも覚えずに、伊達に十二年も宿屋を経営しているわけではありませんわ。もし誰かと結婚するなら、外交使節の秘密を知ることで出世するような男がいいと、長いこと考えてきました」

ユーダルは女将のほうに身を屈めた。

「では、クレーヴズの大使が来た理由をあなたは知っているのですか」

「あなたは、噂で聞きましたが、トマス・クロムウェルのスパイなのでしょう?」女将がその返事として言った。

ユーダルが突然顔を赤らめたが、女将は自分の質問に固執した。

「わたしは王璽尚書の部下として通っています」ユーダルがやがて答えた。

「でも、あなたは彼を裏切ったのですね」と女将が言った。ユーダルは青くなって、肩越しにちらりと振り返り、唇に指を当てた。

「きっと女のためだったのでしょうね」女将がユーダルを非難した。唇をエプロンで拭い、両手を膝に置いた。

「できれば、クロムウェルに忠実でいて頂きたいわ」女将が言った。

「もう彼の天下は終わりだと思っているのです」ユーダルが囁いた。

「まあ、それは残念」女将が答えた。「ビール製造業者の息子だってことで、彼に好意をもっていましたから。わたしの父もビール製造業者だったのですよ」

「クロムウェルはまさに悪魔がこしらえたのです」ユーダルが答えた。「わたしに俗語で喜劇を書かせたのですぞ」

「お好きになさいまし」女将が答えた。「ケーキのどちら側を噛んだら良いかは、あなたのほうがわたしよりよくお分かりでしょうからね」

ユーダルは王璽尚書のことを考え、未だに少し震えていた。

「もしもあなたがクレーヴズの外交使節の来た理由を知っているなら、その知識を分け与えてくれたら助かります」ユーダルがやがて言った。「それによってクロムウェルが出世するか落ちぶれるか、わたしたちが出世するか落ちぶれるか、知ることができましょう」

「もしも女と協定を結んでいるなら、大いに用心なさい」女将が冷静に答えた。「確かにあなたは、犬の尻尾の振り方を心得ていますが、女に関してはいつも愚かですからね」

「あの女はクロムウェルが失脚すれば、王妃になるのです」ユーダル先生が言った。「そうなれば、わたしもあの女とともに出世することになるでしょう」

「でも、今はクレーヴズから来た女が王妃なのでしょう?」女将が訊ねた。

「聖セシリア(5)にかけて」ユーダルが高い調子で答えた。「あなたは去勢鶏や牛肉のことはよく知っているが、少しも王妃らしくなく女王然とふるまわない王妃もいれば、王妃でもないのに女王然とふるまう売春婦もいるということを知っておくべきです」

「男が男であるうちはそうでしょうね」と女将が反論した。「ですが、わたしの最初の夫も二番目の夫も、外ではともかく、わたしの家のなかで情婦をのさばらせたりはしませんでしたわ」

ユーダルはキャサリンに対して自分が持つ賞賛の気持ちを幾分なりとも女将に伝えようとした。キャサリンの学識、信仰、背の高さ、機知、国王ヘンリー八世に対して持つ当然の支配力について。しかし、女将はこう答えただけだった。

「好きなだけ、その娘にキスなさい。ですが、その娘の発する匂いをわたしに告げに来たりはしないで頂きたいわ」そして、ユーダルの新たな抗議に対しては――「ええ、あなたが正しくて、その女は王妃になるのかもしれません。あなたがご自分の昇進の助けにならない娘のために安楽を犠牲にしたりしないことは、わたしも承知していますからね」

ユーダル先生は、このびっくりするような不当発言を否定すべく両手を頭上に差し上げた。しかし、そのとき、通りからトランペットのか細くむせび泣くような音が聞こえ、もう一つのトランペットがそれに加わり、三つ目が加わった。三つの音が三重に絡み合い、一つずつ消えていった。相手を黙らせて、もっと良くその音を聞こうと、華奢な手を伸ばして、ユーダルが呟いた。

「ノーフォークのファンファーレだ！　それではノーフォークがパリに来るというのは本当だったのだ」

ユーダルの妻は椅子からすべり出た。

「三日前に馬丁が言っていたカレーからの噂のことを教えてあげたでしょう」そう言うと、女将は焼肉の様子を見に行った。

「だが、いったいあの黄色い下司野郎はパリに何をしに来たのだろう」ユーダルがしつこく言い続けた。

「ご自分で調べたらよいでしょう」女将が答えた。「でも、誰が旅に出ているか、宿屋の主の言うことは、いつでも信じるべきですわ」

ユーダルもまた、窓腰掛からすべり出た。向う脛のところまでガウンのボタンをかけ、耳を覆うように帽子を引っぱると、回廊に囲まれた中庭を通って、街路のわびしい暗がりに飛び出した。ノーフォークが来ていることは明らかだった。二軒離れたところで、聳え立つ家々の正面に挟まれ道幅が狭くなっていたが、その手前を、胸の上に豹とライオンとユリの付いた緋色と黄色の服を着た二人の男が、フランスの大ユリの紋章入りの白い官服を着た二人の男に挟まれて歩いていた。しかし、その角に来ると四人はぶつかり合った。四人の男が並んで歩くだけの空間がなかったのだ。彼らの後ろには、ハワード家の紋章の付いた紫色の服を着て槍を携えた男たち、それにパリ市長の鷲の翼と船の記章の付いた、からし色の服を着た男たちが、押し合いへし合いしていた。ユーダルの中庭のアーチ門の前のもっと広い空間で、彼らは立ち止まり、馬に乗った男たちが路地を抜けるのを待った。英国人たちは不機嫌な様子で家々の高い正面を眺めながら。フランス人たちはヘルメットのマウスプレートを緩めて、暫しの間息継ぎをしながら待っていた。馬丁、行商人、大道商人らがユーダルの後ろの空間を埋め始め、ユーダルは妻が中庭越しに走り出てきた料理人に向かい、甲高く呼びかける声を聞いた。

群衆がアーチからの隙間風を少しは防いでくれたので、ユーダルはもっと満ち足りた気分で待つことができた。明らかに、大きな黄色い馬の上にノーフォークがいた。ノーフォークはとても高いところに乗っていたので、被っているボンネットが三件目の家の張り出した階に触れそうなくらいだった。ノーフォークの後ろには、三週間前にテニスの試合で脚を骨折し、まだ鞍に跨がれない市長を乗せた白と金の担い籠が続いていた。ノーフォーク公は、黄色い、長い顔をしかめ、ひどく身を強張らせて馬に乗り、下から大きな笑い声で公に呼びかける市長の言葉を、耳が遠いかのような仏頂面で聞いていた。

開けた空間で、市長の担い籠が、公の馬の横に並び、その後、二人はゆっくりとした行列の速度で前に進んでいった。三歩進むと、トランペットがファンファーレを吹き鳴らした。公の乗った大きな馬は高らかに脚をあげ、頭を振り上げ、そこからたくさんの白い泡の薄片が飛び散った。ノーフォークの無表情な黄色い顔に威圧されて、規則正しく間の入るゆっくりとした歩調の一団全体が、厳粛なダンスを踊っているような風情だった。ユーダルは長いこと震えていたが、やがて、革袋、食器箪笥、櫃《ひつ》、小型箪笥などを背負った騾馬の列の間に、馬に乗って遣って来る、若きサリー伯(6)の教育係であり自分の同僚だった男の、学者のガウンを羽織った馴染みの姿を目にした。この男は金髪で、顎鬚を生やし、青い目をした若者で、騾馬の脚の間に挟み込まれては後脚をあげて飛び上がるせわしい子馬に乗っていた。若者は鞍の上で前のめりになり、首を伸ばしては洋服箪笥にぶつかるのを避けた。

ユーダル先生は男に呼びかけた。

「おい、ロングスタッフ！」若者の喜んでいる目を捉えると、「豊穣のアーチのなかに立つ我を見よ。来て酒を飲め。我は修士、ユーダルなり。ロングスタッフ、ようこそ(7)」

ロングスタッフは馬から滑り降り、馬は誰であれ危難から救ってくれる人の手に委ねた。「確かに」ロングスタッフが言った。「この馬とわたしとの間には、ブケパロス(8)とその主人との間にあったような愛がない」そう言うと、若者はユーダルのあとについて、回廊に囲まれた中庭に入り、ガウンを着た二人の男だけが三月の雨を避けて雨宿りしたのだった。

「海外からのニュースはありません」若者は言った。「王のまわりでは未だ王璽尚書が支配権を握っています。ドイツの天文学者たちは、『円積問題について(9)』という論文を出しました。アトランティスの失われた大陸は、未だ失われたままです。そして、わたしの骨は痛みます」

「だが、あなたの使命は?」ユーダルが訊ねた。

博士は、黒い法帽の下で、冷たい青い目を嘲弄気味にくるくると回し、彼の使命は、ユーダル同様、自国の大使とフランス王の廷臣たちの間で交わされる手紙をラテン語に翻訳することによって幾許《いくばく》かのクラウン銀貨を稼ぐことだと言った。ユーダルは当惑して、ニヤッと笑った。

「まさか疑っているのではないでしょう、な」ユーダルが言った。「わたしがここで王璽尚書のスパイをしているとか、王璽尚書への情報提供を行っているのだ、と」

「めっそうもない」ロングスタッフ博士は機嫌よく答えた。それにも関わらず、金髪の顎鬚の下の顎は強張っていた。博士は答えた。「わたしはまだ一通も手紙を書いておりません。一通たりとも。左様に、わたしは何も知らないのです(10)」

「さあ、暖めた酒と汁に浸したパンをどうぞ」ユーダルが言った。「それで、イングランドではその使命がどう言われているのか教えてください」

ユーダルは金髪の博士を大きな台所に連れて行ったが、若者が女将の腰に腕を巻きつけ、女将の赤い唇にキスするのを見ると、急に刺すような嫌悪感を覚えた。若者は笑った。

「まったくユーダル先生のような学識ある方と比べれば、わたしはわずかな学識しかない奴隷(11)にすぎません」

女将は嬉しそうに手を頬に当て、控えめな愛情を込めて若者を受け入れた。一方、ユーダルは、この女は法律上自分の妻ではないのだから、心配する必要などどこにもないと自分を納得させようとした。それでも、博士が窓際に背をもたせ女将に話しかけると、ユーダルは激怒に駆られた。磨かれた白目の盆の上に暖めた蜂蜜酒の瓶を載せ、女将は二人の間に立った。

「わたしは」若者が満足そうに女将を見つめながら言った。「良書の卑しき僕《しもべ》です。わたしがここにいるのは、ノーフォーク公の筆記者の一人としてなのです。エウセビオス(12)は言っています。オリゲネス(13)には、たっての願いを叶えてくれるようにとアンブロシオス(14)が与えた七人の筆記者がおりました。ノーフォーク公には、神の恩寵と国王陛下の慈悲によって与えられた二人の筆記者しかおりません」

「間違いありませんわ」女将が言った。「あなたにその七人と同様の学識がおありなことは」

「わたしは二倍腹を空かしています」若者が笑った。「ですが、わたしはいつも『いかに書くかではなく、何を書くか(15)』にこだわってきました。その点、わたしはセネカ(16)の信奉者です」

「博士殿」ユーダルが身を震わせながら言った。「この使節が――この極めて特別な外交使節が

――この時期にパリの街に来た理由をどうか教えてください」

「ユーダル先生」博士が答えた。彼はみすぼらしい襟の上で顎髭を振り、首を今ある場所に留めておきたいという意思を示した。「わたしには分かりません」

「この不届き者！」ユーダルが怒号を発した。「わたしはスパイではないのですぞ」

博士は脚を組んで冷静に、ユーダルの動揺した様子をしげしげと眺めた。

「たとえあなたがスパイでないにしても――確かに、あなたはスパイだと噂されていますが――ないところから知識を得ることはできませんよ」

「では、女性のことを教えてくださいな」女将が言った。「キャサリン・ハワードとは誰なのです？」

博士の青い目が、冷たく、ちらっと女将のほうを向き、それから博士は頭を下げた。「その女性にお見せするのに、一篇か二篇のソネットの写しを作ったことがあります」博士が言った。「ソネットはわたしの主のサリー伯、ノーフォーク公の息子さんが書いたものです」

「それでは、その人たちもユーダル先生と同様に、その女を褒めちぎっているのですね」女将が訊ねた。

「ああ、あなたがこのユーダル先生に焼餅を焼いておられるなら」博士は言葉を几帳面に切り詰めた。「彼を捨て、ふさわしい恋人のわたしを拾ってください」

「わたしは結婚しているのですよ」女将が愉快そうに答えた。

「夫がそばにいなければ、何ということもないでしょう」と博士。

いつにない強烈な嫉妬とイングランドで結婚がばれて悲惨な結果になりたくないという欲望とに引き裂かれたユーダル先生は、指に力を込めて着ているガウンを摑んだ。

「あなたの使節が来た理由を教えてください」ユーダルが言った。

「わたしたちは美女の話をしていたのですよ」博士が答えた。「国王の愛人の話より人々の使節の話が優先されるとは、アポロンとプリアーポス[17]にかけて、けしからん話です！」

「では、その女が王妃になるというのは本当なのですね」ユーダルのかみさんが訊ねた。

天井の高い台所で大きな皿の落ちる音がし、学者は疑いを募らせた。——もしこの女がユーダルの愛人なら、この女も当然王璽尚書に仕えるスパイだということになるだろう。

「とんでもないことです！」博士は言った。「わたしの言葉を喩え話以上のものと受け取るのだとしたら。キャサリン嬢が国王陛下の愛人だと言われるのは、この女性がどんな王の愛人であっても可笑しくないからです。美人で、信心深く、学識があり、礼儀正しく、背が高く、甘美な声の持ち主なのですからね。ですが、この女性が国王陛下を愛しているなんて、わたしは一言も言っていませんよ」

「なるほど」とユーダルが言った。「ですが、この使節が彼女の送ったものだとしたら」

わけのわからぬ恐怖が博士の心に芽生えた。スパイの台所と思しき場所に連れ込まれ、夫婦に不吉な質問を浴びせられ、窓腰掛に釘付けにされていることに気づいたのだ。確かに、イングランドでは、この使節が王によって送られたのは、キャサリン・ハワードがそう望んだからだという噂が流れていた。この、スパイと裏切りの時代、いつ何時、肩から首を切り落とされないとも限らなかった。ここにクロムウェルのスパイたちがいて、クロムウェルの宿敵の報せを聞きたがっている。

博士は気持ちを落ち着け、片手を差し出し、ゆっくりとしゃべった。

「女将さん」と博士が言った。「もしあなたがユーダル先生に嫉妬なさっているなら、嫉妬なさるのはもっともなことです。というのも、この女性は大変美人で立派な方ですから。ですが、ほとんど嫉妬する必要はありません。というのも、近頃では、この女性はとても高く評価されていて、国のどんな男とでも結婚できるでしょうからね――一方、学者はほとんど評価されないのです。キャサリン嬢はイングランドの国のどんな男とでも結婚できます。既婚者は除いてですが。その既婚者のなかには、国王陛下も含まれています。国王陛下は、王璽尚書がわれらの国の有徳な王妃にしようとクレーヴ公国から連れていらした上品な女性と、幸せな結婚をしているのですから」

博士は、これで、王璽尚書へ悪意をもち、アン・オブ・クレーヴズの不幸を願っているという、自分にかけられた疑いを、見事に晴らすことができたように思った。

「そうでなくとも」博士は窮地から逃れホッと安堵のため息をついて言った。「ユーダル先生がキャサリン嬢との結婚の罠に引っかかることはないでしょう。それでも、嫉妬は、愛してもその愛が報われないことによって起こるのかもしれません。ユーダル先生がこの女性をとても愛していたことは確かですから。先生のあの女性への愛は、お仕えしている王璽尚書への裏切りだと多くの者が、今の今まで考えてきました。ですが、先生は、今は本分を守りながら彼女を愛しているのかもしれません。というのも、国王陛下がこのキャサリン嬢に王璽尚書と手を組むようにと、そして王璽尚書には、この女性に対して友好の殿堂を心に打ち立てるようにと、お命じになったのです。従って、ユーダル先生がキャサリン嬢を愛するのは、王璽尚書への裏切りでも何でもないのです。しかし、キャサリン嬢にとっては、それは大きな裏切りであり、理解しえないことなのです」

博士はユーダルの妻に優しく色目を使い、この宿にベッドを用意してくれるようにと頼んだ。クレマンというフランス人のところに泊まるつもりだったが、あなたに会ったからには…、と言って。

「博士様」女将が言った。「素敵なベッドがございますわよ。でも、あなたが唇以上のものを求めようとなさったら、ここの先生の目の前にも現われた焼き串をもった護衛たちに登場してもらうことになりますからね」

博士は愛想よく女将にキスをすると、大きな安堵のため息をついて、ドアから飛び出して行った。

「わたしがこの入口を再び跨ぐことがあったなら、人を狂気に陥れるバッコス、(18)及びオレステスを追う復讐の女神たち(19)が、その日を呪いますように」アーチ門のところで後ろを振り向いてそう呟くと、騾馬の列を追って走って行った。

ユーダルは、クロムウェルのスパイであるという評判を弄ぶことで、旧教を信奉する者たちをとても効果的に震え上がらせていたので、ときに、良書の愛好家たちの間においてさえ仲間を見つけるのに苦労したのだった。

Ⅲ章

台所では焼き串の回転が止み、料理は二階に運ばれ、クレーヴズから来た使節のもとに届けられた。皿洗いたちは布巾でナイフを拭き、女中たちは肉汁のタレ受けのなかでパンを擦《こす》り、肉汁のたっぷり付いた破片をつまみ食いしては指を舐めた。ユーダル先生は窓からの景観を損なう長い深紅のシルエットとなって立っていた。女将は収納庫に食卓用のワインの瓶をしまい込んだ。

「女房殿」ユーダルがやがて近くにやって来た女将に向かって言った。「わたしがここに留まることがどんなに重要なことか、おまえには分からんのかね」

「旦那様」女将が言った。「あなたがロンドンに急ぐことがどんなに重要か、わたしには分かりますわ」

堪忍袋の緒を切らし、ユーダルは頭上で両腕を振り回した。「言うことを聞かぬ女だ」ユーダルがとげとげしく叫んだ。「叩かれたいのか」そして、パンに肉汁が塗られている場所まで大股に歩いていって柄杓を掴むと、褐色の目を煌めかせ、細い顎を熱心に擦りながら女房の前に立った。

女将は落ち着き払って、腕組みした。

「旦那様」女将が言った。「女房は叩くに価するときに叩くものですわよ。それに、叩く前に、わたしには七人の料理人と五人の下僕がいるってことをお忘れなく」

ユーダルの手が突然、元気なく脇に落ちた。一体彼に何ができただろう。女のほうで叩かれる気がない限り、女を叩くことさえできないのだ。そして女は、がっしりとした豊満な体つきで、しっかりと落ち着き払って立っていた。ユーダルは実際、すべての学者がしっかり者の女房の前で味わう気持ちを味わった。女房のほうが一枚上手だという気持ちを。その上、ロングスタッフ博士の前で駆られた怒りは、彼がいなくなった今、すっかり冷めてしまっていた。

ユーダルは腕組みして、性急に考えをまとめようとした。この苦境において、自分の立場はどうなるのか。女将は後ろを向いて、もう一度ワインの瓶を収納庫にしまい込んだ。

「女房殿」ユーダルが威厳を込めながらも半ばは哀訴するような声で、やがて言った。「わたしがここに留まることがどんなに重要なことか、おまえには分からんのかね」

「旦那様」女将は平然として答えた。「ここでこれ以上無駄な日々を送らないことがどんなに重要なことか、あなたには分からないのですか」

「だが、おまえにはよく分かっているはずだ」ユーダルが華奢な手を女将のほうに差し伸べた。「ここに謎の使節が二組来ている。この三日間、おまえはここにクレーヴズの使者を泊めてきたではないか。ノーフォーク公がここに来ていることも、おまえはその目で確かめたではないか」

女将はスツールを取ってきて、ユーダルの足元に座り、話を聞いた。

「よいかね」ユーダルが再び話し始めた。「わたしが本当に王璽尚書トマス・クロムウェルのスパイなら、ここ以上に良く王璽尚書のためにスパイできるところが他にあるだろうか。クレーヴズの人々は王璽尚書と友好関係にあるのですよ。それならば、どうして彼らは王璽尚書の敵ばかりがいるフランスにやって来たのか。片や、ノーフォーク公は王璽尚書の最大の敵だ。それならば、どうしてノーフォーク公は王璽尚書の敵ばかりが滞在するこの国にやって来たのだろう」

女将は膝の上に肘を載せ、拳を顎の下に置いて、子供のようにユーダルを見上げた。

「それでは、教えて下さいな、旦那様」女将が言った。「あなたは本当にトマス・クロムウェルのスパイなのですか」

ユーダルは恐る恐るあたりを見回した。台所の向こう端の食卓より近くに立っている人はいなかった。人がいるのは、煉瓦の上を歩く音さえ聞こえない遠くの場所だった。

「ダメですよ。本当に本当のところを教えてくれなければ」女将が言った。「今は虚偽の時代です。でも、わたしの台所はあなたのもの。家族をこれほど強く結びつけるものは他にありませんわ」

「でも、他にも聞いている人たちが――」とユーダル。

「あれは宿屋の主《あるじ》や女将です」女将が答えた。「情報収集こそが彼らの商売なのですわ。そして、他の聞き手を寄せつけないようにすることも。ここなら話しても平気です。わたしがあなたにお仕えできるように、どうかあなたがトマス・クロムウェルのために働くスパイなのか、彼に敵対するスパイなのか、教えて下さいな」

大きな頭巾の下の女将の丸顔に、子供っぽい熱がこもった。

「ああ、おまえはいい女だ」ユーダルが言った。ユーダルは数分間頭を垂れていたが、その後再び話し始めた。

「わたしのことを王璽尚書のスパイと言うのは愚かなことだ。わたしが自分でそう言ったのが、ね。何故そう言ったのか、だって？　人々の尊敬が得られ、わたしの力で男たちを恐れさせ、女たちを眩惑することができるからさ。だが、実を言えば、わたしにはほとんど力はないのだ」

「でも、それが本当に本当のところなのですの？」女将が訊ねた。

ユーダルは無頓着に頷き、女将にもっとよく理解してもらえるような明白な言葉が思い浮かぶのを待った。

「わたしはまったくクロムウェルのスパイではないが、大いにお金を必要とする貧乏人ではあるのだ。それというのも、お金がかかる良書を、そしてもっとお金がかかる美女たちを、汁気の多い肉を、甘いワインを、薪が高く積み上げられた暖炉を、暖かな毛皮を、こよなく愛しているのだから」

ユーダルはこういった自分がこよなく愛するものを頭に思い描き、舌鼓を打った。

「要するに、わたしは禁欲主義者ではないのだよ」ユーダルが言った。「禁欲主義者とは、不寛容な気難しい人たちだ」そして、続けた。自分は旧教を愛しているが、愛しすぎるというほどではない。新教徒のことは、おせっかいなごろつきと呼んでいるが、新学問(1)は命と引き換えにしても構わない程に愛している。クロムウェルは旧教を叩きのめすが、自分がクロムウェルを愛するのは、そのためではない。クロムウェルは、ある意味、新教徒を支援している。だが、自分はそのためにクロムウェルを愛しているのでもない。「でも、わたしは新学問を愛している。わたしの夜ごとの夢を分かち合ってくれる麗しの君よ、クロムウェルはその財布の紐を握っているのだ」

麗しの君は考え込むように頬を擦り、腕組みを解いた。

「では、あなたはどうやってクロムウェルの財政的援助を受けるようになったのです？」

「三年前に」とユーダルが言った。「王璽尚書がわたしを呼びに人を寄こしたのだ。わたしはイートン校(2)の教師の職を追われていた。というのも、嘘つきどもが、わたしが銀の塩入れを盗んだと言ったのだ。何の因果か、エドマンド・ハワード卿の家で家庭教師をすることになった。そこでこれまで教えたなかでもっとも優秀な生徒と出会ったのだが、貧弱な羊肉で腹を満たすくらいの給金しかもらえなかった。そこで、王璽尚書がわたしを呼びに人を寄こしたというわけだ――」

「キャット・ハワードはあなたのもっとも優秀な生徒だったのですか」女将が考え込むようにして言った。

「聖エロワ(3)の社にかけて――」ユーダルが誓い始めた。

「いいえ、嘘はつかないで頂戴」女将がユーダルの言葉を遮った。「あなたはキャット・ハワードとその他の六人の女を愛しているのでしょう。よく分かっているのですからね。王璽尚書は何と言ってきたのです」

ユーダルは、自分はキャサリンを愛しているわけではないと抗議しようとしたが、女将が無言で無表情のままだったので、気持ちを変えた。

「イングランドのメアリー王女が、教師というか秘書というか、ラテン語の勉強を手伝ってくれる人を必要としているという話が舞い込んで来たのだ。というのも、国王陛下の娘は高い学識があり、プラウトゥス[4]の劇の注釈を書こうとしていたのだ。しかし、メアリー王女は、周知の理由により、ひどく父王を憎んでいた。母親である王妃の死から、何年もの間、父王の敵たち、すなわち神聖ローマ帝国皇帝[5]やローマ司教[6]と、大逆罪に当たるような手紙をやり取りしていたのだ」

「わたしたちの聖なる父、法皇様と」とユーダルの女房は言い、十字を切った。

「そして、ここのフランス王とも」とユーダルが続けた。その間、彼もまた、褐色の肌の手を優雅に振り動かして十字を切った。メアリー王女が海外に手紙をどうやって送るのか、その手段は決して見つからなかった、と話が続いた。クロムウェルは三人立て続けに家庭教師を任命し、メアリー王女の勉強を手伝わせた。メアリー王女のほうが、はるかに学識が高かったので、三人はそれぞれ論破され、ドアから放り出された。権力ある王璽尚書はイングランド国中で七千人のスパイを使っていたが、そのなかにこの家庭教師の地位を務めるのに十分な学識があり、しかも知ったことを密告できる男は一人もいなかった。

「それで王璽尚書は、キリスト教圏でもっとも学識ある博士と考えられているあなたを呼びに人を寄こしたわけね」ユーダルの女房の目は輝き、その顔は夫の名声への誇りで紅潮した。

　ユーダルは愉快そうに手を振った。

「それで王璽尚書はわたしを呼びに人を寄こしたのだ」王璽尚書はユーダルに、もしもメアリー王女が海外に手紙を出す方法を発見できたなら、七百ポンドの金と一年に六百ポンドのあがりがある農場とニューコレッジ[7]の学長の座を与えると約束したのだった。

「それで、わたしは三年間メアリー王女のところに留まったのだ」ユーダルが言った。「しかし、神かけて」彼は断言した。「王女様がプディングパイの皮のなかに手紙を忍ばせて発送していることを二十九ヶ月前からわたしは知っていたが、決してこのことをやくざ者クラモックに伝えはしなかった」

「王璽尚書も、あなたに女を見張らせるなんて、愚かですわね」女将は愉快そうに答えた。

「女房殿」ユーダルがカッとなって答えた。「わたしは王璽尚書への報告で何クラウンも稼いでいるのですぞ。誰も出入りしないドアや窓を彼の手下どもに見張らせもした。すでに斧で斬首されていた男たちを大逆罪で訴えもした。王璽尚書をののしったことがもう十分に知れている女官たちの発した言葉を報告しもした。ときには一クラウンか二クラウン、王璽尚書から頂戴したし、ときにはそれ以上に頂いた。だが、わたしは立派な人間を誰一人スパイ活動で傷つけてはいませんぞ」

「旦那様」女将が無表情な顔つきで言った。「プディングパイを作っていたフランス人の料理人が捕らえられ、ロンドン塔[8]の牢獄に放り込まれたことを、あなたは知っていましたか」

ユーダルの両腕が頭上に投げ出され、目は眼窩から飛び出した。青白い口のなかから舌が出て、乾いた唇を舐めた。脚がガクガクとしてへたり込み、窓腰掛けのなかで体が左右に揺れた。

「それでは、プラウトゥスの注釈は決して書かれずに終わるだろう」ユーダルは嘆き悲しんだ。手を揉みしだきながら。「他に誰が捕まったのだ」彼が言った。「わたしが何も知らないのに、どうやっておまえはこうしたことを知ったのだ。こうしたことが知れるこの家は、いったいどういう家なのだ」

「旦那様」女将が答えた。「この家は単なる宿屋ですわ。多くの旅人が通るところでは、多くの秘密が洩れ伝わります。台所では料理人の運命は格好の噂の種ですから、わたしもこの料理人の悲運については知っていますのよ。おまけにこの料理人はフランス人で、ここはフランスなのですからね」

「ああ、情け深い聖人たちよ、我らを救い給え！」ユーダル先生が声を潜めて言った。「誰が他に捕らえられたのだ？　その他におまえは何を知っているのか？　他に多くの支援者がいたのだ。わたしもその一人なのですぞ。わたしの愛する友人たちも」

「旦那様」女将が答えた。「わたしはこれ以上知りません。三日前に、その料理人が、今あなたの立っているところに立っていたということ以上には――」

ユーダルは髪の毛を搔き毟り、ふちなし帽が床に落ちた。

「ここに、ですと！」ユーダルが言った。「ロンドン塔にいたのではないのですか！」

「ロンドン塔にいたのですが、釈放されてここに立っていたのです」女将が答えた。ユーダルがうめき声をあげた。

「では、その男は秘密をしゃべったのだ。これでわたしたちもお終いだ！」

女将が答えた。

「そうかもしれません。でも、わたしはそうじゃないと思いますわ。料理人が言っていましたもの」料理人は王璽尚書の手先に捕まって、ロンドン塔に入れられたそうだ。しかし、十時間内に、王の家来たちが来て、彼を小型漁船に乗せた。船は彼らをカレーに送り、カレーの町の門のところで、彼はフランス領に蹴り出された。料理人はもう二度とイングランドの土を踏まないと宣誓したのだった。

ユーダルがうめき声をあげた。

「そうか！　でも他に捕らえられた者は？　他に誰が捕らえられたのだ？」

女将が首を振った。

「噂によると、ポインズという青年と、エリオットと呼ばれる女性、ハワードと呼ばれる女性だそうです。でも、三人とも、その日が暮れる前に自由の空気を吸えたそうよ」

ユーダルは壁際に身を縮ませ、それぞれの衝撃に体を震わせた。台所の奥では、クレーヴズの外交使節の食事の世話から戻ってきた召使たちが、白目や合金の皿をガチャガチャと鳴らしていた。女将は腰を心地良さそうに左右に振って優しく彼らを追い払い、あたりを静かにさせた。次第にユーダルの口は閉じ、目は元通り小さくなっていった。彼は突然ビクッとし、筋肉と膝に緊張が戻った。女将はたくさん着込んだペチコートのせいで衣擦れの音を立てながら、もう一度スツールに腰掛けた。

「わたしは何と愚かで馬鹿なのだろう(9)」ユーダル先生が感慨を込めて言った。「わたしは馬鹿か。なぜ手がかりが摑めないのだ」ユーダルは首を垂れた。顔をしかめた。それから片手を脇に当て、再びビクッとした。

「なぜこのことに純粋な喜びを覚えてはいけないのだ。アウグスチヌスは『喜びのなかにもわたしたちを苦しめる何か誤ったものが紛れ込んでいる(10)』と嘆いているが。わたしは喜びにあふれている――だが、それが恐い」ノーフォークがここに外交使節として送られた。そして、確かにクロムウェルの力は衰えている。さもなければ、彼の敵がこの時期に送られてくることはありえない。料理人がロンドン塔に幽閉されたが、釈放された。エリオット嬢やハワード嬢も。ということは？

「旦那様」女将が言った。「何かお忘れではありませんか？」

ユーダルは顎に手を当てて思案しながら、なげやりに首を振った。

「それでは、わたしのほうがあなたより、この王の愛人の動静を把握しているってことになりますわね」女将が言った。「ロングスタッフが彼女のことをどう言っていたか、覚えていますか」

「いいや」ユーダルが言った。「嫉妬で腸が煮え繰り返っていたので、覚えちゃいない」

「まあ、何て立派なスパイなのでしょう」と女将が皮肉った。そしてロングスタッフが伝えた話、すなわち、王がキャサリンと王璽尚書の二人に対して、手を結んで仲良くするよう命じたという話を思い出させた。ユーダルは憂鬱げに首を振った。

「わたしの一番優秀な生徒にクロムウェルなどと仲良くして欲しくはありません」ユーダルが言った。

「まあまあ、ユーダル先生」女将がこの上ない嘲りの調子で言い返した。「こんなに女性と関わってきたあなたが、まだ分からないのですか？　女に男と仲良くせよと命じても、どんな地上の権力も女に男を愛させたりしないということを。それでも、クロムウェルは彼女の愛と許しを得ようとするでしょう」

ユーダルはつま先立ちで前に飛び出した。

「ロンドンに行かなければ！」と大声をあげながら。女将は子供を見るかのようにユーダルを見て微笑んだ。

「やっとわたしの忠告に従ってくれましたわね」女将が言った。

ユーダルは女将の才知に感嘆するかのように、彼女をじっと見つめた。

「ああ、何という女だ！」とユーダルは言い、女将の豊満な腰のまわりに腕をかけた。ユーダルの顔は喜びで輝いていた。「エンジェルよ！」ユーダルがきっぱりと言った。「エンジェルの語源であるアンゲロスは、ギリシャ語では使者の謂いで、特に良い知らせを運ぶ使者を意味するのだ。使節、大使、料理人、囚人ひっくるめたなかから、一つのことが見えてくるではないか。つまり、クロムウェルは日の出ずるところより[11]、初めて握る手をゆるめたのだ。彼が握る手をゆるめたとするならば、彼のイングランドでの権力が弱まったということだ」

　女将は控えめな喜びの表情でユーダルを見上げた。

「あなたは本当に激しくクロムウェルを憎んでいるのですね」女将が訊ねた。

　ユーダルは妻の肩に両手を置き、まじめくさって彼女を見つめた。

「妻よ」ユーダルが言った。「この男は七千人のスパイを使ってイングランドを御しているのだ。この三年、わたしは恐怖を抱きながら生きてきた。恐怖の入り込まない至福を味わうこともなかった――まさに、『喜びのなかにもわたしたちを苦しめる何か誤ったものが紛れ込んでいる』状態だった」ユーダルの痛ましい口調が怒りとともに高まった。ユーダルは片手を頭上にあげ、もう一方の手で女将のふくよかな肩をぎゅっと握った。「恐怖がイングランドの国を支配している。誰も、イグサにさえ、自分の恨みを囁くことができないでいる。あいつはわたしに！わたしに！このわたしに」ユーダルの声はこの上なく甲高い激怒の調子に達していた。「このわたしに！　この最高に学識ある人間に[12]！　英国一の学識ある人間に、俗語で劇を作ることを強いたのですぞ！　ラテン語の達人であるこのわたしに英語で書くことを！　わたしに恐怖を抱かせたのは仕方ない。亡き者とした廷臣たちのことも仕方ないことだ。有力者が恐怖を巻き起こすことは正しいことであり、この世の偉大なる者たちが互いを餌食にし合うのも、スッラ[13]がカルタゴの廃墟に座るマリウス[14]を死に追い立てた日以来、あらゆる歴史が先例を示している。だが、学者を辱めるとは！　良書を泥濘《ぬかるみ》に投げ捨てるとは！　アレクサンドロス王がディオゲネス(15)の樽の前から自分の影を取り去って以来、歴史がこんな邪悪な手本を示した例は他にありませんぞ！」

「実を言うと」女将はユーダルの激怒の前に少々怯んで言った。「わたしはあなたの流れるようなギリシャ語とラテン語の響きに惚れたんですよ」

「旅の資金を与えておくれ」ユーダルが言った。「どうかイングランドに行かせて欲しい。もしキャサリンが実際に王に顔が利くようになっているとしたら、わたしの助言で彼女を大いに助けられるかもしれないのだから」

女将はエプロンのなかを手探りし、それから突然思い出したかのように、唇に指を当てた。

「旦那様」女将が言った。「あなたに贈り物がありますのよ。わたしが提供しようとするものが、あなたにとってどのくらい値打ちがあるか知りませんが、前にも随分と乞い求められ、高い代金を払うと言われたことのある代物です。さあ、こちらに」

ぽっちゃりとした唇にまだ指を当てたまま、女将は組み合わせ煙突の後ろの小さな扉のところへとユーダルを導いた。二人は蜘蛛の巣やハムや牛肉のベーコンや暗闇や燻煙の悪臭の間を登って行き、ついに高い二重勾配屋根の斜面のなかにある貯納室に到着した。タイルの間から明かりがぼんやりと差し込み、垂木を組んだ床の上には、まるで巨大な薄暗い洞窟のなかの巨大な怪物のように見えるたくさんの薪や麻袋が置かれていた。

「聞いてご覧なさいまし。物音を立ててはいけませんよ」女将が囁いた。すると、濃い暗闇のなかで、ゆっくりとした断続的な鼾の音が聞こえてきた。

「大使は眠っていますわ」女将が言った。女将は板張りの塀に開いた節穴に目をあてがった。「あの男は眠っています」女将は囁いた。「わたしの子豚で渇きを覚えて、たくさんワインを飲みましたからね。さあ、節穴を覗いてご覧なさい」

ユーダルが荒い板に顔をくっつけると、広い部屋のなかの、散らかったテーブルの後ろの大きな青い椅子に、大柄で金髪の男が座っているのが見えた。頭は前に垂れ、薄い髪の毛のなかのピンク色の禿げと赤い両耳だけが顕わになっていた。鼾のゆっくりとした響きが長いこと聞こえ、それから同じくらい長いこと止んだ。

ユーダルは背後でガタンともの凄い物音がするのを聞いた。びっくりして後ろを振り向くと、大柄の女房が大きな箱をひっくり返していた。

「あの男がどれくらいよく眠っているか調べているのです」女将が言った。「男が身動きしたか確かめてくださいな」節穴から見て、男が筋肉一つ動かさなかったことは明白だった。再び、鼾の轟音が二人のもとに聞こえてきた。女将はすでに、かなり大きな声で話していた。「これであと五時間は、何があってもあの男は目を覚まさないでしょう。彼はドアに閂を掛けましたから、秘書たちが入ってくることもありませんわ。あなたにもお分かりでしょう」

女将は壁のなかの板を引いて開け、ユーダルは書類や羊皮紙が乱雑に詰め込まれた棚と思しきものを目の当たりにした。ユーダルの心臓は早鐘のように打ち、彼には心臓がそこにあることがよく分かった。ユーダルはさらに興奮でキラキラと目を輝かせ、その目で女将の目をしげしげと見つめた。それにもかかわらず、ユーダルは大使を起こしてしまうのではないかと半ば恐れ、声を出して話すことができなかった。

「あれを取るのです！　お取りなさい！」女将がユーダルを肘で小突いた。「六時間で、読んで筆写するのです」

「あれは何の書類なので…」ユーダルが呟いた。信じがたい喜びと恐怖とで呂律が回らなかった。

「あれは大使の書類です」女将が言った。「明らかにこの国の王に宛てた書簡です…それ以外、何が書いてあるかわたしには分かりません」

ユーダルは隙間に両手を突っ込み、宝箱を調べに来た吝嗇漢のように中身を摑んだ。女将は自分で自分の手柄を祝い誇るかのように、ユーダルをしげしげと見つめた。そして、いつもの平静さで、大使の部屋に開く戸棚の扉に閂をかけた。ユーダルは暗闇のなかで書簡の宛名に目を凝らしながら、すでに小包の紐をいじっていた。「六時間で、読んで筆写するのです」と女将が幸せそうにいった。「というのも、大使が飲んだワインのなかのケシの種が、六時間は大使を眠らせておくでしょうからね」ガウンの下に書類を隠したユーダルと一緒に階段を下るとき、女将は、誇りと幸福を一身に感じながら説明した。この宿の最高級の部屋で休むどんな大使も秘書も、押入れのなかに書類を入れて置かなければならないようになっているのだ、と。というのも、部屋には、鍵のかかる箱が他に置かれていないからだった。フランス王の大法官たちはすべての大使がこの宿に泊まるように手配し、一旦大使がそこに泊まると、女将がエジプト人から入手したワインとケシの種で大使を眠らせ、定められた時間内にフランス王の廷臣たちが書類を読みに来ては、女将にたくさんの金とキスを支払うといった按配になっていたのだ。

＊＊＊

六時間後、ユーダルは褐色の胴着の胸に書類の紐を押し付けながら、自分の部屋に立っていた。動揺など感じたことがないかのようにいつでも冷静に歩き回っている女将が、再び階段を上っていき、大使の押入れのなかに書類を戻して、夫のもとに帰っていた。女将は無言で賞賛を求め、夫は彼女を褒め称えた。

「おまえはわたしをイングランドの未来の秘密を握る男にしてくれた」ユーダルが言った。「クロムウェルのもとで喘ぐイングランド人は皆、クレーヴズがどう出るか知りたくてうずうずしていたところだった。今、わたしにはクレーヴズがどう出るのかが分かったのだ」

女将はエプロンで手についた埃を拭った。

「その知識をうまく活用してくださいな」女将が言った。ユーダルが大きな白いベッドの脇の大きな黒い洋服ダンスをひっかき回して服を探している間、女将はしばらく物思いに耽り、それからまた言った。

「わたしは長いこと、自分は法律や政治に携わる男に大いに役立つのではないかと考えてきました。でも、男に奉仕しても、女は余程しっかりとした帯で男を縛り上げるのでなければ、ほとんど報いを得られないってことを、随分前から知っていました——」ユーダルはそんなことはないというように露骨な身振りを示したが、女は言葉を継いだ。「女がどんなに男に奉仕しようとも、一旦事が済んでもっと綺麗な女に出会えば、男はもとの女を平気な顔で溝のなかに捨てるのです。そこでわたしは、相手が出世すればわたしも出世できるような男を夫にすると決めたのです。今回でわたしのスパイの仕事が最後になるということはないでしょう。もっと多くの大使がこの家に泊まることになるでしょうから、もっと多くの秘密をあなたは学ぶことができますわ」

「おお、いとしのパンドラ(16)！」ユーダルが大きな声で言った。「あらゆる秘密の場所、手箱、押入れ、風の洞窟を開く者よ！　三度祝福されし鍵穴のシビル(17)よ！」女将は深い満足を表すかのように頷いた。

「わたしはあなたのそうした響きの良い言葉で、あなたを選んだのです」女将が言った。女将の落着きと抱き心地の良い豊満な体つきに突然愛情が湧き上がりユーダルを圧倒した。ユーダルは妻に本当のことを告げようと思った——というのも、彼女は実際彼の運命を切り開いてくれたのだから——この結婚は托鉢修道士が儀式を執り行ったので有効ではないと。

「わたしはあなたのそうした響きの良い言葉で、あなたを選んだのです」女将が言った。「それにいつもお腹を空かしていることで。わたしの共感の気持ちを揺り動かす痩せた知謀の男を。秘密の押入れを使って彼を君主たちの間に立たせることもできれば、美味しい去勢鶏で腹を満たしてあげることもできるかもしれないのですから」

「ああ、グィネヴィアよ！」[18]ユーダルが言った。「腹を空かしている騎士たちにバッグプディングを作ってあげたのは、かのアーサーの王妃ではなかったか」

「ええ、そうですわ」女将が言った。「あなたは本当に偉大な学識をお持ちなのね」わずかな湿り気が女将の青い目を濡らした。「あなたが行ってしまうのは悲しいわ。あなたが大きく口を開いて発する『ああ』や『おお』の音にわたしは首っ丈なのですから」

「それでは、『飽満』と呼ばれる国でもっとも肥えたるものすべてにかけて、わたしはおまえの忠実な家臣としてここに留まろう」とユーダルは言い、目に涙を溜めた。

「いえ、それはなりません」女将が答えた。「あなたは大法官の地位に就き、わたしたちは金メッキされた屋根の下で愉快にごちそうを食べ、企みを練るのです」女将の目は長い部屋の天井に張られた褐色の梁を追った。「大法官の家は、いつも天井が金メッキされているって聞きましたわ」

女将の愚かしくも得意げな声を聞いて、ユーダルは愛おしさに圧倒された。そこで、こんな告白が唇から洩れた。

「可哀相な奴だ。おまえは大法官の妻にはなれますまい」

女将がちょっとすすり泣いた。

「それでも、あなたは大法官になるでしょう。もしもあなたの料理人たちがあなたにたっぷり肉汁のついた料理を出さないなら、わたしがその料理人たちのあばら骨をへし折ってやりますわ。あなたのような男は、その見事な弁舌で、君主たちに贔屓にされるでしょう――それに王妃たちにも」そう言うと、女将はエプロンで顔を覆い、その下から声を発した。「もしそのキャット・ハワードが王妃になったなら、旧教が復活するのですか」

まさにその確かさが思い出されると、ユーダルは剣に突かれる思いをした。というのも、旧教が復活すれば、托鉢修道士があげた結婚もきっと認められるようになるからだった。ユーダルはこっそり悪態をついた。女を見捨てたくはなかった。自分を信頼してくれている顔つきや取り入るような仕草が彼の心の琴線に触れた。しかし、彼には、結婚がその効力を持ち続けることがそれ以上に嫌だった。ドアのほうに向かうことで、ユーダルは当惑を払い除けた。

「さあ、出立のときだ！」ユーダルは言い、さらに「おまえとわたしとの結婚については、英国人の耳に入らんように気を配ってくれ。絶対に、だ。耳に入ることがあれば、イングランドでは、きっとわたしの身の破滅となるだろう」

女将はエプロンを外し、真顔で頷いた。

「ええ」女将が言った。「確かに、今の宮廷の女官たちはあんなふうですからね」しかし、女将はユーダルに、女たちと係わったとしても、その話は聞かせないで欲しいと頼んだ。というのも彼女にはかつて三人の夫と数人の求愛者がいて、真実を知るよりも嘘をつかれたほうがまし、ということを証明してくれていたのだった。

「おまえのような女は、世界のどこを探しても、他にはいない」ユーダルが真心込めて言った。もう一度女将が頷いた。

「あら、それこそがわたしの聞きたかった嘘ですわ」女将が言った。ユーダルのほうは、突然、痛みを感じてビクッとした。

「だが、おまえは」ユーダルが発言した。

「ええ」女将が言った。「それもまたアリですわね。でも、これだけは肝に銘じておいてくださいな。たいていの夫が生やしている角を、わたしが軽々しくあなたの額に付けることは絶対にないということを！」女将は口を噤み、もう一度手揉みした。彼女は礼儀正しくなければならなかった。というのも、彼女の職業がそれを要求した。しかし、女将は、三人の夫を持ち十分な抱擁を受けていたので、男にほとんど何も求めずにいることができた。「バラードのなかの大変に敬虔な女性たちを除いて、ほとんどの善良な女性がする必要のないことをわたしがやったとしたならば、あなたにわたしを殴ってもらいましょう」――女将は再び頷いた――「男にとっては、それが慰めとなるでしょうから」

ユーダルは大慌てでこの慰めの気持ちを振り払い、狭い廊下を疾走し、大きな客室を大股で歩き、だんだんと暗くなるなか、暖炉が女中の顔や料理人のエプロンに赤々と映え、煙が肉の豊かな香りを乗せて滑らかに上っていき、煙突のなかで焼き串回しがガランガランと鳴っている台所を通って行った。女将は薄暮のなかを泣きながら、ユーダルの後を小走りで追って行った。

「もしあなたが五年内に大法官になれたなら」女将が哀れっぽく訴えた。「わたしが海を渡ってあなたのもとへ行きます。もしダメだったなら、ここをあなたの豊穣の館とするのです」

陰になった中庭で、すでに鐙に片足をかけているユーダルの首に腕をまわしながら、女将はもういっぺん立派な演説をして頂戴とユーダルに乞うた。

「ユピテルにかけて」ユーダルが言った。「涙が出るばかりで、何も考えられんのだ」

鞍の前後に荷物を積んだ大きな黒馬が身動きし、片足立ちのユーダルは女将から引き離された。しかしユーダルは外套をはためかせ鞍に飛び乗り、長い両脚で馬の腹を固く挟んだ。馬は後ろ足で立ち、黄昏の靄を前足で掻いた。だが、ユーダルが平手で耳の上を打つと、馬は震えながら立ち止まった。

「この、おまえが与えてくれた馬は、素晴らしい馬だ」ユーダルは、喜びに四肢を震わせながら、言った。

「わたしはこの馬に素晴らしい乗り手を与えてあげたのよ！」女将が大きな声で言った。ユーダルは自分の乗った馬を女将の近くに移動させ、深く身を屈めて女将の顔にキスをした。国王にも乗馬の手ほどきをした老ロウファントから手綱さばきを学んでいたので、彼は鞍の上ではすっかり自信を持っていた。

「女房殿」ユーダルが言った。「頭にこれが思い浮かんだ。『騎手の後ろに座っているのは――』(19)

そして言いよどんだ。「座っている——騎手の後ろに座っているのは。だが、それが『黒き心配』なのかそうでないか、わたしには皆目見当がつかんのだ」

ユーダルはパリの門を後にし、身を屈めて冷たい夜風に直面しながら、黒い丘陵地帯のほうに急行した。が、このときの彼には、後ろに「黒き心配」が座っているのかどうか皆目見当がつかなかった。ただ、夜になって、先を急ぐ間、意識したのは、クレーヴズ公がフランス王の仲介により皇帝および教皇と和平を結ぼうとしているとの価値ある知らせを持って自分がイングランドに急行している、ということだけだった。柔らかな道の上で、馬の蹄は次のような言葉のリズムを奏でているように思えた。

「クラモックは落ち目、クロムウェルは落ち目、クラモックは落ち目、クロムウェルは落ち目…」

ユーダルはこんなことばかり考えながら、夜通し馬を走らせた。というのも、英国王に宛てた英国大使の書簡を携えているということで、どんな小さな町の門もユーダルの行く手を阻まなかったからだった。

Ⅳ章

五人の男がテムズ川を見下ろすバルコニーで話していた。そこはクロムウェル卿の館で、雨のように落ちる日差しのなかを一握りの豆粒のような四月の雨がシュッという音を立てて降り注ぎ、長いひと気のないバルコニー全体が時に金メッキされたような、時に陰気な霜で覆われたような風情だった。ちょうどその頃、宮廷全体、町全体がそうであったように、五人全員が、真剣に、心配そうに、キャサリン・ハワードのことを話していた。

大司教は窓の片側に凭れ、そのすぐ脇にラセルズが控えていた。大司教の顔は丸かったが、疲れが見え、大きな目には不眠の跡が残り、ふくよかな手はローン製の袖のなかで少し震えていた。

「閣下」大司教が言った。「我々は微風に頭を下げなければなりません。時が経てば、またまっすぐに立つことができましょう」ふっくらとした両手を背の後ろの毛皮のなかに隠し、短い歩幅でちょこまかとバルコニーを歩く王璽尚書に、大司教の目はまるで懇願しているように見えた。大司教のスパイのラセルズが機敏に頷いた。スパイの黄色い髪は脳天の高いところから下りてきて、前方の額のほうへと、ブラシで撫で付けられていた。ラセルズは非常に高い地位の人たちと一緒だったので自ら発言はしなかったが、彼が頷くのを見て大司教は自信を得た。

「我々がキャサリン嬢とともにローマのほうを向かなくてはならないとしても」大司教が再び訴えた。「それはごく短い間のこととお考えください」クロムウェルが歩いて追い越していったので、彼の耳を捉えることができたか確信が持てず、クランマーは、長い顎鬚を指先で弄び真顔で並んで立っている四十歳の二人の男たち、すなわちスロックモートンとリズリーに話しかけた。「確かに」クランマーは三人の黙した男たちに訴えかけた。「我々が避けなければならないことは、国王陛下の邪魔立てをすることです。邪魔立てされれば、陛下は素早く唐突に行動に打って出ることを常となさいます」リズリーが頷き、「大変唐突に」とラセルズが低い声で発言した。スロックモートンの目だけは踊り回転した。彼は頷きもしゃべりもしなかった。スロックモートンは枢密院で大きな発言権を持っていると思われていたので、クランマーはもう一度、しつこくスロックモートンに向けて話しかけた。

「衰退期に差し掛かった太った男は、女に精を出しがちになるものです。それは一時的な体の状態、気質、病なのだと言えましょう。ですが、それが続く限りは、その前で頭を垂れているしかないではありませんか」

知らん顔のクロムウェルがもう一度彼らの前を通りかかった。そして短く鋭い口調でリズリーに話しかけた。

「一週間前にクレーヴズの使節がパリに来たそうだな」それだけ言うと、再び通り過ぎて行った。

「頭を垂れているしかないではありませんか」クランマーが話し続けた。「わたしは主張します。王妃を離婚させるしか仕方ありますまい」再びラセルズが頷いた。今度はリズリーがしゃべる番だった。

「それは遺憾なことです」彼の発言には重々しい誠実さがあり、地面に足を踏ん張った彼の姿は正直者の姿だった。「ですが、貴方様がたにはそう主張する権利がおありです。わたしたち、それにわたしたちとともにある新しい信仰は、スキュラとカリュブディス[1]の間で進退きわまっております。確かに、わたしたちが辿るべき二つ道は、王妃を離婚させるか、わたしたちを守ってくださる貴方様がた大貴族が没落するのを眺めるか、二つのコースのうちのどちらかということになりましょう」

後ろから近づいたクロムウェルが、リズリーの肩に手をかけた。

「優秀なる勲爵士殿」クロムウェルが言った。「君の考えを聞かせてもらおう。カンタベリーの大司教殿のお考えはよく分かっておるからな。自分だけ無事に危難から逃れたいのであろう」

クランマーは両手を上げ、ラセルズは下を向いた。スロックモートンの目は、今自分が裏切ろうとしている主《あるじ》に対する賞賛に満ちていた。彼は長い金色の口髭のなかで呟いた。

「我々があなたの首をとらなければならないのは残念なことだ」

リズリーが咳払いし、熟慮した上で、真剣に言った。

「何よりも当を得た、肝要なことでございます」リズリーが言った。「王璽尚書殿とカンタベリーの大司教殿を国家の頭に据えておくということは」このことは何よりも必要なことであった。というのも、この二人が国に富と清い生活と真の信仰と繁栄の頂点をもたらしたのだ。だが、旧教の大逆罪からこの国を守るためには誰よりも王璽尚書が必要とされた。国家に富と利益をもたらしながら、再びローマのほうを向いて、すべての果実をローマに支払ってしまう国がいかに多いことか！清められ漂白されながらも、再び古い不快な歌を聞き、偶像崇拝者の安ピカものに騙されている教会がいかに多いことか！　それ故に、王璽尚書は、なかんずく、国王陛下の愛を保たねばならない。

——再び歩を進め始めていたクロムウェルが、少しの間、留まって聞き耳を立てた。

「クレーヴズの使者が何故パリの街へ来たのかについて、どうしておまえは知らせを持ってこないのだ」クロムウェルが愉快げに言った。「すべてのドアが蝶番を軸に回っているというのに」

リズリーがどもり、顔を赤らめた。

「金で買える限りの知らせを、買い込もうとしました」リズリーが言った。「ですが、この使者は口が固く、彼の下男たちはわたしの金だけを受け取って、知らせは寄こさなかったのです。フランス王の家臣たちは——」

「もうよい」クロムウェルが続けた。「他の事を話せ」

リズリーはパリでの屈辱からやっとの思いで立ち直った。彼はクレーヴズからの外交使節について報告せよとの特命を帯びてパリへと旅をしてきたのだ。振り向いてクロムウェルに向かい、再び早口に話した。

「閣下」リズリーが言った。「何よりも、国王陛下を喜ばせることに意を用いてくださいますように。閣下に導いて頂かなければ、我々は本当に道に迷ってしまいます」

クロムウェルは上下の唇を擦り合せ、片手を動かした。

「閣下」リズリーが続けた。「国王陛下とキャサリン嬢を結婚させることによってのみそれは可能となりましょう」

「それによってのみだろうか」クロムウェルが謎めかして訊ねた。

話が途切れ、とうとうスロックモートンが口を出した。

「ご冗談を！」スロックモートンが言った。「王はただの男ではなく、誇り高い、高貴にして慈悲深い君主なのですよ」

クロムウェルがスロックモートンの頰をポンポンと叩いた。

「おまえが洞察力に長けていることはよく分かっておる」クロムウェルが言った。「だが、わたしが知りたかったのは、この男たちがどう考えているのか、だ。おまえとわたしとでは、考えが似ておるからな」

「はあ、閣下」スロックモートンが大胆に答えた。「ですが、わたくしは十分後にキャサリン嬢に会わねばなりません。それで、この会談の結論を聞きたいのです」

スロックモートンの言葉を聞いて、クロムウェルはにこやかに笑った。

「あの娘のところに使い走りに行って来るがよい！　急げば、この会談が終わるまでに戻って来られよう。頭の回転が鈍い我々のような者は、思っていることを話すのに大量の言葉を必要とするのでな」

大司教のもの言わぬスパイ、ラセルズは、スロックモートンの大きな背中と金色の顎鬚を、羨望の眼差しで食い入るように見つめた。この仲間たちのなかで、自分は、求められなければ、三語たりとも話す勇気がなかった。スロックモートンは居なくなりかけていたが、議論は復活していた。リズリーが再び話していた。

リズリーはいつも同じ目的で同じ考えを声に出してしゃべった。それはこういうことだった。クロムウェルは何を犠牲にしても、今の地位を保たなければならない。彼を頼りにしているすべての者たちのために。そして王は確かにキャサリン嬢を愛している。この娘に王が少ししか贈り物をせず、農場の権利証書はひとつも与えていないにしても、それはキャサリン嬢が――天性によるものか、王の欲望をいや増すためかは知らないが――慎み深い性質を示しているからだ。しかし、王は毎日毎日、毎週毎週、暇な折には小さな息子とともにメアリー王女の部屋に出かけていく。王がそこに出かけるのは、確かに娘の陰気な顔を見るためではなく、娘の女官とラテン語で会話をするためなのだ。宮廷の者みながこのことを知っていた。メアリー王女の部屋から出てきたばかりの王がいかににこやかな顔であるか見たことのない者はいなかった。他の時にはいつも渋面なのに。新教とその習慣とを同様に嫌うこの美女が、王の目と耳と頭を魅了し、虜にしてしまった。王がキャサリン・ハワードを妻に娶りたいならば、そうさせるべきだ。アン・オブ・クレーヴズはドイツに送り返さなければならない。クロムウェルはハワード家のこの娘と和解を模索しなければならない。王が彼女に飽きるまで、彼女を買収する手立てを見つける必要がある。王が飽きれば、今度は彼女が立ち去る番であり、もう一度クロムウェルの出番ということになる。さすれば、プロテスタント信徒の復権となる。クロムウェルは黙ったままでいたが、やがて、この議論を終わらせる、期待に違わない言葉を発した。

「ふむ、これは重大問題である」

にわか雨とあふれる陽射しとが追いかけっこをして川を下り、光と影が、外套を着てふちなし帽を被り、高い窓際に集まっている男たちの姿に交互に映し出された。ついに大司教が痺れを切らし大声をあげた。

「閣下はどうなさるおつもりです。どうなさるおつもりです」

クロムウェルは大司教の前で体を揺すって見せた。

「クレーヴズがこの一件でどう出るか探ってみることにしよう」クロムウェルが言った。「すべてはそれからだ」

「いや、ローマと和解しなさい」クランマーが突然そう言った。「もうこうした闘争は御免です」

しかし、リズリーは拳を固く握って言った。

「貴方様がたがそんなことをする前に、わたしは死を選ぶでしょう。他の二万の者たちも！」

クランマーは怯んだ。

「よいですか」クランマーが譲歩した。「わたしたちは、我々が得た財産をローマに戻そうというのではないのです。ただ、ローマ司教に、ペテロ献金[2]と教義の決定権を渡せばよいのです」

「カンタベリー猊下」リズリーが言った。「わたしたちの信仰が抑圧されるくらいなら、反キリスト[3]にこの国に昔からある不動産や動産を差し出すほうがずっとましです…」

クロムウェルは鼻孔から空気を吸い込み、未だ微笑んでいた。

「ローマ司教には、国王陛下とわたしがやむなく与える以上には、動産もこの国に対する指導力も持たせてはならん」クロムウェルが言った。「よそ者に、この国の議会での発言権を与えてはならんのだ」クロムウェルは再び、音もなく微笑んだ。「結局、すべてはクレーヴズにかかっておる」

ここで初めて、ラセルズが口を開いた。

「すべてはクレーヴズにかかっているのです」ラセルズが言った。

クロムウェルは目を細めてラセルズをしげしげと見つめた。

「今度はおまえのよい知恵について話してくれ」クロムウェルが友情も軽蔑も込めずに言った。

ラセルズは綺麗に髭の剃られた顎を撫で、話した。

「わたしが観察したところでは、王は女に甘い男です――持っている財産や動産をみな女にくれてやるような男です。間違いなくこの女を愛人にはしますまい。王の気高い誇りが、簡単に得られる支配権に反撥するのです。王は高額の支払いをするでしょう。女を手に入れるためには王冠を差し出すでしょう。ですが、王はご自分の政策まで投げ出そうとはなさりますまい。運命の女神が後戻りせよと大声で叫ばない限り、女ひとりのために歩を後ろに運ぼうとはなさらないでしょう」

クロムウェルが頷いた。この若者が十分に高い美徳を国王に見て取っていることに喜びを覚えたのである。

「各々がた」クロムウェルが言った。「この十年、わたしは毎日王を見てきた。それ故、王がどれほど国の統治を愛しておられるか、わたしほど知っておる者は他にいないと言わせてもらおう」クロムウェルがラセルズに再び頷いてみせた。すると、この承認によって、そしてまた「続いて話せ。クレーヴズについて」という促しによって、ラセルズの小さな体は嵩を増し、か細い声は音量を増したように見えた。

「皆様がた」ラセルズが再び話した。「クレーヴズ公がドイツの諸侯を率い神聖ローマ帝国皇帝とフランス王に対抗する可能性がごくわずかでも残っている限りは、王は必ずやキャサリン嬢への欲望を抑えるでしょう。王妃様との結婚を堅持なさるでしょう」再びクロムウェルが頷いた。「それまでは離婚に向けて動くのは利益に適いません。しかし、万一その日が来たら、王璽尚書殿は熟考なさらなければなりません。そのことは王璽尚書殿ももうお考えでしょう」

「バッコスにかけて」クロムウェルが言った。「カンタベリーの大司教殿は、親友として、また助力者として、貴重な人材をお持ちだ。再び言うが、我々はクレーヴズの出方を待つしかない」クロムウェルは日光を追うかのようにバルコニーを渡っていった。それから戻って来ると、言った。

「わたしが本心をしゃべるのを好まないことは各々がたも分かっておろう。考えていること、いかに行動するつもりかということは、いつも秘密にしているのだ。ただ、これだけは言っておく」こう前置きして、以下のように言った。クレーヴズはフランスに外交使節を送った際、二心があったのかもしれない。一つには、ヘンリーを見限り、皇帝とローマに服従するつもりだったのかも。他方、怒った主君と自分との間を取り持ってくれるようにとフランス王に頼もうとしただけなのかもしれぬ。皇帝はクレーヴズに戦争をしかける準備をしていた。それは分かっている。クレーヴズはヘンリーと友好を保ちたいと願っているが、実際、両者と友好を保ちたいと考えているのかもしれぬ。そこが問題なのだ、とクロムウェルが繰り返した。クレーヴズがイングランド王に忠実である限り、ヘンリーはクレーヴズの姉と離婚する話は聞き入れず、キャサリンに対して欲望を抑えるだろう。

「わたしが話すときには信じるがよい」クロムウェルが真剣に付け加えた。「一般の噂通りにこの王が女たらしだと考えるならば、それは間違っておる。王は王としての自制心を大変よく備えていらっしゃる。国を治めることがすべての女に優先するのだ。クレーヴズが堅固な友情を示すならば、ヘンリー王も公の姉に堅固な友情を示すであろう。ハワード家の娘が王と仲良くなろうと思おうとも、娘は王の愛人にもローマへの案内人にもならないだろう。王はできればこの娘を喜ばせようとするだろう。しかし、国の統治。決してそこで譲ることはない！」ここでクロムウェルは話を切り、大司教の狼狽振りを見て、音を立てずに笑った。「猊下はローマと和解するおつもりですか」クロムウェルが訊ねた。

「はあ、今は時代が悪いのです」クランマーが答えた。「ローマ司教が譲歩するなら、我々もローマ司教にはした金を与えてもよいのではありませんか」

「確かに」クロムウェルが答えた。「今は、時代が悪い。それは、我々男たちが邪悪だからだ」そう言ってベルトから紙を引き出した。「各々がた」クロムウェルが言った。「キャサリン・ハワードがどんな女だか知りたくはありませんか」そして、知りたいという呟きに応えて、「この娘はわたしと話すことを求めてきたのです。彼女が話すのを聞きたいですかな。それなら、ここで待っていなさい。スロックモートンが探しに行きましたのでな」

Ⅴ章

キャサリン・ハワードは自室に座っていた。王は彼女に大きな愛情を示したが、その部屋に贅沢なものはほとんどなかった。その部屋は、キャサリンが王の娘の侍女になって以来、ハンプトン宮殿で初めて与えられた部屋だった。古い緑色の壁掛けが壁じゅうに張り巡らされ、オーク材でできた長い机が置かれ、壁のなかに箱型寝台が据え付けられ、暖炉のまわりには子供用の食事椅子が一台と三台の床机があった。キャサリンが王に唯一お願いしたのは、窓の鉛枠が腐食していたために相当な隙間風が入るドアの前の竿に、赤い布のカーテンを掛けてもらうことだった。父親が子沢山の極めて貧しい貴族だったために、キャサリンも非常に貧しい生活を送っていた。隙間風や空腹や粗末な服装には慣れっこだったので、ここで得た天井の高い部屋は、彼女にとっては十分に立派なもののように思えた。キャサリンが騾馬に乗ってグリニッジ宮殿にやって来てから、ようやく三ヶ月が経ったばかりだった。今、偶然によって、あるいは立派な聖人たちの計画によってかもしれないが、彼女は王に大いに評価され、王璽尚書と互角に勝負できそうな立場に置かれていた。

キャサリンは正装してそこに座り、王璽尚書からの呼び出しがかかるのを待っていた。胸元のラインに小さな銀の錨とハートの型が縫い込まれた赤いビロードの長いドレスを着込み、黒いローン製の頭巾を腰の後ろのあたりまで垂らしていた。プルタルコス[1]、タキトゥス[2]、ディオドロス・シクルス[3]、セネカ[4]、キケロ[5]それぞれの書から、人間に有益なものは正義への愛であると説く文章を読み、暗記していた。それ故に、自分には信仰上の宿敵とひと勝負する用意ができていると感じ、王璽尚書と話すための呼び出しを今か今かと待っていた。王璽尚書の手先たちが父親の家の近くの貧しい小さな修道院の敬虔な人たちに極めて非道なふるまいをした後だったので、今ようやく自分の考えを公言する機会を得、もはや自分の気持ちを抑えることができずにいた。王璽尚書に埋め合わせをしてもらうか、さもなければ、自ら王のもとに赴き、かつて自分に美徳の諸要素を教えてくれ今は牢獄に閉じ込められている哀れな女たちに、正義を施して頂かねばならないと考えていたのである。

キャサリンはそのことを二人の親友に打ち明けた。シセリー・エリオットとその夫でボズワース・ヘッジの騎士であるロッチフォード老人に。二人はキャサリンが正装し終え、食事を取ってきてもらうために侍女を食料品貯蔵室へ遣わした直後に、たまたま彼女のもとにやって来たのだった。

「三ヶ月前」キャサリンが言った。「王は、王璽尚書のことで泣き言を言うのは止しなさいと、わたしに命じました。それ以来わたしがクロムウェル卿の悪口をしゃべったとは、国王陛下ご自身でさえ言えないでしょう」

シセリー・エリオットは結婚したばかりだったが、死んだ者たちのために黒衣をまとっていた。

その彼女が暖炉のそばの小さな床机からキャサリンのほうを向いて笑った。

「おやおや！　ローマカトリック教徒への不正に口を噤んでいるのは、さぞかし辛かったでしょうね」

この時期、王が赤い色を好んだために、キャサリンと同様に赤い服を身につけていた老騎士が、ヤギのような小さな顎鬚を不安げに引っぱった。政治や宗教の匂いがする会話は、老騎士にとってはひどく恐ろしいものだった。緑色の壁掛けに凭れて立ち、両足を落ち着かなく動かした。

しかし、王のために沈黙を守っていたキャサリンは、今や自分の気持ちを公言する心の準備ができていた。

「セネカです」キャサリンが言った。「口を慎むのも話すべきときが近づくまでのことだと、わたしたちに教えるのは」

「ああ、善良なるセネカよ！」シセリーがキャサリンのほうを向いて笑った。キャサリンは髪を撫でつけたが、目は奥のほうでかすかに光った。

「ときは近づいています」キャサリンが言った。「わたしは王を愛していますが、教会をもっと愛しています」そう言って、ぐっと唾を飲み込んだ。「王璽尚書はこの国の立派な尼僧たちを苦しめるのを控えると、わたしは思ってきました」しかし、この日、リンカン監獄から嘆願書が来たのだった。クロムウェルの召使いたちが、敬虔な人々に対してますます残酷な振る舞いをするようになった、と言ってきたのだ。キャサリンの養母に対しては大逆罪を犯したという誤った告発がなされた。「わたしはすぐにこれを終わらすか正すかします。さもなければ首を差し出します」キャサリンが言葉を結んだ。

「ええ、ええ、やくざ者クラモックを引き摺り下ろしてくださいな」シセリーが言った。「国王があなたの望みを長く放っておくとは思えませんもの」

老騎士がいきなり言葉を挟んだ。

「そんな話をしてはならん。まったくよくないことじゃ。こんな争いでおまえの首を失わせたくはない」

「旦那様」シセリーは夫のほうを向いて言った。「三年前、やくざ者クラモックは、わたしの家の男衆の首を皆刎ねてしまったのですよ。大逆罪を犯したと言って」

「なればこそ、わしやおまえの首をとられんように気をつけなければ」老騎士がむっつりとして答えた。「わしにもおまえにも関わりのないことに首を突っ込むことに、わしは賛成できぬ」

シセリー・エリオットは両肘を膝の上に置き、拳に顎を載せた。暖炉のなかをじっと見つめ、クロムウェルが処刑した男衆のことを考えるときはいつもそうだったように不機嫌になった。

「あの男はこの四年間いつでもわたしの首をとることができたでしょう」シセリーが言った。「あなたはわたしの首とわたしを失っても、一週間のうちにまた別の娘を手に入れられるわ」

「いや、わしはもう年をとりすぎた」騎士が答えた。「一週間前、わしは槍を落としてしもうた」

シセリーは暖炉のなかを、見るともなしに見つめ続けた。

「あなたは」シセリーが嘲るようにキャサリンに言った。「王と聖職者と信仰と尼僧のことでおせっかいを焼く位なら、生まれてこなかったほうが良かったの。あなたはこの世向きの人間じゃないわ。とにかくしゃべりすぎる。海を越えて女子修道院に入ったほうがいいのだわ」

キャサリンは蔑むようにシセリーを見た。

「まあ」キャサリンが言った。「あなたの家の男衆の話を持ち出したのは、わたしではありませんからね」

「自分自身を閉じ込めておくべきよ」シセリーがさらにカッとなって言った。「この世界全部に争いを巻き起こすつもり？　この世は良書から学んだ美徳を実現させられる場所ではないのよ。悪人だけが栄える邪悪な世の中なの」

老騎士は立ち去ろうとせかせかした。

「いいえ」キャサリンが真剣な面持ちで言った。「あなたはわたしが王様に対して持つ有利な立場を行使すると考えているのでしょう。でも、断言するわ、わたしにそんな考えはないってことを」

「まあ、断言だなんて！」シセリーがブツブツと言った。「世の中の人たちは皆、あなたがそうしたことをやってのける愚か者だってことを知っているのよ」

「尼僧にしてもらえるなら、してもらいたいところだわ。でも、その前に、女子修道院が海を越えてこのいとしの国に戻ってくることを願っているの」

シセリーがまた笑った。長いこと、耳障りな調子で。

「それまで待っていたら、あなたは女子修道院に入れないでしょうね」シセリーが言った。「首のない尼僧は勤めを果たすことができませんからね」

「クロムウェルが倒れれば、もう首をとられる女はいなくなるわ」キャサリンがカッとなって答えた。

シセリーはただ笑っただけだった。

「もう首をとられる女はいなくなるわ！」キャサリンが繰り返して言った。

「初めて王妃がタワー・ヒルで処刑されたとき、人々は血の味をしめてしまったの(6)」シセリーは小指をキャサリンに向けた。「そして、血の味は、ちょうどワインの味のように、ある種の忘却を保証するというわけ」

「王様を侮辱するの！」キャサリンが言った。

シセリーは笑って答えた。「わたしの世界のことを言っているだけ」

キャサリンの熱き血が頬を紅潮させた。

「これからは新しい世界になるわ」キャサリンが誇らしげに言った。

「新しい王妃の血が昔の王妃の血を封じるまでは」シセリーがキャサリンの真剣さをからかった。

「海を渡って女子修道院に入るのが一番よ」

「王様はわたしにここで待つように命じたわ」キャサリンはほんのちょっと口ごもった。

「陛下とそのことを話したというの？」シセリーが言った。「まあ、何ということでしょう！」

キャサリンは静かに座っていた。金髪は突風吹きすさぶ日の淡い光によってさらに輝きを増し、唇はわずかに開き、目は伏せられていた。ほとんど動かずにいなければならなかった。着ている緋色のドレスがとても素晴らしく見えるためには、均衡を保っておくことが必要だったからだ。キャサリンはどうしても、王璽尚書の眼前で自分を素晴らしく見せたかった。

「あの王様にはね、尻尾に奥さんが付いているよ」シセリーがキャサリンをからかった。

老騎士はすでに平静さを取り戻していた。尻に片手を当て、賢者のような話しっ振りで話した。

「こんな危険なことを話すのは止めてもらいたいものですな」老騎士は言った。「わしはボズワース・ヘッジのロッチフォードじゃ。わしは首と土地を守ってきた。脚に鎖を巻かれずにも済んだ。まさに危険なことを話さずにいることによってじゃ」

キャサリンは椅子のなかで突然、身動きした。この台詞は以前に百回も聞いたことがあったが、今聞いて、あまりに臆病なものと思えたので、キャサリンは素晴らしく見せたいという欲望も、老人の新妻であるシセリーに対する友情も、同様にすっかり忘れてしまった。

「あなたはこれまでもずっと臆病者だったわ」キャサリンが言った。「リンカン牢獄に愛すべき尼僧たちがいるというのに、これが悪事を正すべき騎士だなんて！」

老ロッチフォードは、たっぷりと年を重ねた穏やかな知者の風格をもって微笑んだ。

「わしは何度も見事な一撃を加えてきた」老騎士が言った。「十三のバラードがわしについて書かれておる」

「あなたは口を利かなすぎるわ」キャサリンがカッとなって噛み付いた。「だから、わたしにはあなたが何を愛しているのかが分からない。あなたは旧教を支持しているの、それともクロムウェルがこの国に設立した悪魔の教会を支持しているの？　キャサリン王妃を愛しているの、それともアン・ブーリンを？　モアが死んだとき、あなたは嬉しかった？　それとも涙を流した？　あなたはユース法(7)に賛成なの、それとも廃止させたいと思っているの？　メアリー王女が私生児と――こんな言葉を使ってお許しを！――呼ばれることに賛成なの、それとも命に代えても王女様をお守りしたいと思っているの？　わたしには分からない。あなたとは何度も話してきたけれど――わたしには分からない」

老ロッチフォードが満足げに笑った。

「誰にも知られないことで、この危険な時代に、わしは自分の首と財産を守ってきたのじゃ」

「ええ」キャサリンは嘲りと懇願でこの言葉に応じた。「あなたは肩の上に首を保ち、土地を貸したお金で財布を膨らませてきたのよ。でも、男として、あなたは新しい風習か古い風習か、どちらかを愛しているはず。拍車を付けた騎士として、あなたはきっと古い風習を愛しているはずよね。よく考えて、この忠告を心に留めておいて。天使たち、神の母、神の聖人たちがイングランドの上空で泣いているのよ。あなたは立派に剣を振るうべきだわ。天国の門の前に立つとき、あなたはその番人に何と答えるの？」

「神もご照覧あれ」騎士が言った。「わしは数々の立派な一撃を加えてきた」

「ええ、あなたはスコットランド人に数々の一撃を加えてきたわ」キャサリンが言った。「でも、野原の獣だって、同類の敵には一撃を加えるものよ――例えば、群のなかの牡牛がライオンに、ヒルカニア虎が類人猿に、バシリスクが多くの獣に向かって行うように。人間の本分は、同類の敵ばかりではなく、それ以上のものに一撃を加えることではないのかしら！ ――つまり、神の敵に対して一撃を加えることでは」

キャサリンがとうとうまくしたてているところに、体が大きくブロンドの髪をした侍女のマーゴットが戻ってきた。マーゴットはユーダル先生の手を引き、その後ろには、キツネ目で長く滑らかな顎髭を生やしたスパイ、スロックモートンが、緑の上着に緋色のストッキングといった色鮮やかな出で立ちで続いていた。スロックモートンが近づいてきたことへの嫌悪感で、キャサリンはさらに悲痛な心持ちになった。彼女の大義の邪悪な支持者に、いかにして穢れなき闘いを行うべきか教えなければならないと思っているかのように。入ってきた人々はつま先立ちで移動し、壁掛けを背に立った。

キャサリンは老騎士に両手を差し伸べた。

「ここは、聖人たちを追い出してしまった惨めで不幸な国です。神の聖人のため、あなたは一撃を加えてくれましたか。いいえ、あなたは沈黙を守っているだけです。ここは、立派な人たちが断頭台に送られるところです。あなたはその人たちの運命に非難の声をあげましたか。あなたは高貴な愛しい女性たち、高徳な聖職者たち、神聖な尼僧たちが冒瀆され迫害されるのを見てきました。

貧しい人々が強奪されるのを、悪魔の助けによって立派な王のまわりで悪党どもが権力を振るうのを見てきました。あなたは一撃を加えましたか。何か囁きましたか」

マーゴット・ポインズの頬に赤味が差した。彼女は口をポカンと開け、女主人の言葉を飲み込もうとした。スロックモートンは両手を振って賞賛を表した。ユーダルだけはつま先の破れた靴のなかで足をもぞもぞと動かした。ロッチフォード老人は優しく微笑み、胸の、首飾りが掛かっているところより上のあたりをトントンと叩いた。

「自分に関わる争いでは、立派な一撃を何度も加えてきたものじゃ」老騎士が答えた。

キャサリンは手を揉み絞った。

「ああ、わたしは騎士道の本で読みましたわ。騎士の本分は神の教会を救い、神の体を守り、神の母のために槍を休ませることだと。卑しめられた高貴な人々や高貴な女性を守り、高徳な聖職者や神聖な尼僧を助け、強奪された貧しい者たちを救うことだと」

「いや、わしは騎士道の本は読んだことがない」老人が答えた。「読めないのじゃ」

「ああ、世の中には悲しいこともあるものね」キャサリンが言った。胸が苦しくなっていた。

「ヘシオドスを引用すべきだわ」突然、床机から、シセリーがキャサリンをからかった。「我が家の男衆が皆殺しにされたとき、この言葉が目に止まったの。『というのも、地は悪に満ち、海も満ちていたのだ』(8)それ以来笑いっ放しよ」

キャサリンはシセリーにも食ってかかった。

「あなたもなの」キャサリンは言った。「あなたもなの」

「いいえ、神かけて、わたしは臆病者ではないわ」シセリー・エリオットが言った。

「我が家の男衆が首切り役人によって皆殺しにされたとき、わたしの頭のなかの何かが壊れたの。それ以来、わたしは笑いっ放しよ。でも、神かけて、わたしはわたしなりに、クロムウェルを苦しめようとしてきたわ。あいつがわたしの首をとろうと思ったら、もうとっくにとれたでしょうね」

「それでも、あなたは神の教会のために何をしたというの？」キャサリンが言った。

シセリー・エリオットがさっと床の上に立ち、激しく両手をあげたので、スロックモートンが素早く前に止めに入った。

「教会がわたしのために何をしてくれたというの？」シセリーは大声を出した。「そんなことをまた訊く前に、わたしの爪からあなたの顔を守りなさい。わたしには父がいました。二人の兄も。とても愛していた二人の男も。それが、ある日、全員同じ断頭台で処刑されてしまったのよ。神の聖人たちが彼らを救ってくれましたか？　ヨーク門に載っている彼らの首を見に行ってみるがいいわ」

「でも、その方々が哀れなる神様のためを思って亡くなったのならば」キャサリンが言った。――「神様の傷を癒すための戦いのなかで亡くなったのなら――」

シセリー・エリオットは頭の上に両手をあげ、甲高い金切り声を発した。

「それだけじゃ十分じゃないって言うの？　それだけじゃ十分じゃないって言うの？」

「それでは、その人たちを愛しているのは、あなたではなく、わたしということになるわね」キャサリンが言った。その方々がそのために死んだ仕事を引き継ぐのは、あなたではなく、わたしということになりますからね」

「ああ、まるで大口を開け、興奮で赤い顔をした道化師さんね！」シセリーがキャサリンを嘲った。

シセリーは黒衣の両脇腹を押さえ、顔を後ろに反らし笑い始めた。それから、口を閉じて、微笑んで立った。

「あなたは生まれつきのお説教屋さんだわね、お馬鹿さん」シセリーが言った。「あなたがその勇敢な言葉で、わたしの年取った立派な騎士さんをやっつけるのを聞くのは何とも愉快だわ！」

「愚弄したければ、すればいいわ！　キーキー声をあげたければ、あげればいいわ！――」キャサリンが言った。シセリー・エリオットが言葉を差し挟んだ。

「頭がひどく痛くなってね！　仕方なく金切り声を発したのよ。男衆のことを忘れられないってわけじゃないけれど、頭は痛むわ。でも、あなたの愉快な説教を聞くのは大好きよ。さあ、説教を続けて頂戴」

キャサリンは椅子から立ち上がった。

「そこにある言葉があなたの心を動かすに違いないわ」キャサリンが言った。「もし神がわたしにそれをお与えくださるのであれば」

「神はこの世から身を引いてしまったのよ」シセリーが答えた。「人類は無言劇を演じ回っているだけ」

「ポリュクラテス(9)が言ったのはそうじゃないわ」興奮していたにもかかわらず、キャサリンが引用の間違いを目敏く見つけて言った。

「お馬鹿さん」シセリー・エリオットが答えた。「あらゆる人が仮面を付けているのよ。あらゆる人が嘘をつく。あらゆる人が人の財産を欲しがり、どうやったら手に入るかと試してみるの」

「でも、クロムウェルが倒れたら、すべてが変わるわ」キャサリンが答えた。「境遇と年月と経験は、常に新しい何かを惹起する(10)、というものよ」

シセリー・エリオットは椅子のなかに倒れ込み、笑った。

「多数派を相手にわたしたちに何ができるというの?」シセリーが言った。「わたしの言うことを聞いて頂戴。我が家の男衆が死刑にされることになったとき、彼らを救ってもらおうと、わたしはガードナーのところへ飛んでいったわ。ガードナーは何も話してくれなかった。今ではその彼がウィンチェスターの司教よ——わたしの父の財産を手に入れ、それを使ってやすやすと司教の座へと登り詰めたわ。ファーンショーは立派なローマカトリック教徒だった。でも、クロムウェルがブライト大修道院の財産を彼に与えましたからね。ファーンショーが教会を復活させる手伝いをしてくれると思う? そんなことをしたら、あの男は土地を手放さねばならなくなってしまうでしょう。クランマーがあなたを助けてくれると思う? マイナーズはどう? お馬鹿さん、わたしは誠実なフェデランを愛していた。でも、今では、マイナーズがフェデランの土地を持っていて、フェデランの母親は餓死寸前よ！　王に正しい行いをさせるための手助けをマイナーズがしてくれると思う？　そんなことをしたら、わたしのいとしいフェデランの母親がマイナーズの土地を与えられ、七年間の地代を手に入れることになるのよ。クランマーがローマ司教を復権させるのにあなたに仕えると思う？　まあ、カンカンに怒り出すのが関の山でしょうね」

「でも、もっと貧しい人たちは――」キャサリンが言った。

「助けが役立ちそうな人は、誰もあなたを助けようとしないでしょうね」シセリーがキャサリンをからかった。「だって、お聞きなさい。この国には、今、教会の財産をもらっていない人なんか一人もいないのよ。大修道院の牧草地だとか、聖遺物入れから取ってきた金メッキされたスプーンだとかをもらってない人は。今では、盗まれた富で裕福になったのでない人は、一人もいないわ。成り上がり者は皆、そんなふうに資金を調達して成り上がったわけ。そして、敗れた者たちは皆、首を切られてしまった。あなたを助けてくれる人を見つけるには、墓を掘り返すしかなさそうね」

「五月が終わるまでには、クロムウェルが倒れます」キャサリンが言った。

「ええ、王様はあなたの可愛い顔を溺愛していますものね。でも、クロムウェルが倒れても、彼が権勢の座に据えた人たちは残るでしょう。その人たちは旧教やあなたの味方かしら？　あなたの悪ふざけは、皆を同様に破滅させるだけだわ」

「王様はそうした不正を正そうとしておいでです」キャサリンがカッとなって抗議した。

「王様ですって！　王様ですって！」シセリーが嘲笑った。「あなたは王様を愛しているのね…でも、あなたが王様を愛していても無理でしょうね…あなたが王様に首ったけで、王様があなたに首ったけで…二人の恋人たちは国の上をただ漂流するのみだわ――」

「おそらく、わたしは王様に首ったけなのでしょう。おそらく、王様もわたしに。そちらのほうは分かりませんが。でも、これだけは分かります。王様もわたしも神への不正を正すつもりだということは」

シセリー・エリオットが大きく目を見開いた。

「まあ、あなたは害毒を撒き散らす狂信者だわ！」シセリーが言った。「それであなたはこんなことをするわけね。でも、多くの血を流さなければならないのよ。多くの男たちの妻を未亡人にしなければならないのよ。何とまあ！　本当にやるつもりなの」

「どうかそんな事態になりませんように！」キャサリンが言った。「でも神様がそれをお望みならば、主の意思がなされますように！(11)」

「まあ、人間には容赦ないのね」シセリーが言った。「あなたは簡単には諦めそうにないわね！」

この時、ユーダル先生が感極まって、もはや黙っていられなくなった。

「ああ、高きオリンポス山の神々すべてにかけて」ユーダルが大声で言った。「どうかその誓いがわたしに向けられたものでありませんように！　ヴィーナスとすべての聖人にかけて、わたしはあなたの僕《しもべ》なのですから」

それにもかかわらず、キャサリンの雄弁に真にもっとも心を動かされたのは、ユーダル先生への愛と女主人への愛との間で揺れ動くマーゴット・ポインズだった。

「キャサリン様」とマーゴットは言い、ユーダル先生と背が高く顎鬚を生やしたその相棒とを指差した。「この二人は階段で、とんでもない陰謀を練っていたのです。陰謀には、クレーヴズからの文書のこと、王璽尚書を欺くこと、あなたには、陰謀があることを悟らせずにおくことが含まれています——」

ぶっきらぼうな声が途切れ、マーゴットの顔一面が赤くなった。マーゴットには誰かの一言が必要だった。しかし、書類と王璽尚書のことが口にされると、老騎士はそわそわし出し、もごもごと口ごもった。「さあ、お暇しよう」

シセリー・エリオットは悪意ある喜びをもって両者を見比べ、スロックモートンの眼は小ばかにしたように顎髭の上で瞬いた。

＊＊＊

実際、スロックモートンがユーダル先生に出くわしたのは階段でのことだった。ユーダル先生は馬から下りたばかりで体がこわばり打撲傷だらけだったが、マーゴット・ポインズが首にぶら下がり、わたしのためにちょっと時間を割いて頂戴とおねだりしているところだった。スロックモートンはビロードの底の靴を履き、暗い階段をこっそりと上ってきていた。ユーダル先生は、自分の胸元にはクレーヴズ公の協定書があって、それをすぐにおまえの女主人に渡さなければならないのだと言い、マーゴットから身をもぎ離そうとしていた。

「断じて」スロックモートンがユーダルの後ろで言った。「そんなことはさせんぞ」ユーダルはイタチに腹を摑まれたウサギのように金切り声をあげた。というのも、王璽尚書に対して実際に反逆罪を犯すところを、王璽尚書のスパイの首領に現行犯で捕まえられたように思えたからだった。

しかし、スロックモートンは恐れ戦くユーダルを、彼にしがみつく豊満な体つきでブロンドの髪の娘と共に、近づく者は誰もが姿を見られ足音を聞かれずには済まない、従って宮殿で話をしてももっとも安全な場所の廊下に引きずり出すと、歯に衣着せぬ長い早口の言葉をユーダルの耳に囁いた。

王璽尚書を倒すのに時は熟したと、スロックモートンは言った。自分――スロックモートン――は、ユーダルとは比べものにならないほどにキャサリンを愛している。自分の愛に比べたら、ユーダルの愛など半ペニーで五十本も買える灯心草蝋燭のようなものだ。王璽尚書はこの協定の報告を聞きたくてうずうずしている。まず、自分たちは王璽尚書に偽りの報告をもたらさねばならない。王璽尚書はきっとその報告に基づいて行動を起こすに違いないからだ。もし自分たちが偽りの報告をもたらせば、王璽尚書は誤った行動をとることになるだろう。

ユーダルは身動きひとつせず、何物も目に入らない様子で、華奢な褐色の手で細い褐色の顎先を抓んだ。

「しかし、わけても」スロックモートンが結論づけた。「キャット・ハワードに書類を見せてはならない。というのも、彼女が王璽尚書を倒すのに偽りを用いようとしないのは確かだからだ。アッシリアのコカトリス[12]が十字架の印を嫌うように、彼女は王璽尚書を嫌っているのだがな」

「サー・スロックモートン」マーゴット・ポインズが発言した。「あなたは金で雇われているスパイだけれど、その点、あなたは真実を語っているわ」

スロックモートンは顎鬚を引っぱり、マーゴットに目配せした。

「俺は悔い改めようとしているのだ」スロックモートンが言った。「おまえの女主人が俺に改心の奇跡を引き起こしてくれたのさ」

これを聞いて、マーゴットは大きな美しい肩をすくめて、ユーダルに話した。

「確かにほんとなのよ」マーゴットが言った。「スパイをやっているこの勲爵士がわたしの女主人を愛しているっていうのは。でも、それが美徳を愛するがためなのか、体目当てなのか、ネコが飛ぶ方向に上昇運があると見込んでのことか、分かったものじゃないわ」

「新教徒たちによって育てられ教え込まれた娘の言い分がこれとは、な」スロックモートンがマーゴットを楽しげにからかった。「それとも、俺と同じローマカトリック教徒ながらルター派信徒のように美徳についてペチャクチャしゃべるキャット・ハワードからそのコツを学んだのか」

「嘘つき！」マーゴットが言った。「わたしの女主人は古典から美徳を学んだのよ」

スロックモートンが再びマーゴットに微笑んだ。

「侍女よ」スロックモートンが言った。「教義の点は別として、このキャット・ハワードとその学識は、ローマカトリック教徒よりもルター派信徒に近いのだ」

スロックモートンは悪意を込めてマーゴットを困惑させ始めた。三人は長い廊下で小さな影の集団を形成していた。長いガウンをまとい、黙想する彫像のように周りの声に耳を塞いで立つユーダルに、スロックモートンは結論を出す時間を与えようとしていた。

「まあ、あなたは本当に意地悪な解説者だわ」マーゴットが言った。「伯父さんが――あなたも知っての通り、新教徒で印刷工の伯父だけれど――その伯父さんがルター(13)やブーツァー(14)や神の言葉やもったいぶった説教の書いてある書物のことを話すのを聞いたことはあるけれど、わたしの女主人が愛しているセネカやキケロのことを話すのを聞いたことは一度だってないわ」

「ほう、おまえは言葉のごまかしを学んでいるのだな」スロックモートンがからかった。「いやはや、おまえの女主人が王妃になった暁には――主がそれを早く実現されますように！――そうした話し方が流行し伝染していくことだろうな」

スロックモートンは、ユーダルを見据え、突然、言葉を切った。それから厳しい荒い声で言った。

「さあ、もう結論を出す時間だ。手短に話せ。王璽尚書を倒す我々と運命を共にするか」

ユーダルは怯んだが、スロックモートンがユーダルの手首を掴んだ。

「それでは、すぐにクレーヴズの文書を巾着から出すのだ」スロックモートンが言った。「書き換える時間はわずかしかない」

ユーダルの華奢な手がガウンの下の袖なし胴着の開き口をおずおずと探った。ユーダルは手を引っ込めては差し出し、迷いに身を震わせながら立っていた。

スロックモートンは傲慢に後ろに下がって立ち、白い指で大きな顎鬚を梳かした。

「ユーダル先生」スロックモートンは勝ち誇って言った。「あなたみたいな人間がひとりで陰謀を企てることなどできはしない。せっかく発見した宝物を利用しようとしても、首を切られるのが落ちだ」

ユーダルは、こっそりと暗い壁掛けのなかに引き下がり、巾着からしぶしぶと金を出す吝嗇漢のように腰を屈めた打ちひしがれた姿で、胴着の胸の紐を解いていった。

＊　＊　＊

この会談の熱も冷めやらぬうちに、マーゴット・ポインズは二人の男を大きくて薄暗い部屋のなかにいる女主人のところへ招じ入れた。マーゴットはこの偉大なスパイを嫌っていた。というのも、この男はキャット・ハワードを愛し、嘘の話でたくさんの善良な男たちを破滅させてきたのだ。そこで、マーゴットは黙ってはいられず、スロックモートンを傷つけようと話し出した。

「キャサリン様、あなたは陰謀に加担するには正直すぎます」マーゴットはむっつりと切り出した。

　シセリー・エリオットがキャサリンに近寄って、親指と小指を張った小さな手でキャサリンの首の長さを測った。

「まだ余りあるわ！」シセリーが言った。「長くて真っ直ぐな首だこと」

　シセリーの夫がこんな話は好かんと呟いた。こうした話を入念に避けることによって、彼は困難な時代を、髪と首を切られることなく、生き抜いてこられたのだった。

「あなたを別の場所に連れて行きましょう」シセリーが夫に向かって肩越しに言葉を投げた。「暗い部屋でわたしにキスして頂戴。若い娘たちのある種の話は、すごく高齢のあなたの耳には確かに適しませんからね」

　シセリーは老騎士の短く白い顎髭の先を中指と親指で上品に抓むと、高く優雅な歩調で彼をドアから連れ出した。

「すべての美徳の住まうこの部屋を神がお守りくださいますように！」シセリーは大声で言い、顎髭を生やした偉大なスパイの傍を通り過ぎるとき、穿いているオーバースカートの裾をたぐり寄せた。

　キャサリンが振り向いてスロックモートンと顔を合わせた。

「あの娘の言った通りよ」キャサリンが言った。「わたしは陰謀に加担するには正直すぎるっていうのは」

「でも、まさか、あなたは我々に死を与えようと思っているわけではないでしょうな！」スロックモートンがまじまじと見返したので、キャサリンは息を継ぐために言葉を切り、沈黙はまる一分間も続いた。

「ああ、神かけて」ユーダルが大声で言った。「あなたに古典作家という滋養分を与えたのはわたしなのですぞ。あなたのために手紙を運んだのもわたしです。そのわたしに死を与えると言うのですか？」

マーゴットも胸の底から声をあげて泣いた。「ユーダル先生は本当にあなたを愛してきたのですよ。どうか、やくざ者クラモックの手に先生を引き渡したりしないでください。この人たちが陰謀を企てているなんて言わなければ良かったわ！」

「このバカ！」スロックモートンが言った。「おまえの女主人が話しに行こうとしているのは国王のところだ」スロックモートンは黄色い木のテーブルにどっかりと腰を下ろすと、一方の緋色の足を他方の前方で揺らし、キャサリンのびっくりした顔に向かって愉快げに笑った。

「まあ」キャサリンがやがて言った。「確かにわたしは王璽尚書のところでなく、王様のところに行こうとしていたのよ」

スロックモートンは一方の手を光に翳し、もう一方の手でその小指を撫でた。

「分かったかね」スロックモートンがマーゴットを優しくからかった。「こういったことは、おまえより俺のほうが上手く言い当てることができるのだ！　というのも、俺のほうが彼女のことをよく知っているからな」

キャサリンは優しい眼差しでスロックモートンを見ると、悲しそうに言った。

「それでも、わたしがあなたの大逆罪を王様に告げに行くとしたら、あなたに何の益があるというの？」

スロックモートンはテーブルから飛び下り、床で両足の踵をカチッと合わせた。

「俺は伯爵にしてもらえるだろう」スロックモートンが言った。「側近を排除してくれる男に、国王はそれくらいのことはしてくださるだろう」スロックモートンは狡猾に、素早く思いをめぐらせた。「神かけて」スロックモートンが言った。「この話を国王のところに持って行くがいい。本当の話なのだから。フランスで、クレーヴズ公が同盟を終結させようと努めていること。公がもはや義理の兄に忠誠を尽くそうとはせず、神聖ローマ帝国皇帝やフランス王に服従しようとしていることは」

スロックモートンは一旦言葉を切り、それから結論づけた。

「この知らせで、国王は以前にも増してあなたを愛するようになるだろう。だが、残念なことに、あなたはますます俺の手の届かないところに行ってしまう！」

クロムウェルへの謁見に出かけるために皆が部屋を出たとき、頭巾の襞を真っ直ぐに直していたキャサリンは、マーゴットがユーダル先生に不平を言っているのを聞くことができた。

「こんなに何日も待たせたのだから、五分くらい手を握っていてくれてもいいはずよ」

ユーダル先生は当惑し、胸元を手探りしながら呟いた。

「いや、今は一分だって罷りならんのだ。おまえの女主人が戻ってくる前に、ラテン語でたくさんの文書を書かなければならんのだから」

Ⅵ章

「何とまあ」リズリーは女が男たちのいるバルコニーに入って来るなり言った。「こいつは美人だ！」

女は澄ましこみ、目を伏せていた。品の良い歩き方は女の育ちの一端で、祖母の老公爵夫人のもとで暮していたときに教師たちに習ったものだった。あずき色のペチコートのジグザク形の襞の下には、靴のつま先さえも覗いていなかった。金を網すきした緋色の袖の先が、蝋の塗られた木の床に触れていた。頭巾は背後で地面に垂れていた。日光の最後の水っぽい光線を浴び、女の金髪は金色の輝きを増していた。

女が目を上げると、そこに王璽尚書がいた。挨拶のために膝を曲げた女の着る外衣が、体のまわりに広がった。女はゆっくりとそれを手で整え、まるで波のなかから浮き出るかのように、衣擦れの音をさせながら再び立ち上がった。

「閣下」女が言った。「わたしは閣下に家来たちがなした大きな過ちを正して頂こうとお願いしに参りました」

「何とまあ」リズリーが言った。「高慢な口を利きやがる」

「ハワードのお嬢さん」クロムウェルが答えた。愛想のよい眼差しが女の長身に注がれた。女は膝の前で手を組み、クロムウェルの顔を凝視した。「ハワードのお嬢さん、古典に関しては、あなたのほうが学識をお持ちだ。だが、ルキアノスが語っているパンクラテスのこと(1)を思い出して頂きたい。砂漠かどこかで、この魔法使いは枝木や幹や稲むらを家来に変え、自分の望むことを行わせた。よろしいかな、家来たちは彼の望むことを行ったのです。それ以上でもなければ、それ以下でもない」

「閣下」キャサリンが言った。「あなたはパンクラテスよりよい家来をお持ちなのですわ。あなたの命令以上のことを行うのですから」

クロムウェルは腰を屈め、一方の白い手を横に伸ばし、静かに微笑んだ。

「それは確かだ」クロムウェルが言った。「だが、あなたは誤解している。もしわたしにパンクラテスの家来がいるなら、わたしが罪なき男たちから不正のうめきを聞くはずがないであろう」

「聴取が甘すぎるのですわ」キャサリンが真顔で言った。「そのことをわたしはお話ししたいのです」

かつて、女はこの男の前に出ると震えが止まらなかった。今でも男の顔を見ると喉が詰まった。彼女は正義を行い、不正を正したくてしかたなかった。しかし、男の前では、ほかの誰の前でよりも、正義を行うことや不正を正すことが容易でないように思えるのだった。「閣下」キャサリンは言った。「これまで、わたしはあなたが不正を行ってきたと考えていました。いま、あなたが不正を悪だと思っていたのか、わたしにはまったく分からなくなりました。どうか辛抱強くわたくしの話を聞いてください」

　キャサリンは上手に話ができた――それは彼女が暗記している古い話だった――だが、クロムウェルを呪われた者と呼ぶのは思ったほど容易でないという気持ちは拭えなかった。彼女には、クロムウェルの家来バーンズ博士(2)がリンカンシャー州にあった彼女の家の近くを訪れた際に行った不正ついて、心穏やかではいられない話があった。尼僧たちが淫らな生活を送っているとの口実で、ある小修道院の土地が取り上げられたのである。平日は毎日修道院に出入りする尼僧たちをキャサリンはよく知っていたので、クロムウェルの家来の話が嘘であることがよく分かっていた。

「閣下」キャサリンが言った。「同じ養い親のもとで育った姉がそこの修道女でした。わたしを生んだ母の姉もそこの尼僧院長でした」彼女は手を差し伸べた。「閣下、彼女たちは世間から引き籠もり、質素な、信心深い生活を送っていたのです。貧しい者たちを助け、織り目の細かな亜麻布を織って。近くにはたくさんの亜麻が生えていましたから。そして、この国に祝福がもたらされるように神や聖人にお祈りしていたのです」

　リズリーがゆっくりとした重々しい口調で言った。

「そうした小さな修道院が昔、この国の財産を食い尽くしたのだ。この国の恵みを食い尽くした者どもを始末して、我々は繁栄した。今では農夫たちが遊んでいた土地を耕し、建物のなかには牛が満ちている」

「どなたか存じませんが、廷臣のかた」キャサリンが男に食ってかかった。「神は彼女たちの祈りに応え、アルカディアの農夫たち、[3]カクスの牛たち[4]から得られる富や繁栄より、さらに多くの富や繁栄をわたしたちに与えてくれたのです。神は人々の労働を超越しているのです」それなのに、クロムウェルの家来たちが小修道院の土地を脅し取り、尼僧院長と修道女たちを、聖ヒュー[5]の像を隠し、密かに国王の不幸を祈っていると非難し――誤った告発だ――今や牢獄に入れてしまったのである。

「神かけて」キャサリンは言った。「救世主キリストにかけて、この哀れで単純な女たちはそんなことはしておりません。むしろ父親のように国王のことを慕っているのです。わたしはそれを見てきましたし、宣誓供述いたします。わたしは女たちが祈りを捧げるのを見てきました。本当に、女たちは驚嘆し、狼狽した民のようでした。まったく世間知らずで、自分たちを路頭に迷わせる声がどこから来るのかも誰も知らずにいたのです。わたしがその証人です――このわたくしが」

「女たちはどこへ行ったのだ？」リズリーが言った。「その後、どうなったのだ？」

「廷臣のかた」キャサリンが答えた。「家から追われ、頭巾を剝ぎ取られ、彼女たちはどこへ行ったらよいか分かりませんでした。住む家もなく、作男たちと小屋のなかで暮したのです。精神的指導者たる牧人たちが追い出された囲いのなかで震える怯えきった羊のように」

「いや」リズリーが冷酷に言った。「その女たちは地を塞いだのだ。暴動を起こすためにところどころで集団を形成した」

「神が祈りの義務を命じたのです」キャサリンが答えた。「女たちは自分たちの家の物置や番小屋に集まって祈ったのです。地上の家を再訪し、悲嘆にくれる哀れな亡霊のように。わたしも彼女たちと一緒に祈ってきました」

「おまえは大逆罪を犯したのだ」リズリーが答えた。

「この国のためにできる最高のことをしたのです」キャサリンは敢然とリズリーに立ち向かった。「わたしは王様や国家の為にならないことは何一つ祈りませんでした。あなたやあなたのような人たちが倒されることを祈ったのです。今もなおそう祈っています。ここに立って、そう公言します。しかし、彼女たちはそんなことはしませんでした。それなのに牢獄に入れられてしまいました」キャサリンは再びクロムウェルのほうを向き、悲しげに、喉から声を振り絞って話した。「閣下」キャサリンは大声で言った。「心を和らげ、耳のなかの蝋を溶かし、どうか聞く耳を持ってください。この女たちが淫らな生活を送っていたと言ったとき、あなたの家来たちは偽証したのです。女たちが大逆罪に当たるようなことを祈ったと言ったとき、あなたの家来たちは偽証したのです。問題の一つは、あなたの家来たちが女たちの家や土地を取り上げたこと。もう一つの問題は、あなたの家来たちが女たちを牢屋に入れたことです。閣下、あなたの家来たちはこの国のあちこちに出没します。閣下、あなたの家来たちは鋼《はがね》の長靴で金持ちを踏みつけ、鉄の手袋で貧者の喉元を締めているのです。彼らがそんなことをしているのをあなたは知っているのだと思います。知っていなければよいと願っていますが。でも、閣下、もしあなたがこの不正を正してくださるなら、わたしはあなたの手に口づけいたしましょう。もしあなたがこうした祈りの家を再興してくれるなら、わたしは尼僧となり、そうした家の一つで、あなたやあなたの仲間の人たちのお為を祈って暮しましょう」キャサリンは口を噤み、再び話した。「ここに来る前に、わたしはそれなりに立派な演説を組み立てました。でも、それを忘れてしまい、出てくる言葉はたどたどしいばかりです。あなたがたは、わたしが自分の権限強化を求めているとお考えなのでしょう。あなたがたの失脚を望んでいるとお考えなのでしょう。確かに、わたしはあなたがたの失脚を望んでいます。あなたがたが今のやり方を続けている限りは、神かけて、わたしはあなたがたの失脚を望みます。でも、わたしは、聖霊降臨の炎(6)を地上に送った神に、あなたがたの心を和らげる言葉の才をわたしにお与えくださいと祈ってきたのです――」

クロムウェルがキャサリンの話を遮った。彼女をこんなにも美しく作ったウェヌスは、彼女に言葉の才能を与える必要はなかったし、彼女をこんなにも学識豊かに作ったミネルヴァ(7)は、彼女に美を与える必要はなかった、と笑いながら言った。そして、この女神たちのために、女たちの実情について精を出して調査しようと申し出た。もし彼女たちが無罪なら、大いに償って差し上げよう。有罪だとしても、許して差し上げよう、と。

キャサリンが激しい怒りに顔を赤らめた。

「あなたは随分と臆病なかたですのね」キャサリンが言った。「もし女たちが有罪だとしたら、わたしの首をおとりなさい。もし女たちが無実であることが明らかになれば、わたしはあなたの首をとりに出ると断言します」怒りでキャサリンの目は膨張した。「正義への共感をあなたはお持ちではないのですか？　あなたはわたしを美しい女として取り扱いますが、わたしは、長いこと心を頑なにしてきた男たちに、王の使者として、つまり神の使者として、話しているのです」

スロックモートンが頭を後ろに反らし、天井に向けて突然笑い出した。クランマーは十字を切った。リズリーは踵で床を叩き、辛辣に肩をすくめた。——ただ、大司教のスパイ、ラセルズだけは、スロックモートンの顔を不思議そうにじっと見つめていた。

なぜあの男は笑うのだ。ラセルズは自問した。笑うスロックモートンはキャサリンを賞賛しているように見えた。確かに、スロックモートンはキャサリンを賞賛していた。彼女の演説は政策としては取るに足らないものだったが、声に気概があふれ、感染力を持ち、男たちの心を捉えるという点ではすこぶる効果をあげていた。これで万一彼女とクロムウェルが今以上に反目することになるならば、そのことはスロックモートンの企みにさらに貢献してくれそうだった。スロックモートンはすでにクロムウェルを裏切ろうとしていた。そして近いうちにクロムウェルが彼の忠誠の仮面を見破るだろうことは分かっていた。キャサリンがクロムウェルに挑戦すればするほど、スロックモートンは彼女の陰に隠れることができた。キャサリンがその美しさと見事な弁舌で仲間を増やせば増やすほど、発見の日がやってきたときに彼の後ろ盾となってくれる仲間を増やすことができた。

一方、スロックモートンはクロムウェルに対し早速使うことのできる切り札を袖の下に隠し持っていた。それはこれまで行ってきた策略のなかでももっとも危険なものだった。階段の下にはユーダルがいて、フランスに来たクレーヴズの使節の知らせと使節の書簡の写しを持っていた。しかし、今はキャサリンが、彼女自身意識せずに、彼を当惑させる策略を行っていた。

「聖ネアン(8)の骨にかけて」スロックモートンが言った。「彼女はクロムウェルを味方につけようとしている。今度は何というとんでもないいたずらをしようっていうのだ」

キャサリンはクロムウェルをバルコニーの端まで引っぱっていっていた。

「わたしが最後にキリストに許しと慰めを求めに行くとき、キリストがわたしの願いを聞いてくださるように」とキャサリンが言った。「わたしはあなたに真実の言葉を話すことを誓います」

クロムウェルは、両唇を擦り合わせながら、だしぬけに、油断なくキャサリンを見渡した。背後に組んでいた手の一方を出し、その白く柔らかい手で胸の上の毛皮をまさぐった。

「まあ、あなたがとても真剣であることは認めましょう」クロムウェルが言った。

「では、閣下」キャサリンが言った。「閣下の太陽が沈みかけていくことをご理解ください。わたしたちは上昇し、衰微します。わたしたちのささやかな日々はその経路を辿ります。しかし、たいていの人よりも閣下が国王の大義を大切に思っていらっしゃることは信じましょう」

「ハワードさん」クロムウェルが言った。「あなたは前からわたしの一番の敵でした」

「五分前までは」キャサリンが言った。

クロムウェルは彼女が王妃になる手助けを求める気ではないかと一瞬思った。そして、それが彼の目的にいかに適うものであるかと。しかし、キャサリンは再び話し出した。

「閣下はたいへんよく王に仕えてこられました」キャサリンが言った。「閣下は王を金持ちで有力な存在になさいました。王を世界的に有力で高貴な存在にするという望み以上の大望を閣下がお持ちになったことはないと信じています」

「ハワードさん」クロムウェルが冷静に言った。「わたしはそれを一番に望みました――次に、わたしのためであると共に常に王のためにもなる大きな自邸を建てることを望んだのです」

キャサリンは眉毛を下げることで、その権利をクロムウェルに認めた。

「わたしも王が気高い君主であることを願っています」キャサリンが言った。「王が仲間たちに栄光を注ぎ、敵に恐怖を味わわせ、この国とこの時代に光を浴びせられることを」

キャサリンは話すのを止めて、長い手に熱を込めてクロムウェルの体に触れ、その手で自分の髪の房を後ろに掻きあげた。バルコニーのはずれでは、ラセルズがスロックモートンと話そうと位置を変え、リズリーが懸命に大司教の袖を摑んでいるのが見えた。

「御覧なさい」キャサリンが言った。「閣下は、閣下を追い落とそうとしている裏切り者たちに取り囲まれています。外国でも、閣下の大義は揺らいでいます。正直申しまして、五分前には、わたしも閣下が失脚することを望んでおりました」

クロムウェルが眉を吊り上げた。

「ああ、これが難しい戦いになることは、わたしにも分かっていた」クロムウェルが言った。「だが、どうしてあなたが今わたしの安泰を願うのか、見当もつきませんな」

「閣下」キャサリンが答えた。「思い当たったのです。この国に王璽尚書ほどに国王の大義を大切に思っている者が他にいるだろうか、と」

クロムウェルは笑った。

「この王をあなたは大切に思っているのですな」クロムウェルは言った。

「わたしは王を大切に思っています。この国を愛しています」キャサリンが言った。「カトー[9]がローマを、レオニダス[10]がスパルタの国を愛していたように」

クロムウェルは足元を見つめながら熟考した。唇は密やかに動き、手は袖のなかに畳み込まれていた。再びキャサリンが話し出すと、彼は首を振った。もう少し考える余裕が欲しかったのだ。

「これがあなたの考えている和解案というわけですな」クロムウェルがやがて言った。「たとえあなたが国王を支配してローマのほうを向かせたとしても、わたしがなお国王の臣下であり、あなたの臣下であるということが」

キャサリンはクロムウェルを見た。自分がほとんど口に出していない考えを、彼がこんなにもうまく言い表したことに少し驚き、唇を開きながら。その後また、彼女の信念が体のなかで高まり、彼女を悲壮な熱意へと駆り立てた。

「閣下」とキャサリンは呼びかけ、一方の手を差し伸べた。「わたしたちのほうへお出でください。

そうでなければ、本当に悲しいことです。――そうでなければ、本当に悲しいことです」

離れたところで、スロックモートンが大司教のスパイをにこやかに、しかし皮肉っぽく観察しているのを見て、大きな悲しみがキャサリンの体を貫いた。というのも、あそこに裏切り者がいて、目の前のここに、裏切られることになる男がいたからだった。スロックモートンの話から、キャサリンはスロックモートンが主を裏切ろうとしていることを十分に知っていた。ところが、クロムウェルはこの国の誰よりもスロックモートンを信頼している。キャサリンは一人の男が短剣を持ってもう一人の男の背後をうろついているのを見たかのような思いだった。死ぬことになる男は彼女の敵であったが、女性の本能で、死ぬことになる男のほうが善人であるように感じたのだ。本気で――口に出したい強い思いに駆られた。「スロックモートンの言葉を信じてはいけません。クレーヴズ公はあなたの大義を見限るつもりです」と。キャサリンは五分前にそのことをユーダルから教えてもらっていた。しかし、彼女の大義のために裏切り者となるスロックモートンを裏切る気にはなれなかった。「本当に悲しいことです」キャサリンは繰り返して言った。

「娘さん」クロムウェルが言った。「あなたはそれなりに正直ではあるが、わたしが王の臣下である限り、ローマ司教に王の土地から税をとらせることなど絶対にいたしません」

キャサリンは両手を差し上げた。

「ああ、何と悲しいことでしょう！」キャサリンが言った。「神とその息子の救世主が王の栄光に与れぬとは！」

「神はわれわれ皆の頭上におられます」クロムウェルが答えた。「ですが、一つの国家に二人の首長を置く余裕はありません。一つの国家には一つの軍隊を入れる余裕しかないのです。わたしの望みは、教皇も聖職者も貴族も人民も、声も力も持たないほどに、王を強くすることです。今でもそうなっています。王がわたしに力を貸し、わたしがそうしたのです。わたしが来る前は、この国は混乱していました。国王の勅命は、東部、西部、北部に届かず、南部にもほとんど届きませんでした。今では、どんな貴族も、どんな司教も、どんな教皇も、この国の王に対して頭を下げざるをえません。そして神もお望みのように、国王陛下の恩寵なくしては、世界中のどんな君主も立ち行くことができなくなるでしょう。この国は世界中の富を持つことになるでしょう。国王陛下がこの国を指揮するのです。金持ちの農夫は聖職者にではなく、国王だけに税を払うのです。裕福な商人たちは、どこの君主にでも皇帝にでもなく、この国の王にだけ税を払うのです。王の宮廷がすべての不正を正すでしょう。君主たちの会議では、この国の王の声が全能となるでしょう」

「あなたは神の声のことを話しませんのね」キャサリンが悲しげに言った。

「神はあまりにも遠い存在です」クロムウェルが答えた。

「ああ、閣下」キャサリンは大声で言い、再び額から一房の髪を掻きあげた。「あなたは教会の財産でこの国の王を富ませたのです。もしあなたがわたしの仲間になれば、この国の王を勇んで借財を返済する貧民にすることができましょう。あなたは、神の代理人に対して、この国の王を頑なにしてしまいました。もしあなたとわたしが組めば、あなたはこの国の王を再び謙虚な気持ちにさせることができるでしょう。世界の王キリストは貧民でした。全人類の救世主キリストは、彼の救世主である神の前で謙虚でした」

クロムウェルは「そうですな」と言った。

「閣下」キャサリンが再び言った。「あなたはこの国の王を金持ちにしましたが、わたしは王に再び夜眠る力を与えましょう。あなたは王に服従する国をお作りになりましたが、わたしはこの国を再び神に服従する国へと変えましょう。あなたはここに大国を打ち建てましたが、ああ、あなたが来てから、神の子らは泣いています。嘆きの声が聞こえぬ町がどこにありましょう。あなたが生まれたことを嘆き悲しむ孤児や未亡人のいない町がどこにありましょう」キャサリンの声にはすすり泣きが入り混じり、彼女は手を揉み絞った。「閣下」キャサリンは大声で言った。「あなたはもう、いわゆる死に体です――あなたが高慢でいられる日々は、あなたがわたしたちを助けようが助けまいが、もう過ぎ去ったのです。あなたが過去にけしからぬことをし出したのと同じ熱心さで悔い改めなさい。人々が幸福である国は祝福されます。神の祝福に感謝する歌が沸きあがる国は栄えます。あなたは呻きの大都市を作ってしまわれました。さあ、今や、『神を褒め称えよ』が歌われる王国を作るのに着手するときです。国を偉大にするのは、満足した人々です。人々を豊かにするのは神の愛です」

クロムウェルは楽しくもなさそうに笑った。

「イングランドにはリズリーのような男が四万もいるのです」クロムウェルが言った。「その男たちと衝突したら、あなたはどうなることか。この国には再び無秩序を解き放たないでもらいたいと願う四万の四十倍、そのまた四十倍の人間がいるのです。わたしはこの国の頑なな者たちを始末してきました。あなたもそうした者たちと衝突しないように気をつけるのですな」クロムウェルは一旦口を噤み、それから付け加えた。「わたしがあなたの言う死に体であるとすれば、あなたの最大の敵はあなた自身のお仲間ということになるでしょう」クロムウェルはキャサリンの狼狽する姿に微笑みかけ、付け加えた。「わたしはあなたの防護者であり護衛人なのです」

…「ですから、わたしの言葉をお聞きなさい」クロムウェルは再び彼のたとえ話を取り上げた。「わたしがこの世にいる間は、あなたの仲間たちの遺恨を受け止めるのはわたしということになりましょう。わたしが去ったときには、あなたがそれを引き継ぐのです」

「閣下」キャサリンが言った。「わたしはわけの分からないことを聞くためにここに来たのでなく、あなたに正義を追求してもらうために来たのです」

「娘さん」クロムウェルが楽しげに言った。「この世にはたくさんの正義があるのです――あなたにはあなたの、わたしにはわたしの正義が。だが、わたしの正義があなたの正義になることは決してなく、あなたの正義がわたしの正義になることもないのです。わたしはまだ、あなたが言うほど死に体になっているわけではありません。しかし、たとえわたしが死に体であるにせよ、あなたを処刑場に送らせる前に毒入りの小瓶をあなたに送るくらいのことはして差し上げましょう。というのも、もしあなたがわたしの首をとらなければ、きっとわたしがあなたの首をとることになるでしょうから、な」

頰に涙が伝ったが、キャサリンはまじまじとクロムウェルを見た。

「閣下」キャサリンが言った。「あなたは約束を守る人だと思います。ですから、どうか誓ってください。もし、あの宿命の丘で、(11)わたしがあなたの命と財産を救ったならば、その後、教会を潰すような真似は決してしない、と」

「王妃となられるおかた」クロムウェルが言った。「たとえあなたが今日わたしの命を救ってくれようとも、わたしは明日、昨日と同じことを行うでしょう。あなたがあなたの大義を守るように、わたしもわたしの大義を守ります」

キャサリンは頭を垂れ、やがて言った。

「閣下、この部屋のはずれに小さなドアがあるなら、そこから外へ出たいのです。窓の前に集まっている男たちと、また顔をあわせたくはありませんから」クロムウェルが壁掛けを脇に動かし、その隙間の前に微笑みながら立った。

「あなたはわたしに願い事をしに来たのですな」クロムウェルが言った。「この期に及んでも、あなたはわたしがそれを聞き入れることをお望みですか」

「閣下」キャサリンが答えた。「わたしは聞き入れてくださらないと思いながら、あなたにお願い事をしました。ですから、わたしは王様のところに行って、あなたが王様の臣下たちにどんなひどい振る舞いをしているかを示したほうが良いようです」

「それはよく分かっていました」クロムウェルが言った。「ですが、王はわたしを十分に使い果たすまでは、わたしを処分なさらないでしょう」

「あなたは人の心をよく読むことができるのですね」とキャサリンが言うと、クロムウェルはもう一度音を立てずに笑った。

「わたしは神が造られたままのわたしなのです」クロムウェルが言った。それからもう一度言った。「お望みなら、あなたの心を読んで差し上げましょう。あなたは、この危機において、わたしのもとへこう考えながらやって来た。嘘つきどもが王のもとへ押しかけ、『このクロムウェルは謀反人だ。陛下の不幸を求めている』と言おうとしている。さあ、陛下のもとへ行って言おう。『このクロムウェルは貧民を虐げ、嘘の証言をします。陛下によく仕えていようとも、彼を倒してください。陛下の名に悪臭を放たせる人物なのですから』と。わたしはね、こんなふうに仲間の心を読むのですよ」

「閣下」キャサリンは言った。「わたしが嘘つきたちと組まないのは確かです。そして男たちが陛下にあなたのことを話すのも」

「だが」クロムウェルは丁重に愛想よく答えた。「陛下は彼らの言葉にもあなたの言葉にも耳を貸しますまい。その日が来るまでは。その日が来れば、陛下も相応の行動を起こされるでしょう――わたしが謀反人だという口実によってか、嘘の証言をしたという口実によってか、まったく口実なしでか、それは分かりませんが」

「それでも、わたしは真実を話すでしょう。それが一番だと思いますから」キャサリンが答えた。

「ああ、神があなたを助けてくださいますように！」それが、クロムウェルの返答だった。

＊＊＊

窓際の仲間たちのもとへ戻りながら、クロムウェルは、あのような単純な考えをする女を想像するのは可能だが、あれほどの単純さで行動できる女を想像するのは不可能だと沈思した。一方で、彼女が国王のそばに留まれば、自分の防護壁となるだろうと思えた。彼女が自分を裏切り者だと国王に告げないのは確かだった。それはクロムウェルがとりわけ恐れなければならないことだった。彼が自分の目的のために、大逆罪が国中に蔓延っているという信念を国王に植え付けたがため、王はあらゆる人間に反逆を見るようになっていた。クロムウェルは、プロテスタントのような自分の支持者たち――例えば、リズリーみたいな男たち――が、イングランドの宗教改革を阻止するなら王さえも倒そうと実際二万丁の剣を用意していると豪語するのを、十二分に意識していた。これは彼のとっての最大の危険だった。王璽尚書は背後に二万丁の剣を持っていると、敵が王に密告したとしたら。その面では、キャサリン・ハワードはまさに防護壁になってくれるだろう。真実への愛のために、彼女は必ずや王に嘘を言う者たちと戦ってくれるだろうからだ。

しかし、他方、王は迷信的な恐怖心を抱いている。まさに昨夜も、青い顔をし、目を血走らせ、巨漢の王が眠ることができずに、クロムウェルのもとに人を遣わして彼を起こさせ、ローマ司教と和解する方法を見つけ出せと、これで二十回目となるであろうか、ものすごい勢いで彼を怒鳴りつけたのだ。これは、単に夜の恐怖にすぎなかった――だが、もし万一クレーヴズがヘンリーと新教の教義を見捨てれば、もし万一ヨーロッパ全体が教皇支持で固まれば、ヘンリーの夜の恐怖は昼をも蝕むことになるかもしれない。そうなれば、キャサリンは危険になるだろう。従って、キャサリンは実際、半分敵で、半分味方なのだった。

すべてはクレーヴズにかかっている。というのも、クレーヴズがプロテスタントの教義に味方するならば、王は反逆を恐れないだろう。もしクレーヴズが皇帝とローマに許しを求めるならば、ヘンリーはキャサリンのほうに振れるに違いない。従って、もしクレーヴズが新教の教義に忠実であり、皇帝に反抗するならば、キャサリンを破滅させることに取り組んでも安全であろう。もしそうならなければ、キャサリンを王のそばに置いておき、自分、クロムウェルの忠誠を王に対して擁護させればいい。

大司教がもの問いたげに眉を吊り上げてクロムウェルを挑発したので、クロムウェルはこう言って大司教の凝視に答えた。

「まあまあ、猊下。この娘のことは、わたしよりあなたのほうが上手く取り扱えるのではないですかな。もし猊下がローマに取り入るおつもりなら、彼女は猊下を友とするでしょうから、な」

「はあ」クランマーが答えた。「ですが、ローマはわたしと取り引きするでしょうか」そう言ってクランマーは激しく首を振った。彼はローマからの認可なしに大司教に任じられていたのだ。

クロムウェルはリズリーのほうを向いた。愛想のよい微笑みは彼の顔から消えていた。大司教に対する友情を込めた軽蔑もまた消えていた。クロムウェルの目は厳しく残酷で赤く、唇も引き締まっていた。

「おまえは何ということをしてくれたのだ」クロムウェルが言った。「おまえはこの女に横柄な口の利き方をしおった。おまえはプロテスタントだが、わたしが修道士を打つ殻竿だとしても、王の前を横切るルター派信徒たちに対しては、天からの雹となり、雷光となり、雷鳴となることを覚えておけ」

クロムウェルの敵意ある視線が、リズリーをひどく怯ませ、赤面させた。

「閣下は我々の味方だと思っておりました」リズリーが言った。

「リズリー」クロムウェルが答えた。「この馬鹿者。わたしは、陛下のもとでわたしがこの国のために作った秩序と平和を愛する者たちだけの味方なのだ。再び、旧教を定着させることが陛下の御意志ならば、それに反して頭をもたげる者を、わたしは鉄のハンマーで打つであろう。わたしに背いて頭をもたげるよりは、おまえたちは生まれなかったほうが良かったのだ。死んで眠ったほうが良いのだ」クロムウェルは体を回転し、襲いかかる毒蛇の素早さで後ろを向いた。

「おまえやおまえの仲間たちからどんな助けをわたしが受けたというのだ。わたしはクレーヴズとルター派信徒を支持してきた。クレーヴズやおまえたちは、わたしや陛下のために何をしてくれた。おまえの味方のクレーヴズ公は、パリに特使を送っておる。その特使が何故パリに来たのか、おまえは探り当てたか。できなかったのであろう。パリへの派遣をだいなしにし、さらには、わたしのもとに友好的にやって来た王の友人に無作法な口を利きおって」クロムウェルは太い指を一本リズリーの目から一インチのところで振り動かした。「気をつけるのだ！　わたしは大逆罪の匂いを嗅ぎ出すために、修道院や大修道院に訪問者を送った。おまえたちの秘密集会にも訪問者を送るから、待っておれ！　おまえたちも逃れられん。神かけて、おまえたちも逃れられんのだ」

クロムウェルはスロックモートンの肩に重々しく手を置いた。「おまえをパリに送ればよかった。おまえならパリに来たどんな特使の文書にも目を通しただろう。きっとおまえは文書を蝨潰しに探したであろうからな」

スロックモートンの目はまったく動かなかった。口が開き、スロックモートンは勝利感も敵意もなく話した。

「実のところ、王璽尚書殿」スロックモートンが言った。「わたしは十分その文書を探りまして、何故特使がパリに来たのかを存じております」

クロムウェルは、様々な考えが彼の頭を駆け抜ける間、スパイの肩にまだしっかりと両手を置いたままでいた。未だ、リズリーのことを睨みつけながら。

「おい」クロムウェルが言った。「わたしがどれだけよい部下をもっているか分かっただろう。おまえがパリで見つけられなかったものを、わたしの部下がロンドンの街で見つけてくれたのだ」クロムウェルは彼のスパイの大きな金色の顎髭のほうへと顔を向けた。「サフォークに、おまえが求めた農場を与えよう」クロムウェルが言った。「さあ、クレーヴズの特使が何故パリに来たのか教えてくれ。クレーヴズは我々の味方に留まるつもりか、それとも臆病者のように皇帝に擦り寄ろうとしているのか」

「王璽尚書殿」スロックモートンが無表情に答えた。少しの間、顎髭を指でいじり、胸に下がったメダルに触った。「クレーヴズは、閣下のお味方に、陛下の同盟者に留まるおつもりです」

スロックモートンの嘘で、三人の聞き手から大きなため息が洩れた。無表情なスロックモートンも、顎髭の覆いの下で、人に気づかれぬくらいにため息をついた。退路を断ったのだ。しかし、他の者たちの場合、ため息は満足のため息だった。クレーヴズがドイツのプロテスタント同盟を率いれば、国王は意を強くして、教皇、皇帝、フランス王に立ち向かうだろう。クレーヴズ公が、彼の主君である皇帝に対して反逆者である限り、国王はプロテスタントを保護の覆いで護ってくれることだろう。

彼らの思いに、クロムウェルが素早く口を挟んだ。

「各々がた」クロムウェルが言った。「ならば、あなたがたが望むことが起こるであろう。リズリー、おまえを許す。使命を果たすためにパリに赴くのだ。大司教殿、あなたはあの娘の首を取りたいのでしょう。娘の従兄をフランスから呼び戻しましょう」

大司教のスパイのラセルズはスロックモートンの目をじっと見つめていたので、大柄の男の視線が一つの床板から別の床板に突然移動したのに気づいた。

「あの男は誠実でないな」ラセルズは独り言を言い、一連の瞑想にふけった。しかし、クロムウェルは他の者たちから、望んだ驚きの報酬をしっかり手に入れていた。彼は劇的な言葉で会談を終え、皆に話すべき何かを与えた。

Ⅶ章

彼がスロックモートンを引き入れた小さな部屋には、刺繡された財布に入ったイングランドの王璽が高い台の上に載っていた。全体が赤と金であるこの権力の象徴は、濃い緑のタペストリーや丸めた羊皮紙で一杯の整理棚にも増して、人の目を奪わずにはおかなかった。整理棚の丸めた羊皮紙にも、多くの印章が血の滴りのようにぶら下がっていたのだが…。その部屋は天井が高いために狭く見えたが、クロムウェルが歩き回るのに十分な余地があり、ここで壁際から壁際へと歩きながら、クロムウェルは国をしっかりと制御する計画を練り上げていた。彼は常に、熟考するかのように、両手を後ろに組み、両唇を擦り合わせ（彼はこうして蜂の姿をした馴染みの悪鬼と話すのだと、彼の敵たちは噂し合った）また、耳痛に悩んでいたので耳覆い付きのふちなし帽を頭に被って歩き回った。

クロムウェルは何も言わず歩き回り、一方スロックモートンは時々一言二言、言葉を発した。スロックモートン自身、疑問があった。裏切られたことをご主人様が悟るはずのときと、裏切りが知られても安全なときとを一致させるにはどうしたら良いかという問題だった。キャサリン・ハワードが最終的に王を欲望の虜にしてしまうまで、自分が彼女のために時を稼がなければならないことは分かっていた。彼女の甲冑には一つ弱点があることも分かっていた。それは、彼女の恋人だと言われている彼女の従兄の存在だった。クロムウェルが彼女のその弱点を知っているということも分かっていた。クロムウェルがその弱点を通してキャサリンを攻撃するだろうということも。クロムウェルがその知識を使う前に、彼を倒すことができるよう自分が時を稼げるかどうかにすべてはかかっていた。

こうした理由で、スロックモートンはクレーヴズの件についてクロムウェルに安心を抱かせるための策を講じたのだ。幸いにも、ユーダルは手早くラテン文を作り上げた。こうして、クロムウェルとの謁見にキャサリンを連れに行くとき、クレーヴズの外交使節の知らせと、袋のなかに入れたクレーヴズ公の実物の手紙の写しを携えてユーダルが勢いよく入って来るのを見ると、スロックモートンは、自分がどう行動したらよいか素早く決断した。彼は、クレーヴズからフランスへの偽の手紙——クレーヴズがいかにも書きそうな手紙——をユーダルに真剣に作らせ、ユーダル先生がラテン語で書いたこの偽手紙を、ご主人様に手渡した。そこでクロムウェルは部屋を歩き回りながら、紙に書かれた文を時々読みあげていた。

クレーヴズが書いたのは、神聖ローマ帝国皇帝に服従し、ヘンリー王との同盟を解除したいということだった。クロムウェルが読んだ文書はこうだった。名高く力強き君主、クレーヴズ公爵は、イングランド王にあくまでも忠誠を尽くすつもりであるが、宗主であり大君であるカール皇帝の怒りを恐れており、税と貢物で領土から皇帝の軍隊を遠ざけられるものなら、金の蓄えを支払っても構わないと思っており、友人であり伯父であるフランス王に、これらの税と貢物を皇帝が受け取ってくれるよう仲介して頂きたいとするものだった。そして、皇帝にその気がない場合には、平和裏にであろうが、戦争になった場合であろうが、名高く力強きクレーヴズ公爵、帝国の選挙侯は、ドイツにおけるプロテスタント信仰を保護し、プロテスタントであるアルマインの君主たちや選挙侯たちを皇帝に立ち向かわせるであろうとされていた。さらに、義兄のイングランド王に力を借りて、カール皇帝自身を、ローマ司教の異端や、カール皇帝とその宗教に付きまとうあらゆるものとともに、ドイツから追い払うであろう、と書かれていた。

クロムウェルはこの手紙が読まれるのを黙って聞いていた。黙って、部屋を歩き回りながら自分でそれを読み直した。そして考えの切れ目切れ目に、またその文書に目を通しては、頷いた。

これが危険な試みであることは、スロックモートンにも分かっていた。王璽尚書が彼を裏切り者と考える最初のおおっぴらな行動となるだろう、と。一ヶ月か六週間で、きっと王璽尚書は真実を知るだろうが、一ヶ月か六週間で、キャサリンは王を虜にし、クロムウェルからのあらゆる危険を取り除いてくれているに違いなかった。クロムウェルが抱くに違いない安心感が、キャサリンの従兄を利用してキャサリンに打撃を与える企てを遅らせるであろうことを、スロックモートンは信じていた。

クロムウェルが唐突に言った。

「ユーダルはこの書類をどうやって手に入れたのだ」そこで、スロックモートンは宿屋を経営する女将を通して手に入れたのです、と答えた。クロムウェルが無頓着に言った。

「報酬として、四半期に十クラウンずつ、ユーダルの賃金に上乗せするように。わたしの石版に書き込んでおけ」それから、雷光のように、質問が飛んだ。

「キャサリン嬢とその従兄のことは確かか」

考える余地を求めながらも、クロムウェルが自分の心を読むといけないと恐れ、その余地を使う勇気がないまま、スロックモートンは答えた。

「ご主人様も知ってのとおり、そう信じております」

「わたしはそうは思わないと申したではないか」今度はクロムウェルが答えたが、そんなことは星の運行次第というかのような冷静さだった。「その従兄がキャサリン嬢を好きでたまらず、我々が彼を彼女から切り離すためパリへ送ろうと大いに骨折ったことは確かだが、な」クロムウェルは壁から壁へと三度歩を運び、それから再び話した。

「キャサリン嬢も従兄が好きでたまらなかったと、人々は言っておる」

胸に絶望を抱えながら、スロックモートンが答えた。

「彼女の生家があるリンカンシャーでは、皆が言っていることです。カルペパーが彼女に生ませたと言われている牛飼いの家の子供をこの目で見たことがあります」

王璽尚書に別のことをいうのは無益だった。たとえ自分がこうしたことを報告しないとしても、二十人もの他の者が報告するだろう。それでも、彼の無表情な顔と大きな顎鬚の下では、絶望が渦巻いていた。クロムウェルの大逆罪を国王に宣誓するのもよかろう。だが、王は彼一人の言葉に聞く耳をもたないだろう。王とキャサリンなしには、彼はクロムウェルの鷹の鉤爪のなかの雀だった。「まあ」クロムウェルが言った。「クレーヴズ公が我々に忠実であるならば、この女を倒すことができるだろう。もし公が我々を裏切ったならば、彼女を王のそばに侍らせておけばよい」

こうした言葉はスロックモートンの計画をひどく挫くものだったので、スロックモートンは当惑を覚え、大声をあげた。

「それはまた一体、どうしてです？」

クロムウェルは非常な高みから笑う者の微笑をスロックモートンに投げ、指差した。

「これは激しい戦いだ」クロムウェルが言った。「我々は難局のなかにある。おまえは別のことを言いたかったのであろうが、な」そう言って、クロムウェルは自分自身の考えを声にした。クレーヴズが自分の味方である限り、キャサリンは敵である。クレーヴズが自分に背いたとしても、キャサリンは敵だが、彼女は正義への愛から、クロムウェルは反逆者ではないと証言するだろう。「おまえは確かだと思わぬか」とクロムウェルが愉快そうに付け足した。「王が一旦、別方向に傾くのを見たら、人々は王のところに行って、わたしを反逆者だと言うだろう。その結果、リズリーのようなプロテスタントたちが蜂起して、わたしを手助けしようとする。そうした情況において、キャサリン嬢はきっと王の耳にわたしを支援する言葉を吹き込んでくれるだろう」

深く耐え難い落胆がスロックモートンを打ちのめし、彼の口から次の言葉を引き出した。

「閣下は至極尤もな推理をなさっておいでです」それからまた、スロックモートンは自分を呪った。というのも、クロムウェルにこうした推理や行動を強いたのは、他ならぬ自分だったからだ。しかし、クレーヴズの外交使節団についての自分の知らせは偽りであり、実際はクレーヴズが裏切りを謀る積りであり、キャサリン・ハワードを支援することがもっとも王璽尚書のためになるであろうなどと、今更言う勇気はなかった。心からこの女が貞淑だと信じることができなかったためもあった。というのも、誰であれ、喜びの機会を与えられた女が、貞淑でいられるなどとは信じられなかったからだ。スパイとして、彼はキャサリンの家と彼女の従兄の家とが近くにあったリンカンシャーにまで真相を探りに出かけていた。田舎者たちがキャサリンの父親のような貧乏貴族の娘たちに対して言うような悪口を、キャサリンに関してもたくさん聞いてきた。キャサリンを愛するようになるまでは、彼はこうした話を王璽尚書の私的な記録簿に書き付けていた。今や、こうした記録簿が彼と彼女を破滅させそうだった。そして、実際、こうした予感通りに、クロムウェルが話した。

「あの女の従兄トマス・カルペパーを、すぐさま、フランスから呼び寄せよ。奴の心に王への嫉妬を掻き立てるのだ。王とあの女が一緒にいるところを襲える場所を探しておけ。そしてリンカンシャーからあの女に不利な証言をする者たちを連れてくるのだ」

クロムウェルは後ろに手を組んだ。

「あの女の従兄をパリから連れ戻すこの仕事はヴィリダスに任せよう」クロムウェルが言った。「わたしはあの女が貞淑だと信じている。従って、おまえは多くの証人を連れてくるのだ。女が事に及んでいるのを見たと証言する者がいるとよい。それはおまえの仕事としよう。よいか、あの女には抗弁する強烈な力があり、実際、無垢であるからには、ふしだらであることを証明するのは至難の業となるだろうからな」

スロックモートンはがっくりと首を垂れた。

「忘れるな」王璽尚書が再び言った。「おまえとヴィリダスで、フランスに人を遣わし、あの女の従兄を探させるのだ。奴の頭に、従妹が王の愛人となっているという話を吹き込むのだ。奴は天からの雷のように慌ててここにやって来るだろう。カレーとパリの街との間で、きっと悪名高い場所をほっつき歩いていることだろう。ポール枢機卿を脅すために、我々は奴をそこに送ったのだからな」

「はあ」とスロックモートンが言った。頭は他の苦い思いで一杯だった。「奴は乱暴者との名声だけで枢機卿を怯えさせ、パリから追い出しました」

「それでは、今度は、この立派なロンドンの街で、恐ろしいことをやってもらおうではないか」とクロムウェルが言った。

第二部　遠くの雲

I章

　ポインズ青年は、かつて近衛連隊の旗手であったが、今では灰色の服を着て、カレーの東向きの新しい城門の下で、キャサリン・ハワードの従兄トマス・カルペパーを待っていた。すでに四日間待っていたが、門が夜閉まっているときを除けば、まったく動き出す勇気が出なかった。しかし、たまたま門番の一人に、父親がカルペパー所有の農場を借り受けていたリンカンシャー出身の農夫がいた。

「だがな、カルペパーの旦那は売っちまったんだ」ニコラス・ホグベンが言った。「きれいさっぱり売っちまったんだ」ホグベンはしかめ面をし、ウィンクし、右の口角を引き上げ、四角い大きな歯を覗かせた。ポインズ青年は何も質問せず、二度繰り返した。「きれいさっぱり。きれいさっぱり、とな」

　しかし、ポインズは一度に一つのことしか頭に入れておくことができなかった。王璽尚書に忠義を尽くす、あの危険な召使スロックモートンによって、必ずトマス・カルペパーに会い、奴がイングランドに戻るのを食い止めねばならないと固く命じられていたのだ。大きな顎鬚を生やし、残酷な蛇のような目をしたスロックモートンはこう言った。「おまえの首は俺の手の中にある。首を救いたければ、カレーでトマス・カルペパーに会い、この手紙を渡すのだ」ポインズは紙入れにこの手紙を入れていた。その手紙には、それとともに、カルペパーをカレーの石積みのはしけの副官に任ずるという証書が付けられていた。しかし、スロックモートンは口頭で言いつけた。もしトマス・カルペパーがこの手紙に承服しない場合、ハル・ポインズは剣でトマス・カルペパーの背中を刺すか、あるいは自分が刺されて衛兵を大声で呼び、カルペパーを投獄させることで奴の帰還を阻止しなければならない、と。

「奴に申し付けよ」とスロックモートンは言った。「この手紙が奴に与える石積みのはしけの副官は立派な職務なのだ、と。さらにこう告げるのだ。石積みのはしけがさ迷い出てもロンドンは未だ遠いが、石はカレーで建築する町人たちに高値で売れるだろう、と。もし奴がそれを否定したら、この嘘つきめ、とでも言って、奴に喧嘩を吹っかけるのだ。要するに、だ」とスロックモートンは熱を込め、長細い両手を複雑に優雅にくねらせながら「奴を食い止めるのだ」と話を結んだ。

破れかぶれの方法だったが、スロックモートンにはこれ以上の方法は見つからなかった。もしカルペパーがロンドンに、そして王のもとに来たら、キャサリンの運命は風前の灯となるだろう。カルペパーの帰還を急かすために使者を送れという王璽尚書の命令をヴィリダスが受けていることも、彼は知っていた。スロックモートンには王璽尚書の使いを任せられるクロムウェルの七百人のスパイがいたが、自分の使いを任せられるスパイは誰一人いなかった。信頼の置けるスパイは誰一人いなかったのだ。誰かスパイをつかまえて、「何としてもカルペパーを食い止めよ。だが、そのことは王璽尚書の部下たちの誰にも打ち明けてはならぬ」と命じたとすれば、そのスパイが王璽尚書にそのことを知らせるであろうことは絶対確実だった。

　ポインズ青年のことが頭に浮かんだのはこうした状況下でのことだった。ここにまったく頭の良くない男がいた。キャサリン・ハワードの侍女の兄で、以前、宮廷での陰謀で首を失いかけた男だった。この妹のそそのかしによって、キャサリン・ハワードの二通の教皇派宛ての手紙を運んだからだった。彼を許したのは国王だったが、彼を最初に捕らえたのはスロックモートンだった。一ヶ月か二ヶ月の間祖父の家に隠れているように忠告したのもスロックモートンだった。その当時、スロックモートンにはこうした忠告を与える直接的な理由はなかった。ポインズは、キャサリン・ハワードの過去の手紙騒動で、ごくささやかな道具であったにすぎなかったから、たとえ近衛連隊の元の地位にすぐに戻ったとしても、誰にも気づかれずに済んだだろう。しかし、人々の恐怖心を弄び、不安で人々を悩ますことは、常にこの大きな顎鬚を生やすずるい男の性格の——生まれつきの性質の——一部だった。それは、クロムウェルがその部下たち皆に伝授したやり口の一部でもあった。クロムウェルはそうした恐怖によってイングランドを支配していたのである。

　こうして、スロックモートンはポインズを怯えさせ、彼を町から遠く離れたオースティン・フライアーズ[1]の、印刷所となっている祖父の家に隠れさせた。さらにスロックモートンは、おまえを救えるのは俺だけだ、という印象をポインズに植え付けた。祖父のみすぼらしい家で、ポインズは、プロテスタントの伯父に小言を言われ、意地の悪いローマカトリック教徒の祖父に嘲られながら、二ヶ月を過ごしていた。今、灰色の服を着、自尊心を貶められ、様々なことをやりたくてうずうずしているポインズをスロックモートンが発見したのも、この家でのことだった。

ポインズ青年はほとんど役に立ちそうもなかったが、スロックモートンの手持ちは彼だけだった。口でカルペパーをごまかすことは期待できないにせよ、少なくとも剣で傷を負わせるくらいはできるかもしれなかった。カルペパーを殺すことはできないにせよ、少なくとも彼を傷つけ、カレーの街に騒ぎを起こすことくらいはできるかもしれなかった。カレーは前哨地で、ここで騒ぎを起こせば大逆罪だったから、クロムウェルを倒すのに充分な期間、カルペパーを足止めすることができるかもしれなかった。それ故に、大柄で、金色の顎鬚を生やし、眉を吊り上げて意味ありげな囁き声で話すスロックモートンは、クロムウェル自身の館の塀の影の、黒い印刷機が置かれた天井の低い部屋で――クロムウェルの部下であるルター派信徒の印刷工がこの秘密を保てる場所を提供したのだ――青年と長い会談を行ったのだった。

＊　＊　＊

ポインズ青年にとって、スロックモートンの危険で恐ろしい存在は、カレーの城門の埃っぽいアーチ門さえ支配しているように思えた。青年はフランスの起伏のない緑色で日のよく当たった沼沢地を、その六マイル先で灰色に小塔を突き出し聳えるアルドルの街とともに目にしていたが、それでもなお、海の向こうのカレーに遣わそうと祖父の家に自分を探しに来たスパイ、スロックモートンの監視下に、今も置かれているような気がしていた。アーチ門の高いところでは、リド(2)から来た石工たちが、金槌で鑿《のみ》をカチンと打ち、細かな石屑を足場の板に撒き散らしながら、ケントの歌を歌っていた。しかし、ポインズ青年は、アルドルから堤防の間を縫うようにして続く埃っぽい曲がりくねった道を見つめ続け、トマス・カルペパーがやって来たら、奴を阻止しなければならないということばかり考えていた。父親のものだった剣には油を塗り、鞘から滑らかに抜けるようにしてあった。短剣は鑢《やすり》で研き、薄い鎖かたびらなら貫き通すことができるようにしてあった。カルペパーがカレーに留まり、石積みのはしけの副官となって、石をネコババして私腹を肥やすことを喜ばないとは、ポインズには思いも寄らないことだった。石をネコババして私腹を肥やすのは、スロックモートンがカルペパーに与えた職の特権だった。それでも、武装を整えておくに如くはなかった。

「奴を阻止したら、きっと、僕は昇進させてもらうぞ」ポインズは凄みを利かせて不平を言った。ポインズなりの鈍い激しい怒りがこみ上げていた。というのも、スロックモートンは、たとえ成功しても、命を救うという約束しかしてくれなかったのだ。それ以上の報酬はほのめかしもしなかった。なぜトマス・カルペパーがカレーに留め置かれなければならないか、青年は推測しなかった。なぜカルペパーがイングランドに戻りたいと思うのかについても、青年は推測しなかった。ただ、何度も何度も凄みを利かせて呟いた。「いまいましい仕事だ、まったくいまいましい仕事だ！」と。

かつて片棒を担がされた不思議な騒動で、彼は妹から、運ぶのは国王とキャット・ハワードの間の手紙だと言われた。そうとも！　大柄でゆっくりとした妹は、手紙を運ぶことで大きな出世が得られると約束したのだ。見つかれば大逆罪だとも言われたが、彼は自分がキャット・ハワードのために運ぶ手紙は国王への恋文だと信じた。それでも、奉仕したことで出世を得ることはできなかった。それどころか、近衛連隊の仲間たちのもとを去り、身を隠すように命じられた。これを命じたのがスロックモートンだった。そして、昇進の代わりに、彼は足蹴にされ、罵られ、手首に紐を巻かれ、王璽尚書の前に引き出されたのだ。そのことを思い出すと、今でも体が震えた。そして今回、スロックモートンから出された提案は、トマス・カルペパーを阻止したなら、命を救ってやるというものだった。

「一体」と彼はブツブツと独り言を言った。「どうして王の手紙を女に運ぶのが大逆罪なのだ。絞首刑だと脅されるのではなく、昇進させてもらってしかるべきだ。国王とキャット・ハワードの間の手紙なのだぞ！」青年はへたくそなしゃれを自分に向かって飛ばそうとさえし、それに磨きをかけ、さらに磨き上げ、ついに完成させた。「王がキャットに手紙書き、キャットが王に手紙書く。それでこちとら首しめられる！」

ポインズの脇には、上から落ちてくる石屑で白くなった門番が、自らの不平を取り留めもなくしゃべっていた。

「お若いの、おいらがトマス・カルペパーを知ってるか、だって？　もちろん、知ってるさ。イングランドに通じるこの道を奴が通ったか、だって？　もちろん通らなかったさ。ダーフォードとメイントリーと親爺の農場だったサロウフォードの地主だったトマス・カルペパー、そうした身分のトマス・カルペパーがこの道を通ったなら、おいらは奴の通った後の地面に唾を吐きかけただろうから、な」

門番は顔をしかめ、ウィンクし、もう一度歯を覗かせた。「おいらは地面に唾を吐きかけた――必ずや唾を吐きかけたさ」と繰り返した。「あるいは、気分次第で、『万歳、トムの旦那』と言って、帽子を高く投げ上げたかもしれん」と言った。そして再びウィンクして、一呼吸入れた。

「きっと」と門番は一呼吸おいて断言した。「おまえさんはどうしておいらが地面に唾を吐きかけたのか、あるいはその反対に、帽子を高く投げ上げたのか、聞きたくなっただろう」

ポインズは袋からタマネギを出した。

「カルペパーがこの門を通らなかったとあんたが自信をもって言えるなら」とポインズが言った。「一安心だ」ポインズは影になったアーチを通して四月の太陽が暖かく差す門の壁に凭れて腰を下ろした。外側の皮を剝いてタマネギにガブついた。「暖まりながら食べるのは、なかなかいいものだ」とポインズが言った。「海から上がり、食欲が活性化しているときには、な」

「お若いの」と門番が言った。「おいらは、お袋がおいらを生んだと誓えるくらい確実に、トマス・カルペパーがこの道を通らなかったと断言できる。ただ、女は女だから、親爺が誰か誓うことはできない相談だが、な。とにかく、何故そう断言できるかと言えば、帽子を高く投げ上げたか地面に唾を吐いたか、どちらかだからだ。そうしたことがなされたならばだ、人の心を横切ったその他の記憶も甦ってくる。だがな、おいらはそんなことはしなかった」

ポインズ青年はアルドルへの道にじっと目を注いで終始無言のまま座り、夜は門口の石の見張り番の小部屋で眠った――国王の衛兵だったのでそうした特権を与えられていた。だが、実は、青年の頭はトマス・カルペパーが姿を見られずに門を通り過ぎたのではないかということばかりに向けられていた。そうした状況のため、門番が、どうして自分は地面に唾を吐くか帽子を高く投げ上げようとしたのか聞いてもらうまでに四日が経過していた。与え得るあらゆる情報を聞いてもらうことは、いわば、名誉に関わる問題だった。そこで、門番は話したくて仕方なかったのだった。

ニコラス・ホグベンの話は、彼のざらざらした顎を何度もくすぐった後で浮気をして蹄鉄工と結婚した女に人生を台無しにされたという話だった。従って、女は皆、卑しめられ、押さえつけられなければならない、というのだった。というのも、女は皆、裏切り者、おしゃべり屋、嘘つき、蛆虫、害虫だからだ。（ホグベンは呂律の回らぬ舌で、女、蛆虫、害虫と、言葉を弄んだ）彼は顎の下をくすぐってもらった女に人生を台無しにされたのだ。顎の下をくすぐるのは、男をたぶらかし混乱させる、相手の気を引く仕草であり、女はホグベンに結婚を約束したようなものだった。それでいて、女は蹄鉄工と結婚したのだ。そこで、ホグベンは意を決し、地上を歩くすべての女、ベッドに横たわるすべての女を破滅させ、押さえつける機会をお与えくださいと神に祈ったのだった。

しかし、ホグベンは、ダーフォードとメイントリーとサロウフォード――この最後の農場が父親のものだった――を売ったトマス・カルペパーにも人生を台無しにされたのだ。何故か？　農場を売るのには、リンカンの弁護士が立ち会い、リンカンの弁護士は農地を羊に与えた。そのことでホグベンの親爺は畑仕事ができなくなり溝のなかで死んでしまった。一つの土地に農夫と羊の両方を入れる余地はなかった。娘たちは売春宿に送られ、息子たちは路上生活の乞食になった。そんな訳で、ホグベンがリンカンの街の樹の下で縄を首に巻いてニヤニヤ笑いを浮かべていたとき、もしワロップの一団[3]がその道を通りかからなかったならば、そして、カレーでワロップの仕事のために人手が必要だとの事実がなかったならば、ヘイルズの聖血[4]にかけて、ホグベンは今頃、天国で天使の頭を叩きつけていただろう。

しかし、カレーの城壁に人を配置する大きな需要があり、絞首台の下でワロップの旗手が一覧表にホグベンの名前を書き込み、リンカンの死刑執行人から彼を連れ去ったのだった。

「てなわけで、おいらはここにいるんだ」ホグベンがまだるっこい調子で話した。「槍の刃先に小さな穴を開けながら、な」

「バカなことを」ポインズ青年が言った。

「お若いの」リンカンシャーの男が答えた。「あんたは槍の刃先に穴を開けるのをバカなことだと言うのかね。だがな、おいらにとっちゃあ、これは最高の装飾なのさ。確かに、槍の刃先を弱めるが、こいつは立派な装飾なのだ」

「装飾などバカげてる」ポインズ青年が繰り返した。

「お若いの」リンカンシャーの男が再び答えた。「これまでになく立派な愚行なのよ。たとえおいらが小さなたたき具と小さな鑢で目を悪くし、手首を疲れさせるとしても、それぞれの穴は、男によって破滅させられプライドを貶められた女を表しているんでさあ。円くしっかりとした模様となって六十四個の穴が開いている。破滅したことをおいらが知っている六十四人の女たちだ」

ホグベンは口を噤み、斧の刃先を揺らし煌《きらめ》かしながら、強い鋼のなかに開いた穴の渦巻き模様をじっと見つめた。そして打抜きが完全に円くなっていないところに鑢を当てた。

「うーむ、ふふん」ホグベンは満足そうに眺めた。「刃先の真ん中には、すべての穴の親穴を開ける計画があるんだ。だが、まだ開けていない。いいかね、まだ開けてはいないのだ。この穴はおいらがすべての女のなかでもっとも憎んでいる女のためのものとなる。だが、噂ではまだ貶められていないのだ。貶められたと言う者もいれば、貶められていないと言う者もある。キャット・ハワードという女が売春宿にいるという噂をあんたは聞いたことがあるかね」

「キャット・ハワードがなっていそうなのは――」ポインズ青年が話し始めた。しかし、文を言い終わらないうちに、彼の鈍い頭にも思い浮かんだ。どんな企みがこの質問に込められているか分かったものではない、ということが。

「何になっていそうだというのだ」リンカンシャーの男が質問した。「何になっていそうなのだ。いったい何に？」

「いや、分からない」とポインズが答えた。

「いったい何に?」とホグベンがしつこく攻め立てた。

「キャット・ハワードなど知らない」ポインズはむすっとして呟いた。というのも、彼はキャサリンの名前がトマス・カルペパーのせいで酒場の噂にのぼっていることを知っていたからである。このリンカンシャーの田舎者もトマスの下僕なわけで、王の愛人となっていそうなキャット・ハワードとホグベンの言うキャット・ハワードとが同一人物であることも考えられた。

「いや、あんたが話さないなら、おいらも話さない」とホグベンが言った。「おいらの話はあんたにはお預けだ」

ポインズは青い目で道をかなたまで追い続けた。遠くで奇妙に飛び上がり、両腕を大きく揺らし、野ウサギが跳ね回るように時々思い出したように前進する人影が、まだ小さくてよく見えなかったが、アルドルのほうからカレーに向かっていた。人影が藁束を積んだ牛車とすれ違ったときポインズが目にしたのは、牛車の傍らの百姓たちが散り散りになって、溝を越えて逃げ出し、息をハアハアさせながら牧草地に呆然と立ち尽くす姿だった。人影は拳を握り締め、それから牛たちを蹴り始めた。牛たちが荷車を溝に転覆させると、人影は以前同様の野ウサギの歩調で踊るように前進した。

「あれぞ、まさしく噂に聞こえたトマス・カルペパーに違いない」ポインズ青年が言った。「行って彼に会ってくる」

ポインズはパッと立ち上がり、鞘のなかの剣をゆるめたが、リンカンシャーの男が鉾槍を横にして門を塞いだ。

「通行許可証を！　通行許可証を見せるのだ！」ホグベンが恨みがましく言った。

「奴に会いに行くだけだ」ポインズが唸った。

「とんでもない。行かせるものか！」ホグベンが答えた。「総督の出す通行許可証がなければ、英国人はフランスの領土に渡ることはできないのだ。あんたが口を閉じるなら、おいらは門を閉じるまでだ」

それにもかかわらず、ホグベンは話さずにいると、窒息しそうだった。

「あんたはキャット・ハワードのことで」ホグベンが唸った。「キャットが俺たちの鼻に悪臭を放つ子猫だとでも思わせたいのかい」

そしてポインズの顔の前で指を振った。

「ここにキャット・ハワードを知る三人がいる」ホグベンが言った。「おいらはな、あの女のせいで故郷を出、流浪の身とならざるをえなかったのだ。あいつだってそうさ。良くも悪くもあの女を知りすぎた。あの女にガウンを買い与えるために、三つの農場――メイントレーとダーフォードとサロウフォードを売ったのだからな。最後のは親爺の農場だった。そして、あんたもあの女を知っている。あんたもあの女を知っている。おいらに警告を与えてくれたが、役に立ってくれそうにないな。蛇を目にした仔馬のように、話を止めちまったからな。神がすべての女を貶めてくれますように！」

ホグベンは、まるでそれがロザリオの祈りででもあるかのように、槍の刃先の穴が表わす破滅した女たちの名を唱え続けた。道端に子供を置き去りにした女がいた。体を覆うために布を盗んで絞首刑になった女もいた。淫らな行為で鞭打たれた女もいた。彼が槍の中央の四角い印に手を伸ばすと同時に、道の人影が門に達した。

「万歳、トムの旦那！　ここにキャット・ハワードを知る三人がおりやす。三人組んで、あの女を蹴り倒しましょうぜ」

トマス・カルペパーは緑色の猫のようにホグベンの喉元に飛びかかり、鋼の甲冑の胸当てより上のところを摑み、門番の被り物をしていない灰褐色の頭を、まるでモップに付いたボロ雑巾の束ででもあるかのように三度前後に揺すった。もはや指で摑んでいられなくなるほど激しく揺すったために、手を離すとホグベンは後ろ向きに倒れた。カルペパーもまた後ろ向きに倒れ、二人は踵を付けたまま、砂のなかに両手を広げ横たわった。

Ⅱ章

最初に立ち上がったのはニコラス・ホグベンだった。首に手を触れ、まるで喉にリンゴのかけらが痞《つか》えたかのように唾を飲み込み、革のズボンの埃を払い、槍を摑み上げた。

「おお」ホグベンが言った。「トムの旦那はまだキャット・ハワードを貶めてないに違いねえ。もしキャット・ハワードを貶めていたら、あの女を罵ったからといって、喉元に飛び掛ってきたりしなかっただろうからな。だから、トムの旦那に関する限り、キャット・ハワードは貶められちゃいねえんだ。おいらもほっと一息つけるってもんよ」

ホグベンは深刻な面持ちでカルペパーの足元に唾を吐いた。カルペパーは地面に横たわっていた。腕を伸び広げて十文字に横たわり、顔は死人のように白く、深紅の顎鬚はカレーのアーチ門の要石の方向を指していた。ポインズはその手を持ち上げたが、まだ脈打っていたので、憂鬱げにまた地面に落とした。

「死んではいない」ポインズが呟いた。

「死んでるもんか！」ホグベンがポインズを見て笑った。「居酒屋にいたせいさ。ワインに薬を混ぜられ、香水をつけた女に狂わされたんだ――すべての女が疱瘡にかかりますように、だ！　旦那はきっと鮮やかな緑の上着に銀のボタンをつけてたんだろうが、引き千切られちまったんだな。靴には金の留め金がついてたんだろうが、なくなっちまった。剣は消え、革の帯は切られちまっている」

「あいつがあんたをひどい目にあわせたのなら、あいつを槍で突いてやったらどうなのだ」

「いや、とんでもない」リンカンシャーの男が丈夫な歯を見せた。「おまえさんはキャット・ハワードを旦那から引き離そうとしてるんだな。だが、旦那にはおいらのために生きていてもらい、キャットをおまえさんがやろうとしている以上に困らせてもらいたいのだ」

ホグベンは夜明けの光が門を通して差し込む街の狭い通りを覗き込んだ。帯でかたく締められた胴着を着た二人の痩せこけた男が、一軒の小屋の低い戸口で欠伸をしていた。ホグベンの眼前で、二人はまだ両の手を大きく伸ばしたまま、次の路地の泥壁の間をこそこそと歩いて行こうとした。

「おい、止まれ、こっちに来い！(1)」とホグベンがフランス語で呼びかけた。「手を貸してくれ(2)」痩せた男たちは急ぎ立ち去ろうとしていたが、立ち止まり、躊躇い、足を引きずりながら、水溜りや土埃を越えて門のところまでやって来た。

「倒された、泥棒だ、助けてくれ(3)」ホグベンは倒れている緑色の服を着た男を指差した。男たちは細い踵で向こう脛を擦りながら、困惑して、どうしてよいか分からない様子だった。

「彼の家まで運んでくれ」(4)ホグベンが命じた。

男たちは倒れている男の左右に立ち、身を屈め、痩せた腕を伸ばして男を持ち上げた。トマス・カルペパーは起こされて座った状態になると、男たちの顔に唾を吐きかけた——男たちは恐れをなした狼のように、震え、後ろをじっと睨みながら、音も立てず逃げ出した。

「あいつらを止めてくれ！　おい、泥棒だ！　捕まえてくれ！」カルペパーが喘いだ。よろよろと立ち上がり、ふらつきながら立っていた。顔は死人のように蒼ざめ、男たちの後を追おうとした。

「くそっ」カルペパーが言った。「酒をくれ」

ポインズ青年は考え事を一人呟いた。「カルペパーは剣も短剣も持っていない。従って、奴と剣を交えるのは不可能だ」この若者に獰猛なところはなかったが、彼はカルペパーがイングランドに渡るのを阻止しなければならなかった。言葉で阻止すべきか、実力行使により阻止すべきか。実力行使のほうが言葉より簡単だった。

「トムの旦那」リンカンシャーの男がブツブツと言った。「いいですかい、旦那にはお金がないんですよ。四ペンス銀貨以上の硬貨を何枚ももっていなけりゃあ、カレーの街では何の飲み物も手に入れることはできないんです。水以外にはね。水ならたくさんありますがね」

ポインズ青年はため息をつき、ベルトの留め金をはずして、書類を取り出した。

「金ならやろう」ポインズが言った。「大金を」青年は今やこの男と言葉での交渉に臨んでいた——青年は再びため息をついた。

だが、トマス・カルペパーは青年の言葉とため息を無視した。ケント州のことよりリンカンシャー州のことを話したい気持ちでいた。というのも、熱のために少しばかりホームシックにかかっていたのだ。それにポインズ青年は彼にはまさによそ者だった。カルペパーは目を閉じ、リンカンシャー出身の門番の言葉を自分の頭に沁み込ませた。それから、突然、唾を吐いた。

「水をくれ！　水以外何を望むというのだ！　雌豚の孕んだこの豚野郎が！　水だけくれて、黙りやがれ！」

ニコラス・ホグベンは、衛兵が夜休む石壁の窪みから、埃まみれで凸凹だが、イングランドの紋章の付いた、脚の長さほどもある革の徳利を持ってきた。それを彼の槍の柄の脇の鉤に引っ掛けて、跳ね橋から首を伸ばし、まずは濠の上に蔓延った緑の葉のアオウキグサを取り除き、そこから黒い水のなかに徳利を沈めた。

「金はある。大金だ」ポインズ青年がトマス・カルペパーに言った。しかし、赤い顎髭を生やし、青い顔をした男は、体をふらつかせ、水が徳利のなかに入っていくドクドク、ゴボゴボという音だけを聞いていた。大徳利が揺れ、キラキラと輝く水生の獣のように橋の下で飛び跳ねた。

カルペパーが空になった徳利を口元からはずしたとき、オレンジ色の顎鬚には緑色のアオウキグサのスパンコールがついていた。カルペパーは大きく喘ぎ、上で待機する石工がアーチ門の高みに引き上げることになっている四角い石の上に腰を下ろした。

「うまい水だ！」カルペパーがホグベンにブツブツと言った。当時、リンカンシャー出身の男は誰もが皆、生後二年目の雌豚のようにブツブツと話した。「カレーの街のどこでもこんなにうまい水が飲めるってわけじゃないんですぜ」ホグベンがブツブツと言い返した。「ここにおいらを送った二人の女に呪いあれだ！」実際、リンカンシャー出身の男たちにとって、ここの水が美味しかったのは、沼地の草の味と卵の匂いがするリンカンシャーの溝の水が思い出させたからだった。

「二人のアマだと！」カルペパーがけだるげに言った。一度に二人の女と跳ね回って身を持ち崩したってわけか？　ひとりの女で十分七人の男を破滅させられるというのに。おまえは何者だ」

ポインズ青年がむっつりと偉そうに言った。

「あんたに金をやろう――大金だ」

カルペパーが眠たげな青い目でポインズを見た。

「もう三度同じことを聞いた」カルペパーが言った。「金はそれなりに良いものだ――だが、腹いっぱい水を飲んだ男にそんなものは関係ない。気分が落ち着いたら、おまえに拳固をお見舞してやろう。それまで待っていろよ。小僧、一人前の男が話すのを聞くがいい」カルペパーは胸を叩き、ホグベンに繰り返して言った。「おまえは何者だ」

ついに質問をしてもらえた喜びに、ホグベンは大きな丈夫な歯を見せた。瞼を捻らせるいつもの癖とともに、自分を破滅させた女は、まさにカレーの城門の前の四角い石の上にカルペパーの旦那を座らせた女だと言った。

「だが、俺は立身出世確実な男だ。今はここに座っているがな」カルペパーが物憂げに答えた。

「ケントの地に七つの農場をもらえる仕事をやり遂げたのだ。いいか、連中は俺に金をくれる使者たちを送ってくる。カレーの門のところへな」カルペパーはポインズ青年に向かって親指を突き立てた。

ポインズは自分が普通の使者ではないことを示すために、右脚を突き出して言った。

「いや、カルペパー殿。もしあなたが枢機卿を殺していたら、農場はあなたのものになっただろう。だが、実際は、カレーの石積み船の副官止まりだ」

「嘘だ」カルペパーが門番から目を離さずに、無頓着に答えた。そして門番に「俺たち二人を破滅させた女とはいったい誰のことだ」と、友達甲斐ある質問を投げかけた。

「なあ、旦那」リンカンシャー出の男は嬉しそうにニヤッと笑った。「旦那はおいらに二つの質問をしなすった。一つ、おいらの問にも答えてくだせえ。スタムフォード(5)の町であの女の名を口にしたとき、旦那はあの女のことで嘘を言ったのですかい」

「リンカンシャーのスタムフォードがおまえの故郷だったのか」カルペパーが訊ねた。「だが、おまえの女とは誰だ。俺にはたくさんの女がいたし、俺のものでないもっと多くの女についても嘘を言った」

リンカンシャー出の男はアーチ門の要石に帽子を投げ上げ、再びそれを捕らえると、儀式を行う者の厳粛さで、藁葺き屋根のような髪の上に載せた。

「旦那は大層なおかただ」ホグベンが言った。「ホントのことを言ったり、嘘を言ったりで、多くの娘を害してきたわけだ」

カルペパーは膝の上の羽毛を密かに観察した。

「昨夜寝た布団に呪いあれだ！」カルペパーが愛想よく言った。

そして頭を後ろに倒し、息を吐きかけて羽根を高く飛ばしたので、羽根は穏やかに日に照らされたフランスの牧草地のほうに流れて行った。

「小僧」カルペパーがハル・ポインズに言った。「これを巡礼の道に横たわる死の教訓として受け取るがいい。俺が巡礼でなくして何なのだ。悪魔と手を組み、魔法の舌を持つ枢機卿をパリから追い出すように遣わされたのだからな。よく聞けよ、小僧。石の上に座る俺に対し、栄光に包まれた国王から、誰が金や贈り物を届けてくれたかを。さあ、よく聞け——」カルペパーが白い片手を伸ばした。昨夜、この手には大きな緑色の石の嵌った指輪があった。今、その指輪はここにない。斜視の目をした十七番目の女がくれた代物だ。十二人の強盗だってそれを力尽くで俺から奪うことはなかった。その指輪がある限り、外斜視が俺の顔を拝まぬようにと、俺は悪魔と約束を交わしたのだ。今、こうなったからには、俺はその女にカレーで会うことになるのかもしれん。だから、よく聞け——俺はポール枢機卿をパリから追い出すために遣わされたのだ。というのも、悪魔の売春婦たるポール枢機卿は魔法の舌を持ち、大悪魔であるローマ司教の名の下、ヘンリー八世に対して兵を挙げるようにとフランス王に説き勧めていたのだ。神が良きヘンリー八世に平和を与え給いますように」とカルペパーは言ってボンネットを持ち上げ、再びそれを赤い髪の上に深く被って言葉を継いだ。「従って、ポール枢機卿の口をパリの街で塞がねばならなかったのだ」

　カルペパーは激しく、ひどく高慢に胸を叩いた。

「そして俺はその口を塞いだ！」カルペパーは威張って言った。「他の誰でもないこの俺が、だ。この俺、トマス・カルペパーは立身出世確実な男なのだ！」

「それは違う」ポインズが頑固に答えた。「あんたは人殺しをするためにパリの街に遣わされた。だが、殺してはいない！」

「嘘だ」カルペパーが断言した。「俺はパリの街を浄化するために遣わされ、浄化したのだ。どんな薬剤師も、昔廏の馬丁で廏を掃除していたヘラクレス(6)も、そんなことはできなかった」というのも、カルペパーがパリの街に来ているという最初の知らせに触れただけで、イングランド国王の差し向けた暗殺者がパリに来ているという最初の噂が流れただけで、ポール枢機卿はスカートの裾を膝元に巻き上げた。二番目の物音を聞くと、枢機卿はスカートをすっかり脱ぎ捨て、女性か外科医兼業の理髪師みたいな服装で、大急ぎでブレシアに逃げ出し、そこからローマに逃げ出したのだった。

「何ていうこともない」カルペパーが断言した。「ヘラクレスは難題だった廏の掃除で神々の仲間入りをしたと聞いていたがな。俺にとっちゃ、街全体を浄化するのも朝飯前だったのよ。箒も短剣さえも必要なく、パリの丸石の上に俺の髭の影が射しただけで十分だったのだ。その日の旅で起きたことは何も言うまい。だが、よく聞け。次に起きたことを！」彼は気分高らかに、背の高い馬に乗って、パリの街を出発した。道に出没するあらゆる強盗も頑強な悪党どもも脅かして追い払った。立身出世確実な男に相応しい良い宿屋で眠り、自分用に刺繍の入った立派な手袋を買ったが、これも余分にもらった金で十分に支払うことができた。呼ばれているイングランドに急ごうと、日暮れにアルドルの街を馬で通り抜けた。馬を乗り潰し、一時間のうちにカレーの城門に到着し、暗くなっていて門番が入城させてくれないなら、扉を叩き壊す積もりでいた。ところが、アルドルの外側の、フランスのものでもイングランドのものでも、誰のものでもない土地で、カルペパーは一軒の小屋を見つけた。暗闇のなかに、明かりが点いて燦燦と煌く窓穴が見え、その中では、体の大きな金髪の女性が酒を飲み、蝋燭の光がその髪やテーブルクロスを照らしていた。カルペパーはいい気分で、カレーの門も閉まっているだろうから、それを叩き壊すのが一時間後だろうが三時間後だろうが、どちらでも構うまいと思うようになっていた。力尽くでだろうが支払いによってだろうが、大ジョッキーから注がれたグラス一杯のワイン、それに女の口からのキス、その場所が提供できるその他の安楽を手に入れようと、カルペパーはその小屋に入って行った。

「さあ、よく聞けよ、小僧」カルペパーが言った。「もしおまえの喉がこの二時間のうちに俺によって掻き切られずに済んだなら、おまえのような小僧は、たくさんの奸計を学ばねばならないのだから、な。よく聞け、小僧。この者たちはエジプト人ではなかった」彼らはボヘミアンでもなかったし、罰当たりなことをいう連中でもなかった。人を巧妙にだます人間でもなければ、暗い顔つきの人たちでさえなかった。カルペパーは彼らに警戒心を抱かなかった。彼らは素朴な、金髪のノルマン人だった。そこで、カルペパーはワインを飲み、例の女と二人の男とともにサイコロ賭博を一勝負か二勝負やり、かなりの額をすったのだった。そこで、さらに酒を飲み、キスを手に入れた。カレーの城門に着くのが三時間遅れようが四時間遅れようが同じだった。テーブルには蝋燭が置かれ、壁には織物が下がり、炉にはワインを温めるための容器が載り、羽毛マットレスのベッドにはシーツが掛かっていた。しかし、朝、目を覚ますと、カルペパーは白壁の間の固い土の上に寝かされていた。そして、取るに値する彼の持ち物はすべてなくなっていたのだった。

「さあ、よく聞け、小僧」カルペパーが言った。「壁掛けと衣服と瓶を荷物にまとめ、俺の馬に吊るし、夜逃げするのは簡単だったのだ。俺の馬で、な。だが、そう単純でないことは、ノルマンディーの素朴な民が巧妙な手口とワインに薬を混ぜる術《すべ》を学んでいたことだ。そこに着目せねばならん！」カルペパーはポインズに向かって指を突きつけた。

「もしも神がおまえに親切だったら、おまえもガリオン船やフランスの騎士たちがイングランドの良き土地に入るのを、手を翳しただけで食い止めたカルペパーと同じくらい優れた戦士になっていただろう。フランス王を動かし我々に戦を仕掛けさせようとしたポール枢機卿をパリから追い出したことで、俺はまさにフランス人のイングランド侵攻を押し留めたのだ。もしも神がおまえに親切だったなら、おまえも同様に勇敢だったかもしれん。だが、俺の頭蓋とその中身をもった男でも、こんなに騙されることがあるってことに驚嘆し、思いを巡らし、辱めを受けてへりくだるのだ。きっと、おまえのようなまぬけは、足の指の爪も剝がされ、まつげの毛も引っこ抜かれるまで、身包み剝がされただろうから、な」

「その赤い髪が詐欺師や泥棒の鼻孔に悪臭を放たなかったら、あんただって、きれいに頭を剃られていただろう！」とハル・ポインズが怒鳴った。

カルペパーは頭を横に振った。

「まだここが随分とボーッとしている」カルペパーが言った。「随分と疲れた。だが、ここがもっとスッキリとしたら、それは俺がもう休んでいられないという証しだが、そのときには、俺は棍棒でおまえの背中をへし折ってやる」

ポインズは激怒して地団太踏み、その目には涙が溢れた。

「もしあんたが剣を持っていたら」ポインズが言った。「あんたが剣さえ持っていたら」

「おまえを打つには一年間育てたニンジンで十分だ」カルペパーが答えた。「剣は大人用だ」カルペパーは、地面に座って槍の先を磨いているホグベンのほうを向いた。「俺の話みたいな話を聞いたことがあるか」カルペパーがけだるそうに訊ねた。

「ええ、ありますとも」リンカンシャー出の男が答えた。「ノルマンディーの素朴な民が素朴なのは、提訴する者がいないからなんでさあ。だが、奴らもライの町の水夫たちからその悪ふざけを学んだんですよ。サセックスの下水溝であるライの町じゃ、人類の父アダムみたいにスッポンポンのフランスへの旅行者を、毎朝、十人は拝めますぜ。ノルマン人も学ぶわけだ」そしてホグベンは「野の獣が人間から学ぶように」と金言めかして付け加えた。「親爺はサロウフォードの農場でおいらの笛に合わせてパバーヌ(7)を踊る雌の小羊を飼ってましたぜ。旦那がその農場を、女にガウンの最後の三分の一を買い与えるために売っちまったわけですが、ね」

「それでは、おまえはニコラス・ホグベンか」カルペパーが言った。

「旦那の言う通りでさあ」ホグベンが言った。「今度はおいらに答えてください。旦那はあの女のことを話したとき、嘘を言ったのですかい」

石の上に座ったカルペパーは偉そうに両脚を揺り動かした。

「俺はあの女にガウンを買うために三つの農場を売り払ったのだ」カルペパーが言った。

「そうですとも」ニック・ホグベンが答えた。「三年前、旦那はスタムフォードの町でそう言ったんでさあ。そして、それ以上のことや状況について話しなすった。ですが、ガウンを買うこととそれ以上のこととの間には、たくさんのことが横たわっているんですよ。例えば、だ。あの女は旦那からガウンを受け取ったのですかい。また、もしあの女が旦那からガウンを受け取ったなら、真っ当な支払い方で旦那に支払いをしたんですかい」

カルペパーが激しくうなり声をあげ、ホグベンを見上げた。

「というのも――」ホグベンが抜け目なく首を振った。「スタムフォードの町ではそれ以上のことや状況が信じられ、キャット・ハワードについて悪い噂があがったんでさあ。ですがね、キャット・ハワードが男によって足蹴にされ破滅させられたことがはっきりするまでは、おいらは槍に鑢で大穴を開けるわけにいかんのでさあ」

カルペパーが突然立ち上がり、ホグベンに向かって指を振った。

「俺はキャット・ハワードと結婚するつもりだ」カルペパーが言った。「だから、あのとき俺が言ったことは嘘だったと言おう。だが、おまえの懸念について言やあ、何日も、昼も夜も、俺が彼女を独り占めしていたことを考えに入れるのだな。あの女が女を愉快にさせせないラテン語を習い過ぎていたにしろ、俺には真っ当な体と強い手首があり、楽しい話もできるのだ。だが、一方、俺には、激しい毒気を含んだ意志もある。あの女が父親のエドマンド卿の家でひどくお腹を空かしていたこと、俺が彼女のためにパイとガウンを買ったことを考えるのだ。穴を開けるか開けないかは、そうしたことを考えた上で決めるのだな――」

ニック・ホグベンは地面に目を伏せながら考えた。そして黒い指で頭を掻いた。

「さっぱり分からねえ」ホグベンが言った。「もし旦那があの女と結婚するなら、おいらは旦那のことを臆病な豚野郎だと罵ってやる」

「ああ、俺はキャットと結婚するつもりだ」カルペパーが答えた。「このフランスでな」そして白く長い道路のほうへ手を差し伸べた。その方角の遠くのほうで、フランスの農夫たちがカレーにいる真のイングランド人のための食糧を運ぶため、痩せた獣たちを追っていた。「このフランスでな。本当に――本当に――」カルペパーはまだ熱は浮かされているみたいによろめいた。「イングランドでは別だがな。だが、平地や海を越えて震えながら――ここで俺はキャットと結婚する」

「盲目の神キューピッド少年みたいなことを言うのですな」ホグベンが皮肉っぽく言った。「どうやってあの女が旦那の意志を知れるって言うんですよ」ホグベンはポインズ青年を指差した。「ここにもう一人、キャット・ハワードと関わりがあるという男がいるんでさあ。その女が旦那の女なのか誰の女なのか、おいらにはさっぱり分からねえ」

　カルペパーは緑の閃光のように真っ直ぐに青二才の若者に飛び掛った。しかし、ポインズもまた後ろへ、左へと飛び退き、油を塗った剣を鞘から取り出して宙に振り上げた。

「キリストの聖墓にかけて！　あんたを串刺しにしてやる――キリストの聖墓にかけて！　あんたを串刺しにしてやる」ポインズは大声をあげた。

「愚か者め」カルペパーが答えた。「神のときが来たら、俺の膝の上でおまえの背中をへし折ってやる。だが、まだ今はそのときでない！」

　カルペパーはポインズが見たというキャット・ハワードについて溢れるほどの質問を浴びせた。

「トマスの旦那」ニック・ホグベンが意地悪くカルペパーの質問を遮った。「ケントから来たあの若僧はたった今言ったんですぜ。『キャット・ハワードはなりそうだ――』だが、そこで口を噤んじまった。いったいキャット・ハワードは何をしそうなんだか、されそうなんだか…」

　目の前で剣をビュッビュッと振りながら、ポインズ青年は素早く頭を回転させた。自分の昇進に関わることなら、青年はいつでも、どんなことでも、素早く頭を回転させることができた。

「トマス・カルペパー殿」ポインズは甲高い声で言った。「僕の言うキャサリン・ハワードは、痩せていて、黒髪で、小柄で、ビグルズウェイトのエドワード・ハワードと結婚しているんだ。扁桃膿瘍で死にそうなのですよ」

ポインズは、自分の昇進がトマス・カルペパーを海のこちら側に引き留めておくことにかかっていることを、よく心得ていた。国王陛下とキャサリン・ハワード嬢との間の手紙を運ぶのに際してへまをしたことに頭をひどく混乱させていたけれども、そうした知らせがカルペパーをカレーに留めておくには役立たないことが分かる程度には嫉妬深い男について知っていた。

カルペパーの活気が水をかけられた松明の明かりのように衰えた。

「金串を仕舞うがいい」カルペパーが言った。「俺のキャットは背が高く、金髪で、未婚だ。メアリー王女に仕えるイングランド人の侍女たちのなかに、おまえはその女を見なかったか」

この問題から逃れようと必死のポインズ青年は、熱心に答えた。

「全然見たことがない。宮廷の噂にもなっていない」

「それは何より結構な話だ」トマス・カルペパーが言った。「そのことを伝えてくれた礼に五回の足蹴りの罰を免除してやろう」

Ⅲ章

一行は、今は亡き枢機卿(1)のものだったハンプトンの館の窓の下の小さな前庭を散歩していた。四月の陽光が輝き、五月も間近だった。風雨を避けることができるその場所には、光が温かく横たわり、微風ひとつ吹かなかった。一行はその窓の下で、とても楽しく過ごしていた。一人の少女が三つの金の玉を空中に抛り投げ続け、他の三人の女の子と二人の貴族が小さな猟犬を甲高く鳴かせて、太陽の光と空の青、暖かい宮殿の壁の赤と灰色を映す玉を夢中になって投げている少女の気を逸らそうとした。堅果の樹の遊歩道では、故枢機卿が植えた木々がもう十五年目を迎え、あたりを暗くしていたが、新芽は小さな花と同様鮮やかだった。この木々はアーチェリーの標的にもなっていた。黒と白の服を着たシセリー・エリオットが、小道でサリー伯と駆け比べをし、老騎士が目を瞬かせてそれを見ていた。全身黒衣をまとったメアリー王女は、踵の高さほどの箱型の生垣の間の赤レンガの遊歩道を、暗い影のように通っていき、小さな花壇と花壇の間に置かれた日時計を翳らせた。王女は花の名を一度尋ねた以外は何もしゃべらなかった。しかし、笑い声があがり、戸外で過ごすこの初めての日に、宮廷の人々は皆、新鮮な空気を胸いっぱい吸い込んだ様子で、すでにメイ・デイの計画を立てていた。

謎々が出された。聖燭祭(2)のナッツの殻が三月の陽気な蕾を愛したなら、殻はどうやって喜びと満足に達するでしょうか？　その謎に答えられた男たちは得意げな顔をし、思案中の人たちの顔を見て腹がよじれるほどに笑った。

小さな前庭の南端にある東屋に座り、キャサリン・ハワードはロッチフォード老夫人と綾取りをしていた。この愚かなゲームと、従妹だったアン・ブーリン王妃の話ばかりしているこの愚かな老夫人とが、キャサリンに大きな安心感を与えてくれた。困惑した眼差しと疲れた表情をして、ときどき関節を痛ませるリューマチにうめき声をあげる老夫人は、キャサリンに、ほとんど会ったことがない自分の母親のことを思い出させた。母親はキャサリンが小さかった頃、いつも出かけてばかりで、父親の昇進のための計画を立てたり、手助けをしたりしていたが、父親に昇進の機会は訪れず、こんな母親が手に負えない子供たちを御することなど望むべくもなかった。そんなわけで、キャサリンはこの老夫人を愛するようになり、彼女と親しく交わるようになった。というのも、老夫人は狼狽《うろた》えるばかりで、監督すべきメアリー王女の侍女たちを統率しておくことができなかったからだった。

キャサリンは、十文字や対角線になった青い羊毛と白銀の糸の撚紐を指に掛け、両手をお祈りをするかのように平行に差し出していた。老夫人はその上に身を屈め、黙って思案ながら、紐の取り方の手がかりを摑もうとしていた。老夫人は痛風にかかって先が腫れた指を二度突き出し、額を擦るために二度引っ込めた。

「思い出すわ」老夫人が唐突に言った。「従妹のアンと綾取りをして遊んだことを。罪深い王妃だったアンと」老夫人は再び身を屈め、紐の取り方を思案した。「あの当時はわたしも相当な腕前だったわ。従妹が亡くなる前に、わたしたちは最終の十一回目の掛け替えまで何度もいったのよ」そして再び体を前に倒し、再び後ろに反らした。「わたしも実際、死の間際まで行ったわ」老夫人が言い足した。

キャサリンの目は老夫人のはるかかなたを見つめていた。そして突然、キャサリンが訊ねた。

「アン・ブーリンは王妃になった後、愛されていたのかしら」

老夫人は、麻痺したような、何かにとりつかれたような表情になった。

「まあ、可哀相に」老夫人が言った。「そんなことを訊くなんて」老夫人は恐れをなして、こっそりとあたりを見回した。陽気な色合いのガウンや刺繡の入った胸衣を身につけた人たちは皆、何かに惹かれてテラスの高いところへ行ってしまっていた。二人だけが東屋に取り残されていた。

「ええ」キャサリンが言った。「クロムウェルがやって来て以来、多くの罪のない人々が殺されました。ですから、あなたの従妹が以前淫らで、生涯異端であったとしても、疑いが残ります…」

老夫人は、自分の胸の、心臓が鼓動するあたりに手を当てた。

「ハワード様」老夫人が言った。「本当に、わたしは、事の真相を知らないのです。何か陰謀があったのかもしれません。真実を知るのは神様だけです」

キャサリンは、指に絡んだ綾取りの紐を見下ろしながら、しばし黙想した。小指の端の関節の近くに、小さなホクロがあった。

「五番目と三番目の紐をお取りなさい」キャサリンが言った。「王様の紐は手首に巻いて」未だ老夫人がその問題に没頭している間に、キャサリンが言った。

「女は王妃になったら、たとえ以前にどんなに淫らだったにしても、たぶん清く生きるようになるでしょう」

ロッチフォード老夫人はキャサリンの指の間に指を差し挟んだが、紐を取ってその指を引っ込めるとき、その紐が震え、張りを失い、縺れ、一個の輪へと溶解した。その様は、観察者の目の前で、雲が疾風に吹き飛ばされるかのようであった。

「まあ、残念なこと」キャサリンが言った。

すべての貴族や貴婦人が上のテラスに集まっていた。老夫人は紐を広い膝の上に載せた。そして突然、身を屈め、大きく目を見開いた。

「従妹はあなたの教会の敵でした」老夫人が言った。「でも、これだけは言っておきたいのです。彼女が夜通し別の男と過ごしたと言われている時も、王妃はわたしと同じベッドに寝ていたということを」

キャサリンは何も言わず頷いた。

「どうしてわたしにそんなことが言えたでしょう」老夫人がすすり泣いた。キャサリンは再び頷いた。

ロッチフォード夫人は、むくんだ両手を揉みしだくかのように擦り合わせた。

「神かけて」夫人は呻いた。「そしてわたしの痛みを癒してきたヘイルズの聖血にかけて、もし魂に魂のことが分かるなら、わたしにはアンのことが分かっていました。王と結婚するまでは他の女と同様だったとしても、彼女はその後、純潔であろうと心掛けていました。ハワード様」――夫人は席の上で太った体をゆらゆらと揺らした――「両方の陣営から、人々がわたしのもとに押し寄せてきました。ローマカトリックの人たちと異端の人たちです。どちらも知っていることを口外するなとわたしを脅しました。黙っていろ。どんな名前も口にするな、と。でも、そう言ってきた人は両方の陣営の人でした。ローマカトリックの人たちと異端の人たちでした。従妹は異端の人たちにまずまず忠実でしたけれど、異端の人たちは彼女に忠実ではありませんでした」

キャサリンはその返答に自分の考えを述べた。

「ええ。でも、わたしの教義は立派な教義ですもの。人々はそれに忠実であることでしょう」

老夫人は前屈みになって、手をさすった。

「いとしい人」夫人が言った。「いとしい、愛らしい人、この世に忠実な男などいないのです」夫人の口調には懇願の響きが宿り、大きな青い目はじっと前を見据えていた。「従妹のアンは確かに異端者でした。いつもわたしの痛みを癒してきたヘイルズの聖血が排斥されたことで、わたしの骨が痛んでならなかったこと以外、わたしは異端について何も知りません。ですが、アン王妃は陰謀のせいでひどく追い詰められていたのです。そして誰も彼女に味方するものはありませんでした」大きな、涙を溜めた目で、夫人は宮殿をじっと見つめた。そこでは壁に掛かった梨の木が、陽光を浴びて新しい青白い葉を茂らせていた。「偉大な枢機卿も陰謀でひどく追い詰められ、誰も彼に忠実ではありませんでした。忠実な男などいないのです。望むべくもないのです。誰一人として忠実な男などいるわけがないのです。偉大な枢機卿はこれらの壁や宮殿を建てました——でも、今どこにいるというのです」

「それでも」キャサリンが言った。「今の王璽尚書は、枢機卿に忠実で、枢機卿のために大いに尽くしました」

ロッチフォード夫人が首を振った。

「少しの間は、忠誠を尽くしたことが役立ってくれるかもしれません」夫人が言った。「ですが、最後にはその名声も悪臭を放つだけになるでしょう」

「そうかもしれません」キャサリンが夫人に答えて言った。「でも、最終的には利益を得るのです。杯の最後の滓を飲み干すまで、クロムウェルは、主《あるじ》のウルジーに忠実だったのですから、神の玉座の前で、彼の多くの罪は許されるだろうと、わたしは確信しています」

老夫人は辛辣に答えた。

「神の玉座はここから遥か彼方です」

「マリア様、聖人たち、お願いです」キャサリンが言った。「十年後には、天国を千リーグこの地に近づけてくださいませ」ロッチフォード夫人が口をポカンと開いたので、キャサリンは声を落とした。

テラスから、大きながっしりした男が、小さな男の子を連れて降りて来た。指を摑ませ、その子が階段を降りるのを助けた。男の小さながっしりした複製であるその子は、しっかりと男にしがみつき、色白の小さな顔に笑いを浮かべ、大きな肩越しに笑い返す父親の顔を見上げた。ヘンリーは全身黒衣を纏い、息子もまた黒衣を纏っていた。少年の未成熟な頭は陽光で輝き、二人は小道を手間取りながら降りて来た。多くの顔や肩がテラスの塀越しに二人を覗き込んだ。一度、子供が躓き、父親の指を離し、四つん這いになった。子供は小道の端に這って行き、小さな手を葉っぱで一杯にし、父親のほうにそれを差し出した。そのとき、皆は王が言うのを聞いた。

「おおっ、ネッド！　君主は四手獣のようには歩かんのだ」そして王は身を屈め、葉を受け取った。子供は身をくねらせ、ヘンリーの靴下留めに小さな指を引っ掛け、再び父の指を握ると、東屋のほうに父を引っ張って行った。

ロッチフォード夫人は立ち上がったが、キャサリンは同じ場所に座ったまま、子供に微笑み、袖に付いたピンク色の房で、子供の頭の上の塵を払い除けた。王子は父親の大きな腿を覆うゆったりしたビロードのなかに顔を隠した。王は、大きな、すべてを包み込む誇り高さを漂わせながら、ロッチフォード夫人に笑いかけた。

「おまえたちは綾取りをしていたのだな」王が言った。「きっと七度目の掛け替えを超えられなかったであろう。わしは白い手の婦人が相手なら、十四回まで行ったことがあったぞ」

王は息子がくれたカーネーションの緑の葉を投げ捨て、老婦人の手から青と白銀の輪を取った。キャサリンに面と向かい、重々しくベンチに腰を下ろすと、「よく見るが良い、愚かなネッド」と大きな声で言い、息子に両手を広げさせ、その小さな手首に紐を掛けた。

突然、王はぎこちなく前に身を屈めると、骨折りに不平を言いながら、東屋の床に緑の束となって横たわるカーネーションの葉を拾い上げた。

「これはわが息子がわしにくれた初めての贈り物だ」と王は言い、胸から巾着を取り出して、そのなかにカーネーションの葉を入れた。「神よ、願わくは、この子がフランスにおけるわれらの世襲財産たる一つか二つの地方を、さらにわが足元に差し出してくれますように！」神の名を唱えながら王はふちなし帽に触れ、さらに息子に向かってドラ声を発した。「よいか、忘れるでないぞ、わしらはフランスの王でもあるのだ。おまえとわしは」すると、髪を短く刈られた少年がラテン語で言った。

「アングリアとガリアとフランスとヒベルニアの王！(3)」

「そうだ、わしがおまえにそれを教えたのだ」王が言い、大笑いした。そして、突然、胴体は動かさずに、頭だけをキャサリンのほうに向けた。

「フランスにいるノーフォークから知らせが入った」王が言った。ロッチフォード夫人が退こうとすると、王は上機嫌で言った。「そうだ、席をはずせ。だが、わしの息子にキスしてもよいぞ」

王は後ろに頭を反らし、椅子の背に片腕を載せ、足を突き出して、彼の靴の留め金をいじっている息子を押した。

「息子は育つ」王が言い、キャサリンに隣に座るよう合図した。それから王の顔が素早く不満を示した。「勇敢な子だが、もっと勇敢にならねばならぬ」そして、下を向いて、「顔色が悪い」王は彼女の手を横柄に摑んだ。

「ここでは、わしらは一幅の絵だ」王が言った。「元気はつらつたる農夫に元気はつらつたる息子、元気はつらつたる妻が、立派なブドウの木の下で休んでおる」王の顔が再び曇った。「だが、わしは――わしは元気はつらつとはいかん。わが息子、息子も元気はつらつではない」王はキャサリンの頰に触れた。「おまえは元気はつらつだ――こんなピンクの頰をしておる」

「はい、わたしたちは十分な食糧さえあれば、いつも元気でした」キャサリンが言った。子供を膝の上に載せ、その顔に軽く息を吹きかけた。「この子の体重を一ポンド内の誤差で当ててみせましょう」と言い添え、小さな指を使ってゲームを始めた。「どうして陛下は小さな子供たちに黒衣を着せるのですか」

「それはだな」王が答えた。「わしは自分が黒を着たときと赤を着たときで、どちらがよりおぞましくなく見えるかが分からんのだ。そこで息子にわしと同じ色を着せる。試着をしているというところだろうな」

「はあ」キャサリンが言った。「陛下はまずご自分のことを考えるのですね。でも、子供に白い服を着せ、ご自分も白を着たらいかがでしょう。そして、聖職者たちの礼拝堂を建て、子供が丈夫に育つように祈ってもらうのです。以前は病弱だった、わたしの従兄サリーの命は、こうして救われたのですよ」

「王妃になってくれ」突然、王が言った。「結婚してくれ。わしはそれを乞うためにここに来たのだ」

キャサリンの唇が開いた。彼女は王に手を握らせたままでいた。予期していた言葉が発せられたのだ。

「そのことは考えました」キャサリンが言った。「陛下が、公言されたのとは違って、長く子供と二人きりで父親役をしていられないことは、わたしには分かっておりました」

「キャット」王が言った。「ならば、わしの望みを叶えてくれ。フランスから知らせが来た。おまえはわしによい忠告を与えてくれた。クレーヴズから知らせが来た。クレーヴズの女は、もうわしの王妃ではない。代わりにおまえを娶る」

キャサリンはベンチから立ち上がり、東屋の入口で振り向いて王を見た。

「小道を歩くことをお許しください」キャサリンが言った。「わたしはずっとそのことを考えてきました。きっと陛下によい忠告を与えることができると思っていましたし、クレーヴズが陛下から離れようとするだろうことは分かっておりました」キャサリンは口ごもった。「そのことをずっと考えてきました。でも、考えることと、事を目の当たりにすることとは違うのです」

王が「早くしろ」と命じ、キャサリンは小道を歩いて行った。王は見た。背が高く、色が白く、風のなかで少し揺らめくキャサリンが、空に向けて顔を上げるのを。長い指が十字を切り、被るフードが後ろに脱げ落ちた。唇が動き、まつげの房が青い目を覆い、キャサリンは自らの両手と格闘しているかのようだった。

「ああ」王は、半ば真面目に、半ば嘲るように、ひとりごとを呟いた。「祈るほうが考えるのよりましだ。わしに祈るのを恐れさせる者たちに神が中風をお見舞いしてくれますように！……さあ、祈るのだ、祈るのだ」王が再び言った。「だが、神とその傷にかけて、わしはおまえをわが妻とする」

キャサリンが戻ってきたとき、王は彼女を見て爆笑し、大きな足で優しく王子を押し、王子が空を摑みながら転がるのをじっと見つめた。

「おやおや」王がキャサリンに言った。「今度はどんな気紛れを起こしたのかね。王妃になるのだ。それしかあるまい。光に向かう道は」王は身を前に乗り出した。「クレーヴズはカールという悪党に慈悲を求めに行きおった。おまえはフランソワをカールと対抗させ、わしがこの二人を無視できるよう、うまくわしを導いてくれた。おまえ以外の誰も、そんな策を練ることはできなかっただろう。娘よ、わしは教皇と同盟を結び、フランソワと組んでカールと対決するか、カールと組んでフランソワと対決するか、だ。アンは首吊り自殺でもするがよい」王は立ち上がり、高い額の奥で目を輝かせながら、両手を差し出した。「本当に！　おまえは美しい女だ。わしはこれまでになかったような王になろう。フランスを我がものにし、再び聖なる教会を打ち建て、立派なお祈りをあげ、暖かなベッドで眠ることにしよう。本当に！　本当に！」

「神様や聖人たちがその事で力を貸してくださいますように！」キャサリンが言った。「わたしは陛下の召使であり奴隷です」

しかし、彼女の口調に王は怯んだ。

「どんな気紛れを起こしたのだ」王は重々しく呟き、その目は赤く染まった。「話すのだ、娘よ！」王は首のまわりの毛織物を引っ張った。「わしは平安を得るのだ」王が言った。「ついに平安を得るのだ」

「神様が陛下にそれを贈ってくださいますように！」とキャサリンは言い、王の意思をくじくことを思っての、半ば恐怖に、半ば無念さに、少し身を震わせた。

「おまえの愚かな気紛れを話すのだ」王がしわがれ声で呟いた。「話すのだ！」

「陛下」キャサリンは言った。「いまの王妃はどこにいらっしゃるのですか」

王は突然、非難されたかのように、キャサリンに腹を立てた。

「ウィンザー[4]だ。わしのここの宮殿より立派な宮殿だ」指を激しく振り、自慢げに抗弁した。「わしがあの女に贈り物の雨を降らせなかったとは言わせないぞ。あの女に威風堂々たる姿をさせなかったとは言わせないぞ。今日も七頭の小馬を贈ったのだ。明日は金のリンゴを届けることになっておる。たくさんの香水も贈ってやった。フランス製のガウンも南国のフルーツも。どんな男も女も、わしが王侯にふさわしい鷹揚さでなかったとは言えないであろう――」キャサリンの沈黙を前にして、王の自慢げな怒鳴り声が止んだ。キャサリンの無言の要求に応えるため、王はこれまでに会った誰にも増してアン・オブ・クレーヴズに贈り物の雨を降らせた。それでもキャサリンが褒めてくれないことで、王は不当に取り扱われたと思い、黙っていられなかった。「あの女が何を貰おうが、おまえに何の関係がある？　あの女が貰えば、おまえは失うのだ。バカバカしいではないか」

「陛下」キャサリンが言った。「わたしはいまの王妃様にお会いしたいのです」

「いったい何故だ」王が驚きの声をあげた。

「陛下」キャサリンが言った。「わたしは離婚という言葉を聞くと良心の咎めを感じます。自分自身で王妃様にお聞きしたいのです」

王が突然、何かよく分からない言葉を大声で言い、地団太踏んで、両手を空に向けて振りあげ、ついにすっかり声を嗄らした。

「はい」キャサリンは王の言葉の一部を捉えて、「わたしは陛下の宣誓証書を読みました。大司教の宣誓証書も読みました。でも、わたしは王妃様が陛下の妻でないということを、王妃様ご自身からお聞きして納得したいのです」

王がアンは嘘をつくだろうと断言すると、

「いいえ」とキャサリンは答えた。「もし王妃様がその地位を守るために嘘をつかれるのでしたら、是非とも王妃様にその地位を守っていただきたいのです。それは、わたしの名誉の問題でもあります」

「神かけて」――王の声は嘲るような傲慢さを帯びた――「名誉の問題でこの世を渡ろうとすれば、この世に長くは留まれまい」

「陛下」キャサリンは大声で言い、両手を差し伸べた。「星の導きを伝えるマリア様と密議の席に座る聖人たちのために、どうかそんなふうに話すのはやめてください」

王は肩をすくめ、怒気を孕んだ羞恥心を込めて言った。

「神がこの世界を別の世界にしてくれますように！　この世が別の世になればよいと思う。だが、わしはこの世界の君主なのだ」

「陛下」キャサリンが言った。「もしこの世がそうしたものだとしても、王や君主は、その世の中を超越するためにここにいなければならないはずです。陛下の偉大さで、この世を変えてください。陛下の正義で、この世を浄化してください。陛下の仁慈をもって、この世を懲らしめ罰してください。陛下は王妃になるよう、わたしにお求めになりました。わたしが王妃になって、そうした王妃にならないことがありましょうか。いいえ、断じてありません。そう、もし女に大きな誓いを立てることができますなら、スパルタを救ったレオニダス(5)とこの世を救ったイエス・キリストにかけて、わたしは神様のお力添えのある限り、全世界がわたしの名誉に汚点を見い出すことのなきよう王妃の座に就き、王妃として行動することを誓います――そして、もしわたしに陛下を左右することができますなら、陛下の名誉にもまた――全世界が汚点を見い出すことのないように」

「ああ」王が言った。「おまえの声は小さな横笛のようだ」

王は、柔らかい靴を履いたがっしりとした足で、東屋の床に敷かれた煉瓦を軽く叩きながら、考えをめぐらせた。

「絶対に、わしはおまえを娶る」王が言った。「おまえはこれまでどんな女もしたことがない程に、わしの五感を捻じ曲げる。男が女に左右されることは良からぬことだ」

「陛下」キャサリンが言った。「良心が痛み、わたしに強いる場合を除いては、わたしは決して男を左右しようとは思いません」そして手で目をこすった。「こうした事柄で何が正しいかを見極めることは難しいことです。唯一の方法は神様に対して忠実であること、そして聖人たちの大義に対して誠実であることとです」キャサリンは自分の足を見下ろした。「わたしは絶えず、神様と聖人たちのためを思って陛下に懇願するでしょう」キャサリンが断言した。突然、再び、キャサリンは脇に垂らしていた両手を差し出した。

「親愛なる陛下」キャサリンの声には自分がこうした懇願をしなければならない無念さが溢れていた。「陛下のために休むことなくお祈りできるよう、わたしを女子修道院にお送りください」

王が頭を振った。

「親愛なる陛下」キャサリンが繰り返した。「好きなようにわたしをお使いください。わたしは陛下のお傍に留まり、陛下を神の大義へと駆り立てましょう」

再び、王は頭を振った。

「聖人たちはそれをわたしにお許しくださるでしょう」キャサリンが囁いた。「イングランドを救うため、この身は地獄に落ちようとも、それは良き燔祭となりましょう」

「娘よ」王が言った。「わしはけっして女色家ではなかった。女漁りはしたが、決して好きでしたわけではない」王の自慢げな口調が重々しい声に戻った。「わしは施すのが好きな王だ。王冠、領土、宝石、名誉、金銭、何でも与えよう。持っているものはすべて与えよう。だが、おまえはわしと結婚するのだ」王は胸を反らして、キャサリンをじっと見下ろした。「わしはずっとこのようであった」

「わたしもずっとこのようでした」キャサリンが素早く答えた。「それはマリア様がわたしの心に植えつけたものです。ですから、陛下がわたしを鞭打とうとも、それを変えることはできません」

「どうしてもできぬのか?」王が言った。

「陛下」キャサリンが答えた。「いまの正式の王妃が、自ら陛下の妻でないと言うのでしたら、わたしは陛下と結婚します。もし王妃様が、この苦しむ領土のためだと言って、わたしに王冠を差し出すなら、わたしは陛下と結婚します。陛下は、陛下のために子供を生むという別種の道義心を持つ別の女性を娶ってもよいのです。この国のすべての悪は、王妃との離婚で生じました。わたしは離婚という言葉を、ユダと同様、嫌悪します。その行為とは関わりを持ちたくありません」

「厳しいことを言いおる」王が言った。「だが、わしがその真実にふと耐えられなくなることがあるなどと誰に言えようか」

大きなせっかちな熱意がキャサリンの声に宿った。「それが真実だとおっしゃるのですか」キャサリンが大きな声で言った。「神様が陛下の心を和らげてくださったのですね」

「神か、おまえか、だ」と王が言い、ブツブツと呟いた。「このことは世に公言せぬ」そして突然、太腿を打った。「絶対に」王が大声をあげた。「その日がまもなく来る。クレーヴズが衰退し、フランスとスペインが仲違いする日が、な。わしは教皇に和平を乞い、キャットのために礼拝堂を建てよう」王は胸から重しが取れたかのように息をつき、突然笑った。「だが、おまえは、わしが正しい進路を取り続けられるよう、わしと結婚せねばならん」

王が再び口調を変えた。

「さあ、アンのところに行きなさい」王が言った。「あいつはバカだから、おまえに嘘はつかぬだろう。それに、神かけて、あいつはわしの妻ではない」

「神様が陛下に真実を言わせていますように！」キャサリンが答えた。「でも、こうした問題で本当のことを言う男はほとんどいないのではないかと思うのです」

Ⅳ章

しかし、横槍を入れたのは、スロックモートンだった。そのときまでには、ヘンリーはキャサリンに首っ丈になっていて、自分の目的が妨げられない限り、彼女の思い通りにさせていた。しかし、スロックモートンは彼女の忠誠心の欠如を嘆いた。キャサリンが、雨が降らなければ、十七名の貴族と十二名の貴婦人と護衛たちを引き連れて、王妃のいるウィンザーまで騎馬行列を行うことになったという噂を聞いて、スロックモートンはその翌朝、彼女のもとへやって来た。

「この騎馬行列は、ハワード嬢のために命じられたもののはずだ」スロックモートンが言った。「宮廷に陛下がこれほどの名誉をお与えになる人物が、他にいるはずはない。そして、もしハワード嬢がウィンザーに行くとすれば、それは狂気じみた気紛れな目的のために違いないのだ」

スロックモートンは、狡猾な、ほくそ笑んだ目でキャサリンを見つめ、大きな顎鬚をゆっくりと撫でつけた。

「この二ヶ月間、わたしはあなたに近づかなかった」スロックモートンが言った。「それでも、あなたのために働いてきたことは、神が知っている」この前日に、王璽尚書に遣わされ、キャサリンを王璽尚書のもとへ連れて行ったことを除けば、スロックモートンは、実際、もう何週間もキャサリンと話していなかった。キャサリンには近づかないのが賢明だとみなしてのことだった。

「それでも」スロックモートンが真剣に言った。「あなたの大義はわたしの大義であって、あなたは好意と保護の外套でわたしを覆ってくれているのだ」

二人は緑色の壁掛けがかかり、高い暖炉のある、キャサリンの古い部屋にいた。ドアの前には、王が贈った、金で刺繍された赤いカーテンが掛かっていた。扉の外のスパイは、クロムウェルの命令で解雇されていた。無用であるとの理由によるものだった。そこで、スロックモートンはある程度自由に話すことができた。

「ハワードのお嬢さん」スロックモートンが言った。「この件では、もっとうまくわたしを活用して頂きたいものだ。あなたの立場は安定してもいなければ、安全でもない。同時にあなたは、相談も手ほどきも受けることなく、この気違いじみた悪ふざけでわたしたち皆の首を危うくしているのだ」

「良き廷臣殿」キャサリンが言った。「わたしの船に同乗して欲しいとあなたに頼んだ覚えはありません。あなたが船縁にしがみつき、わたしが沈没して、あなたが溺れるとしても、それはわたしの過失でしょうか」

「どうしてウィンザーに行くのか教えてください」スロックモートンが催促した。

「良き廷臣殿」キャサリンが答えた。「それは王妃様に陛下の妻であるかお聞きするためです」

「なんとバカな！」スロックモートンが大声をあげ、それから穏やかに言い足した。「ハワードのお嬢さん。あなたは途轍もなく美しい。世の中で一番美しい女だ。あなたのことを思うと夜も眠れない」

「なんと哀れな！」キャサリンがスロックモートンをからかった。

「だが、よく考えて欲しい」スロックモートンが言った。「王妃様は女であって、男ではない。あなたの美しさは、王妃様に対しては、助けにならない。あなたの爽やかな弁舌も、もっともらしい理性も。あなたの信仰心でさえも。だって、王妃様はプロテスタントなのだから」

「もしも今の王妃様が陛下の妻ならば」とキャサリンは言った。「わたしは王妃にはなりません。もし彼女が嘘をついてまで王妃の地位を守ろうとするならば、やはりわたしは王妃にはなりません。わたしの側であれ相手の側であれ、嘘のあるところで、わたしは喧嘩をしようとは思いません」

「それは、それは！」とスロックモートンがからかった。「あなたの喧嘩にはわたしの首がかかっているのだ。それに今では十数名の首が。クレーヴズの件でユーダルはあなたのために嘘をついた。わたしもだ。もしもあなたが王妃になってクロムウェルの危険を取り除き我々を救ってくれないなら、我々の時代はもう終わりだ」

スロックモートンがあまりにも真剣に訴えたので、キャサリンは心を動かされ、話すことをじっくりと考えた。

「勲爵士殿」キャサリンがとうとう言った。「クレーヴズのことでクロムウェルに嘘をついて欲しいと頼んだ覚えはありません。ユーダルにも、です。あなたがたにそんなことをさせるくらいなら、わたしは死んだほうがましです。わたしのためにそんなことが行われたと思う度に、顔が赤く火照ります。わたしの喧嘩に手を貸して欲しいと頼んだ覚えはありません──ええ、これまで、クロムウェルに人を送って、あなたがたが嘘をついたと、クレーヴズは、本当は、クロムウェルを裏切ったのだと、伝えなかったことを、わたしは恥じています」キャサリンはスロックモートンに向かって、咎めるように指を突きつけた。「わたしは恥じています。あなたがたはわたしを辱めたのです」

スロックモートンはかすかに笑ったが、片膝をついた。

「誰かがあなたの愚行の果実から、あなたを救わなければならないのだ」スロックモートンが言った。「あなたを愛している何人もの男たちがいる。わたしはあなたを愛するあまり、頭痛がするほどだ」

キャサリンはかすかにスロックモートンに微笑んだ。

「きっと、わたしはそのためにあなたの首を救ってきたのでしょう」キャサリンが言った。「わたしの良心は叫びます、『王璽尚書に真実を突きつけなさい』。わたしの心は宣します、『おまえを愛する男たちは、いつでもおまえにつきまとって悩まさずにはおかない』と」

突然、スロックモートンはキャサリンの足元に跪くと、キャサリンの手を摑んだ。

「そんなことは、みな、捨て置きなさい」スロックモートンが言った。「あなたには、ここがどんなに危険な場所か分かっていない」彼は優しく、情熱を込めて囁き始めた。「ここから出て行きなさい。わたしがこの国の誰よりもあなたを愛していることは、あなたもよく分かっているはずだ。よく分かっているはずだ。よく分かっているはずだ。わたしほどしっかりとあなたを守り、あなたの考えをすばやく見抜くことのできる男がいないことを知っているはずだ。ここにいる男どもは猪や雄牛のような連中だ。こうした危険から離れなさい。ここにあからさまな問題がある。あなたには、野生の猪のような王を永久に支配することはできない。さあ、一緒に来るんだ」

彼の話を止める言葉をすぐには見つけられないキャサリンに代わって、スロックモートンが囁き続けた。

「ドイツで男爵の位を買うくらいの金は持っている。そこにいたことがあるのだ。深い森のなかの城に、絹の東屋を建てたらよいかもしれない…」

しかし、突然、立ち上がって、笑った。

「ああ」スロックモートンが言った。「俺はおまえが欲しくてたまらぬ。ときには気が狂いそうだ。だが、もう終わった」

スロックモートンは目を輝かせ、片手を振った。

「ことによると、王妃様のところに行くのがよいのかもしれない」スロックモートンがそっけなく言った。「王妃様がそうと言えば、あなたはすべてを得ることになる。王妃様がそうでないと言っても、あなたには失うものはない。というのも、いつでもあなたは気を変えることができるのだから。そして、真の、ぐらつくことのない大義、寛大で神々しい無垢が、男たちの心と声を得るのだ」スロックモートンは少しの間、口を噤んだ。「あなたには男の立派な言葉が必要だ」スロックモートンがそっけなく言った。そして、また笑った。「そう。『わたしは司教にはなりたくありません[1]』という腹と違った答えが、いつでも立派に響いてきたものだ」スロックモートンが言った。

　キャサリンは優しい眼差しでスロックモートンを見た。

「あなたはわたしの目的がそうではないことをお分かりのはずです」とキャサリンが言った。「さもなければ、あなたはわたしを愛さないでしょう。あなたはこれまでのどんな男にも増してわたしを愛していると思います。わたしを愛してくれた男はたくさんいましたが…」

「ああ」スロックモートンが真顔で頷いた。「愛されるのは愉快なことだ」

テーブルの脇に座っていたキャサリンが、頬杖をついた。同時に、真珠や絹の赤い薔薇や緑の葉を縫い付けていた白いリボンが、膝から足元に垂れた。突然、スロックモートンが言った。

「三つの質問のうち一つに答えてくれないか?」

　キャサリンは動かなかった。スロックモートンと一緒のときに度々襲われる気だるさが、彼女を物憂い気持ちにし、話を聞く側に回らせていた。キャサリンは王妃になりたくてうずうずしていた。明日にでも、その翌日にでも。王を自分のものにしたくてならなかった。美しいガウンや王冠が欲しくてたまらなかった。貧しい人々や聖人たちに愛されたくてならなかった。だが、彼女の運命は神の膝の上にあった。明日、王妃様が話すだろう——そのときまでは、休んでいるしかなかった。

スロックモートンの言葉は、喜劇の台詞を聞くときのような驚きをもたらした。

「三つのうちの一つなら答えられるかもしれません」キャサリンが言った。「何も答えてくれないことを願う」

「答えられねばキスが罰だぞ！」スロックモートンが言い足した。

スロックモートンはしばし考え込み、赤い絹のストッキングをはいた細い脚を十文字に組み、暖炉の上の壁の突き出た部分に寄りかかった。すごく早口にしゃべり、その言葉は雷光のようだった。

「最初の質問は、もしあなたがここに来ることなく、別の場所でわたしに会ったとしたら、わたしを愛してくれただろうか。二番目は、あなたは陛下ご自身をどれほど愛しているのか。三番目は、あなたはお従兄の愛人であったことがあるのか」

キャサリンはテーブルに寄りかかり、だんだんと体をこわばらせていくように見えた。目が大きく見開いた。頰から色が失せた。彼女は何もしゃべらなかった。

「王璽尚書が人を遣わせ、お従兄を急ぎここに戻らせようとしているのだ」と、スロックモートンは、キャサリンの顔をじっくりと見回した挙句に、やがて言った。キャサリンは椅子に深く座り込み、縫っていた布がスカートのまわりの床の上に白と赤と緑の花輪を作った。

「わたしは人を遣わせて、お従兄がやって来るのを阻止しようとしたのだが、あの能無しめが」

スロックモートンがゆっくりと言った。「あなたの侍女マーゴットの兄貴だ」

「トムのことは……もう……とうに……忘れたわ」言葉と言葉の間に長い休止を挟みながらキャサリン

が言った。キャサリンは従兄で遊び友達だったカルペパーのことを忘れていた。もう思い出せないくらい以前から、彼のことは考えたこともなかった。

キャサリンの表情を読み、このゆっくりと話された言葉を解釈しながら、スロックモートンはキャサリンが従兄のものだったことに密かな満足を覚えた。

「お従兄はカレーからドーバーに渡ったが、誓ってあなたのもとには来させない」スロックモートンが言った。「ここには他の者たちもいるのだから」他の者などいなかったが、スロックモートンはキャサリンを慰めようとしたのだった。

「可哀相なトム！」キャサリンはほとんど囁き声で言った。

「こんなふうに」スロックモートンがゆっくりと断言した。「あなたは大きな危険にさらされているのだ」

キャサリンはリンカンシャーでの昔の思い出に浸ったまま何も言わなかった。そこでスロックモートンが再び話し始めた。

「従って、あなたにはわたしの助けが必要だ。わたしがあなたの助けを必要としているように」

「そう」スロックモートンが言った。「わたしを相談相手にすべきだ。わたしはといえば、あなたの体を味わう喜びは持てないにせよ、少なくとも、あなたと会話する楽しみを持てる」少しの間、彼の声はしゃがれ声になった。「ことによると、あなたに固執するのは狂気の沙汰なのかもしれない。この世の富や利得の希望を危険にさらすことになるのだから。だが、マキャヴェリ(2)はこう言っている。『金を貯え、最終的に金で買えるものに喜びを持てなくなったなら、心を喜ばせる牧草地をブラブラと歩き、甘い歌を唄う鳥たちの合唱に耳を傾けたほうがよい』と」スロックモートンが片手を振った。「まあ、ときに狂気の沙汰に捉われようとも、まだ哲学者の気質を保っているというところか」

キャサリンは黙っていた。動揺し、リンカンシャー州でひどく貧しかった頃のこと、従兄と一緒だった昔を思った。そこでは、たくさんの良書を読み、それについて考える暇があった。今は、もう四日続けて、一冊の本も手に取っていなかった。

「あなたはお従兄によってひどく大きな危険にさらされているのだ」スロックモートンが繰り返して言った。「だが、わたしが彼の来るのを阻止する」

「勲爵士殿」キャサリンが言った。「それは愚かなことです。もし従兄のナイフからわたしを護るのに衛兵が必要なら、陛下がわたしに衛兵を与えてくださるでしょう」

「ナイフだって！」スロックモートンは驚いた振りをして両手をあげた。「彼のナイフなど取るに足らない」

「従兄が邪魔立てされたときに、近くにいたなら、そんなことは言えないでしょう」キャサリンが言った。「それなりに勇敢なわたしでも、この世の何よりも従兄のナイフが恐いのです」

「ああ、救いがたい女だな」スロックモートンが大きな声をあげた。「真っ直ぐな事柄と明らかな行為だけしか考えない。恐れる必要があるのは、お従兄のナイフではなく、王璽尚書の捻じ曲がった策略だ」

「まあ、トムを自分の策略に縛りつけることができるくらいなら、王璽尚書は何本もの真っ直ぐな鉄の棒をぐるぐる巻きの輪にしてしまうことができるというものよ」

スロックモートンは眉を吊り上げてキャサリンを見た。それから暖炉の上の壁にもたれて体のバランスを取り、赤いストッキングをはいた一方の脚を別の脚の膝の上に載せて十字を組み、指の爪で靴の先の小さな染みを搔いて取った。

「ハワードのお嬢さん」スロックモートンが言った。「王璽尚書はお従兄を破城槌として使うつもりなのだ」キャサリンは彼の言葉を聞こうとしなかったが、スロックモートンはキャサリンを動かせると踏んで、こっそりとこう言った。「お従兄は王の耳をこじ開けるための手段なのだ――あなたの悪い噂が届くように」

キャサリンは前に少し体を傾けた。

「わたしの悪い噂ですって！」キャサリンが言った。ちょうどそのとき、彼女の侍女である、穏やかで、静かで、大きくて、色白で、血色のよいマーゴット・ポインズが、女主人のために、赤く縞に塗られたオーク材の刺繡台を持って入ってきた。牝牛のような侍女を横目で睨むスロックモートンに、キャサリンが言った。「マーゴット・ポインズの前なら、しゃべっても大丈夫です。わたしはマーゴットの運んでくる噂をいくつも聞いていますわ」

床の上に置いた刺繡台の上に亜麻布を広げようと、マーゴットがキャサリンの足元に跪いた。

「王璽尚書は、ある計画を立てているのだ」とスロックモートンがキャサリンの異議に答えた。彼は、新たな句ごとにキャサリンが心を痛めるのを見たいと望み、低い平板な声で話した。「陛下は王璽尚書から、あなたのあらゆる噂を聞き出している。陛下の耳に、陛下の愛する者の悪い噂をもたらすのは、容易ではなく、大変に危険なことだ。だが、王璽尚書はここにあなたの従兄を連れて来て、陛下が、陛下の東屋か、あなたの東屋で、あなたと二人きりになる日が来るまで、密かにあなたの従兄を押さえて置く計画なのだ。それから、すべての障害を取り除き、クロムウェルは、剣を抜いて絶叫するあなたの従兄を、あなたと陛下がいるところに飛び込ませようというわけだ」

未だにキャサリンは動かされずにいたが、黄色い木材でできたテーブルに身を凭せた。「あなたが恐れるべきは刃物ではない」スロックモートンがゆっくりと言った。「恐れるべきはその後のことだ。というのも、王璽尚書はそのときこそあなたに不利な証言をする者たちを連れて来るときだと確かに考えているのだから。そうした証言をする者たちが王璽尚書には何人もいるのだ」

「証人を出そうと思えばいくらだって出せるでしょう」キャサリンが答えた。

「証人たちは宣誓しもしよう――」

「ええ」キャサリンはスロックモートンの言葉を遮り、非常に冷静に話した。「わたしが十指に余る男たちと一緒のところを見たと宣誓する者たちだっているでしょう。わたしの従兄、ニック・アーダム、作男の一人か二人と一緒のところを。ええ、王璽尚書は作男を連れて来て、わたしが彼を愛していたと宣誓させるでしょう。そして、私生児を一人か二人連れて来るでしょう――」キャサリンは黙り込み、スロックモートンも黙り込んだ。

やがてスロックモートンが言った。「何ですと?」

「コヴェントリーのゴダイヴァ(3)に逆らえば、聖カタリナ(4)に逆らえば、あのときのカエサルの妻(5)に逆らえば、そんなことも可能かもしれません」キャサリンが言った。「ここにいるマーゴットも、ロンドンのシティの男たち――リンカンシャーに行ったこともない男たち――の証言を並べ立ててくれています」

マーゴットの顔が苛立ちで紅潮した。彼女は身動きすることもなく座ったまま、太い声で言った。「キャサリン様が角と尻尾をもつ悪魔と歩いているのを見たと宣誓する男が、わたしの伯父の知り合いにいるのです」実際、こうしたことがマーゴットの伯父の印刷室に今も集まっているルター派信徒たちの間では信じられていた。「伯父がそれを印刷しました」マーゴットが呟いた。マーゴットは粗い黒い文字で印刷された一枚の紙を取り出し、その紙を、軽蔑で顔を赤くしながら、床に滑らせてスロックモートンの足元へ送った。その紙には「リンカンからの速報」という見出しが付けられていた。スロックモートンは白い巻紙を足の指で蹴飛ばすと、両瞼の間を青い黄金虫のように跳躍する狡猾な目でキャサリンの顔を冷静にじっと見つめた。それから、頭に被るふちなし帽を後ろにずらして笑った。

「本当に」スロックモートンが言った。「あなたはわたしが聞いた芝居の台詞のなかでもっとも楽しい台詞を聞かせてくれる。陛下がそれを聞いたとき、ハワードのお嬢さんはどう振る舞うのだろう」

キャサリンが驚いて口を開けた。

「巧妙な男にしては、あなたは妙に先見の明がないのですね」キャサリンが言った。「明らかな方法がありますわ」

「それを否定して、聖人たちを証人に立てるというのか」スロックモートンが笑った。

「まさにその通りよ」キャサリンが答えた。「聖人たちがわたしにその場所と時間を与えてくださいますように！」

「あなたは嫉妬に怒り狂った陛下を見たことがおありか」スロックモートンが訊ねた。

「巧妙な男よ」キャサリンが答えた。「陛下は世間を知っています」

「ああ」スロックモートンが答えた。「女性たちが決して貞淑ではないということをね」

キャサリンは屈んで縫い物を拾い上げた。

「スロックモートン殿」キャサリンが言った。「もし陛下がわたしを信用してくださらないのなら、わたしは結婚いたしません」

スロックモートンが口をあんぐりと開いた。そして「あなたにそんな狂気の沙汰ができるのですか」と訊いた。

ここで、キャサリンは縫い物を持つ手をスロックモートンのほうに差し伸ばした。

「わたしはあなたに宣誓します」キャサリンが言った。「それにあなたには、わたしのことがよく分かっているはずです。わたしはこうした噂が陛下の耳に届く方法を探します」

スロックモートンは何も言わず、心のなかでこの言葉を反芻した。

「立派な従者よ」とキャサリンが話し始め、スロックモートンは、彼女が喉から絞り出す円やかな鈴の音のような声で、キャサリンが子供っぽい論理と荒っぽい自尊心をもって彼をたまげさせ楽しませもする長いスピーチの一つをするつもりであることを知った。「もし従兄が危険に頭を突っ込もうとするのでなければ、わたしは従兄を王様のもとへ来させたいと思うのです。スロックモートン殿、あなたは賢い男なのに、このことの賢明さがお分かりにならないのですか。確かな地面を歩くことほどよい歩行はないのですし、わたしは歩行困難なところを歩こうとは思いません。王様と結婚し、生涯こうした嘘を恐れなければならないのでしょうか。王様にそんな不当な仕打ちをしてよいものでしょうか。知恵も自尊心も、そんなことはするなとわたしに助言します。こうした嘘が広まっていると聞いてから、わたしはそれをどうやって王様の耳に届けようかと何度も考えました」

スロックモートンはポケットに手を突っ込み、脚を広げて立ち、まるで背中で暖炉の上の壁を支えるかのように仰け反った。

「陛下は男たちが女についてどんなに嘘をつくかご存じです」キャサリンがまた話し始めた。「陛下は市場でたくさんのニシンを買うような具合に不当な証人をたくさん集めることができることをご存じです。もし陛下がそんなことも知らないような男だったなら、わたしは陛下と結婚しないでしょう。陛下がわたしを信用してくださらないような男だったなら、わたしは陛下と結婚しないでしょう。安らぎを得ることもできません。休息を持つこともできません。わたしはわずかではなく多くを求める人間なのです」

「ああ、あなたは自分の大義を支持してくれる人々にずいぶんと多くを求めるのだな」スロックモートンは思い当たるところあって笑い出した。

「わたしはあなたに誓って欲しいのです」キャサリンが答えた。「剣によっても、短剣によっても、喧嘩を誘発することによっても、槍によっても、棍棒によっても、暗殺者によっても、わたしの従兄の到来を邪魔しないということを」

スロックモートンは再び質問することで、キャサリンの意志を無視した。「あなたは陛下が嫉妬に怒り狂うのを見たことがあるかね」

「勲爵士殿」キャサリンが言った。「わたしはあなたに誓ってもらいたいのです」スロックモートンは口を噤んで思いに耽った。キャサリンが言った。「あなたが誓わないのなら、従兄がここまで来られるように、陛下に護衛を送ってもらい、百人の衛兵で従兄を囲んでもらうことにいたしましょう」

「お従兄に危害が加えられるのを望まないというのだな」スロックモートンが狡猾に訊ねた。「もう一人の人を愛するよりお従兄のほうをもっと愛しているというわけか」

キャサリンが立ち上がり、口を開けた。そして「お誓いなさい！」と大声をあげた。

スロックモートンは腰に指を当て、それから片手を上げて宣誓した。「剣によっても、短剣によっても、槍によっても、棍棒によっても、喧嘩によっても、暴力によっても、あなたの立派なお従兄の命を狙わないと誓います」

スロックモートンはキャサリンにゆっくりと首を振って見せた。

「あなたの知る男たちは、誰もが皆、あなたがお従兄を追い払うことを願っているのだ」スロックモートンが言った。「あなたはこれから、嘆き暮すことになるだろう」

「スロックモートン殿」キャサリンが答えた。「従兄を負傷させるよりは、従兄につけられた傷を嘆いて暮すほうが、まだましですわ」キャサリンは口を噤んで、少しの間、思案に耽った。「従兄を西方の海域に向かう船の指揮官に任命してくださるよう、陛下にお願い致しましょう。ヘスペリデスの園(6)やアタランタ(7)の町を探させるように。そこには、わたしたちの手本となり模範となる黄金時代がまだ残っていることでしょう」キャサリンの目は、スロックモートンの彼方を見据えていた。「わたしの従兄はそうした巡礼をするのにふさわしいしっかりした性格をしています。陛下が陛下であり、わたしが王妃であるうちに、こうした発見ができたらいいと思うわ。フランスの失地を回復することにも増して、キリスト教世界にもっと大きな利益がもたらされましょう」

「ハワードのお嬢さん」スロックモートンはキャサリンを見て、ニヤッと笑った。「我々と同時代、同種の男たちが、未だ残る黄金時代の都市を見つけたなら、たちまちのうちに金を腐食させるという奇跡を起こしてくれるだろうよ。腐食をもたらす我々の鞭に、黄金の都市は挑むことすらできないだろう」

キャサリンが愛想よくスロックモートンに微笑んだ。

「そこがわたしたちの意見の分かれ目ね」キャサリンが言った。「神様は改善されていくようにこの世をお造りになったと、わたしは信じています。考えた末、あなたの質問にお答えしましょう。わたしはあなたを愛しはしなかったでしょう。というのも、あなたは新しいイタリア人の子供であり、わたしはその土地のそれ以前の占有者たちの弟子だからです。この古《いにしえ》の人々の言葉をカトー(8)が彼らになり代わって発言しています。『パン種がパンを膨らませるようにして、美徳は広まっていく。あなたの小麦粉の小さな塊が、最後には共和国のパンの山全体を贖うであろう』と」

スロックモートンは、少しの間、無言のままニッコリと微笑んだ。口は開いたが、音は出てこなかった。それから、キャサリンを説き伏せた。

「わたしの、他の二つの質問にも答えてくれ」

「勲爵士殿」キャサリンが答えた。「最後の質問に関しては、親指締めを使って、リンカンシャーであなたが見つけた証人に聞いてみたらどうでしょう。そして好きなように彼らの言うことを解釈したらいいわ。女に貞淑かどうか訊ねるくらいなら、つるべ井戸の口で、下の水の中に魚がいるか訊ねるほうがましというものよ。もう一つの質問に関しては、わたしが陛下ご自身を愛しているかどうか、今後のわたしの行動を見て判断して頂きたいわ」

「ああ、それではあなたの口からキスをもらうことはできないのだな」とスロックモートンは言い、ふちなし帽を引っ張って目深に被り、部屋から出て行こうとした。

「太陽が東に沈むときには」キャサリンが抗弁し、キスを受けるため手を差し出した。

スロックモートンが出て行くと、大きな金髪の頭をしたマーゴット・ポインズが縫い物から顔をあげ、訊ねた。

「陛下をあなたがどれほど愛しているか、どうか正直に答えてください。わたしもいろいろと考えてきましたが、わたしだったら、もっと痩せた男しか愛せませんわ」

「何と無邪気な！」キャサリンが答えた。「陛下はそのお体から威厳ある性質を滴らせておいでです。陛下は人の心に憐憫の情を呼び起こします。というのも確かに、キリスト教世界に、これほどに試練を与えられ、神の声に招き導かれている者は他に誰もいないのですから。ギリシャの作家たちは、愛の二つの翼は畏怖と憐憫でできているという神話を遺しました。もちろん陛下にも欠点はあるかもしれません。ですが、陛下の悪口を聞かされると、わたしの心には熱い怒りが湧きあがります。たとえ陛下の命令であっても、偽証するつもりはありませんが、陛下と一緒にいると、命令されずとも陛下に跪きたくなるのです。陛下の妃になるために離婚を求めたいとは思いません。離婚を取引の道具に使いたくはないのです。それでも、今の王妃様の前に謙《へりくだ》り、もし結婚が完結していないのなら、わたしに安らぎと陛下をお与えくださいとお頼みしてみたいのです。わたしは陛下をとても愛していますから、塵のなかに我が身を謙《へりくだ》らせも致しましょう。それでも、わたしは愛とその高貴さを愛して止みませんので、料理人の下働きとして生きそして死ぬとしても、邪悪の道に身を屈しは致しません」

「そうした愛のありように値する男などおりませんわ」とマーゴットが答えた。しゃがれた鈍い声だった。「ユーダル先生だって値しません。お昼に台所下働きの女をぶん殴ってやったわ。彼に色目を使ったから」

V章

「無分別な甥も」印刷工の親方バッジが言った。「そのうち降りて来るでしょう。甥の窮状を見れば、なぜ降りて来るのに十分もかかるのかお分かりになります」スロックモートンの質問に、バッジは顎鬚を生やした浅黒い顔を左右に振り、呟いた。「いや。旦那が自分のために甥を利用したのでしょう。甥に何が起きたのかは、旦那のほうがよく知っているはずです」

スロックモートンは焦りを抑え、作動していない印刷機の端に背をもたせた。こうした印刷機のうちの四台は、部屋の真ん中に置かれていた。背が高く、黒く、鉄と木で作られたどの印刷機も、四角い内部が、はためく印刷用紙を下にして、律動的に上がり下がりし、それが上がると職人が印刷された紙を引き抜き、また降りて来て合わさるときには、白い、穢れのない湿った紙が敷かれているのだった。壁に沿って、植字工見習いたちが黒い組版の前に並び、難しい、考え込んだ、ためらいがちな表情で、小さな鉛の活字を素早く引っ摑んでいった。鉛の活字をより分ける騒がしい音、印刷機のキーキー鳴る音、レバーを引き、前に身を屈めてタイプに目を走らせる、セイウチみたいに大きくて白髪混じりの髪の印刷工があげるゼイゼイいう息の音、それらが交じり合い、ゼイゼイ、キーキー、カチャカチャ――そんな平板な、単調な音が鳴り響いた。

「弟子たちには訓練が行き届いているようだな」スロックモートンがぼそっと言い、白い指をまっすぐに伸ばすと、何よりもその指に関心があるかのように明かりに翳した。

スロックモートンは、ここオースティン・フライアーズの、今、彼が寄りかかっている作動していない機械担当の職人の手から、印刷工がしたため急ぎ送った手紙を、その日、ハンプトンで受け取っていた。「拝啓」と手紙には書かれていた。「わたしの甥はT・Cがグリニッジに上陸したとしきりに言っています。甥はその男を阻止できなかった模様です。その意味するところはあなた様がもっともよくご存知のことと拝察します。甥は、最近渡った海の、大嵐のような波浪やその他のことで、取り乱したようになっています。神があなた様を救い、あなた様とあなたのご主人様のお考えを、また、これまでになくこの国で高まっている――神を褒めたたえよ！――プロテスタントの信仰を、ますます繁栄させる方向へと導かれますように。ジョン・バッジ息子より。敬具」

そこで、スロックモートンは最速の屋形船でオースティン・フライアーズの生垣まで急ぎやって来たのだった。印刷工は手紙にこうしたためていた。この務めは王璽尚書のためになり、自分の理解するところでは、プロテスタントの信仰を繁栄させ、ローマカトリックの信仰を衰退させるものとなるだろう。そうでなかったなら、自分のところで働いている職人を手紙とともに送ったりはしなかった。英語での偉大な聖書を印刷するのに忙しい時期なのだから、と。

「ここに空いている印刷機があります」バッジが音も立てず悲しげにしている黒い機械を指差して言った。「わたしは間違ったことをしたのではないかと疑っているのです」黒い乱れた髪の下で額が曇り、とさかのように大きな皺が寄った。「わたしは間違ったことをしたのではないかと」と印刷工は言い、黒猪のような毛が生えた大きなむき出しの腕を組んで、じっと考え込んだ。「間違ったことをしたと考えたなら、七日間は眠れないでしょう」

一人の印刷工が機械に向かって欠伸をすると、この大きな浅黒い男は大声をあげた。

「この怠け者、怠惰丸出しにしおって！　おまえはこの国に流布させるために神の言葉を刷っているのだぞ。それによって、天に選ばれし者たちとともに立つことができるということが分からないのか」それからバッジはスロックモートンに食ってかかった。「旦那」とバッジが言った。「旦那のご主人のクロムウェル様が我々の大義を推進してくださっているから、この手紙の件でわたしはクロムウェル様のお役に立ったのです。ですが、旦那、神の純粋な言葉を印刷するのから一瞬でも離れたことで、わたしはあなたのご主人様の一年分の仕事以上の時間を損失したのではないかと疑っているのです」

スロックモートンは、まだ明かりに翳したままの自分の細長い手を穏やかにこすった。

「あなたは王璽尚書から離れようとしているのか」スロックモートンが訊ねた。

印刷工は血走った目でスロックモートンを睨みつけ、喉を詰まらせた。そしてスロックモートンの顔の前に途方もなく大きな手を振り上げた。

「廷臣殿」バッジが大声をあげた。「わたしはこの手で雄牛を止め、その目と目の間を殴打したこともあります。誰であれ王璽尚書殿を裏切る者に出会ったなら、この手で目と目の間を殴打せずにおくものですか」その手は憤怒のために空中で震えていた。「わたしは王璽尚書殿を危難から救うために、千人の徒弟と千人の職人を立ち上がらせることができます。わたしは印刷したパンフレットによって一万人の市民を諸州から蜂起させることができ、明日にはもう一万人を蜂起させることができるでしょう。こうして、王璽尚書殿を教皇派の者どもから、悪魔の穢れた策略から護るために強力な軍隊を召集することができるのです。もしわたしがローマカトリック教の信者だったなら、王璽尚書殿が亡くなられたときには聖人となるよう祈るでしょう」スロックモートンは彼を殴ろうとするかのように構えられた太い手からごくわずかに顔を引き、目を瞬いた。「もし王璽尚書殿が必要とするならば、わたしの金《きん》は王璽尚書殿のものとなるでしょう。わたしの血もわたしの祈りも王璽尚書殿のものとなるでしょう。それにもかかわらず」バッジの声はさらに高揚した調子を帯びた。「神の言葉の一文字のほうが、神の助けあらば、王璽尚書殿よりも、わたしよりも、わたしの愛するすべての者たちよりも、王璽尚書殿の愛するすべての者たちよりも優先されるのです。王璽尚書殿は、彼の法と、大逆罪によく利く鼻で、アマレク人(1)のベルトの上を殴打してきましたが、神の言葉の一文字一文字がアマレク人の腰と太腿を殴打するのです。神の助けあらば」バッジは再び喉を詰まらせた様子で、もっと静かに話し始めた。「だが、この国に、この修道士を打つ神聖なる殻竿、クロムウェル様以上に愛すべき人間がいようはずはありません」

「なるほど、陛下ご自身を差し置いてもか」スロックモートンが言った。「それが聞けて嬉しいぞ」

「すべての印刷工と世俗の権力を差し置いても、です」印刷工が答えた。徒弟や職人の間に喝采と否定の呟きが上がった。王は起源と霊感において神に等しいという意見の者もあったが、大部分の者は彼らの親方を支持し、スロックモートンの青い目は、一方から他方へと動いた。

しかし、印刷工は満足のため息を吐いた。

「神に感謝しよう」印刷工が言った。「神は君主たちの心を摑み、その息吹であらゆる世俗の出来事をお導きになる」スロックモートンは全能の神の名を聞いて、被っていたふちなし帽に触れそうになったが、自分がプロテスタント信徒たちのなかにいることを思い出し、手の方向を変えて、頰の、短い顎鬚の生えたところを搔いた。「我らの立派な国王陛下が、未だ我らの大義と王璽尚書殿の大義を重視しておられるのは、誠に好ましい限りです」と印刷工が言葉を継いだ。

スロックモートンが言った。「何ですと？」

「はあ」印刷工が重々しく言った。「クレーヴズのよい知らせが来ているのです」

「クレーヴズから知らせが来ているですと？」スロックモートンが素早く訊ねた。

「クレーヴズからではありません」印刷工が答えた。「そうではなく、パリ経由で宮廷に入ったものです。それゆえにクレーヴズからとも言えるでしょうが」そして、興味をもったスパイに向かって、印刷工は正確に物語った。演説口調で顔をしかめて話をするラテン語学者の先生がパリの街でクレーヴズの外交使節の書簡の写しを盗んで来た。その書簡には、クレーヴズが真のルター派信徒のシュマルカルデン同盟(2)に固く忠誠を誓い、カール皇帝と呼ばれるローマ教皇の呪われし同盟者に貢物を手向けはするが、それ以上の忠誠は誓わないということが書かれてあったということを。

スロックモートンは被っているふちなし帽を床のほうへ傾けた。

「どうやって、そんな極秘の知らせを手に入れたのだ」スロックモートンが訊ねた。

印刷工は、甚だしい喜びを示すかのように、黒っぽい顎鬚を揺すった。

「あなたは巨大なスパイ網をお持ちだ」印刷工が言った。「だが、信仰深い者たちの間の神の囁きのほうが勝っているのです」

「なるほど」スロックモートンが答えた。「ユーダル先生はあんたの姪のマーゴット・ポインズを恋人にしているからな」

マーゴットの名を聞いて、印刷工の目に突然の、激しい怒りが宿った。

「別の経路を通してです」印刷工が大声をあげ、低い天井に向けて腕を振った。「万能の神の面前で誓いましょう。姪のマーゴットとは一切関係ありません。姪はキャット・ハワードという悪魔の情婦の近親となり、愛人を通してであれ、他の手段を通してであれ、決してわたしに秘密を漏らしはしません。『重い丸太は口を割らない』といいます。姪のことなど知ったことではありません」

印刷工は立ったまま仰け反り、「知ったことではありません」ともう一度言って、スロックモートンに額を向けた。「わたしは驚いているのです」印刷工が口に出した。「王璽尚書殿の非常に忠実な召使であるあなたが、わたしの姪のマーゴットの兄と関わることができるということを」

「印刷工の親方」スロックモートンが印刷工に答えた。「プロテスタント信仰のパン種がなかに入ると、家々は内部分裂を来たすのだ。ある娘は邪悪なカトリック教徒で、あなたの言うようにキャット・ハワードに仕える。だが、その兄はわたしにとって未だそれなりに良き従者なのだ」

弟子たちに聖書と王璽尚書への賛辞を聞かせた印刷工が、今度は彼らを睨みつけると、再び弟子たちの腕がレバーとともに振れ、鉛の活字がカチャッカチャッと音を立てた。印刷工が大きな頭をスロックモートンに近づけて呟いた。

「わたしの甥があなたによく仕えているというのは本当なのですか。あいつはわたしらの大義に好意を示そうとしたこともないし、あなたがあいつをこの使いに出す前にはしょっちゅう酔って喚いていました。キャット・ハワードと国王との間の手紙を運んだことで辱めを受けたと言って。もしそれが本当なら、あいつはわたしらの味方ではありません」

「ああ、それは本当だ」スロックモートンが無頓着に答えた。

印刷工はスパイの手首を掴んだ。彼の真剣さは王璽尚書の大義への熱意の度合いを示していた。

「もうあいつを使うのはよしてください」印刷工が言った。「わたしの妹の子供たちは二人とも政治や宗教に無関心だ。あいつらがあなたによく仕えることなどできっこありません」

「首に輪縄を付けた者たちを従者に使うというのが王璽尚書の座右の銘であり習慣なのだ。そうした者たちがもっとも役立ってくれるのでな」

印刷工は憂鬱そうに首を振った。

「わたしの甥はいずれきっと王璽尚書殿を裏切るでしょう」

「その前にわたし自身がそうするだろう」そう言って、スロックモートンは欠伸をし頭を仰け反らせた。

「ボンクラ野郎のご登場だ」印刷工が言った。戸口の上の横木に摑まって、ポインズ青年が立っていた。顔は青白く、剃られた頭に絆創膏が貼られていた。床につけるのが痛いかのように片足を浮かせていた。ひどく年取って見える高齢の祖父が、ふちなし帽を額まで引き下げて被り、生気なく、皮肉っぽく座っている居間を抜けて、印刷工はスパイを案内した。青年は足をひきずりながら彼らの後に続き、老人の次の言葉を無視した。

「王璽尚書の手下どもと付き合うでない。王璽尚書はわしの土地を盗みおった奴じゃ」印刷工、祖父、徒弟、職人が皆集まって食事をする長い倉庫に着くと、印刷工はものものしくドアを突き押して開き、真っ先になかに入って長い架台を調べた。

「ここでなら話すことができる」と印刷工が言い、年老いた女に出て行くよう合図した。女は、炉の石炭の火の上に身を屈めていた。そこでは、留め金に下がる大きなポットが沸騰していた。かつては紫色と緑色をしていた短いペチコートと綿毛交織物の胴着を身につけた老女は、抗議の金切り声をあげた。女の五臓六腑は怒りで煮えたぎっていた。女は追い出されるためにそこにいるのではなかった。他の者たちと同様に仕事があった。印刷工が生まれる八年前から印刷工の母親の手伝いをしていた。音量を高めた印刷工の声も、女の言葉を掻き消す役には立たなかった。女には印刷工の声が聞こえなかった。そこで、印刷工は肩をすくめ、あの女は壁よりも耳が遠いから、ここは自分たちが話をするのにもっとも適切な場所だと、スロックモートンに言った。そして後ろ手にドアをバタンと閉めた。

スロックモートンはテーブルと壁の間に置かれた長椅子に片足を載せた。額が鼻の頭の下に来るほどの獰猛さで青年を睨みつけた。「おまえは奴を阻止できなかったのだな」スロックモートンが言った。

青年は怒りと絶望の激流に飲み込まれた。彼をこの使いに送ったスロックモートンを呪った。「門番にぶん殴られた！　あの悪党！　リンカンシャー出の農夫の息子のくせに！」ポインズ青年が大声で言った。「ひどい船酔いで床に横になっていたとき、あいつが槍の柄で僕の頭蓋骨を砕き、肋骨のあたりを蹴りやがった。あんたが僕をカレーに送った日こそ、呪われるがいい。廷臣の息子が小作農にぶん殴られるとは」青年は急に話を中断し、再び話し出した。「あんたと出会った日こそ呪われるがいい！　キャット・ハワードの手紙を運ぶことになった日こそ呪われるがいい！　妹のマーゴットが僕に手紙を運ばせたその日こそ呪われるがいい！　そして疱瘡による若き死がキャット・ハワードの従兄の命を奪えばいいのだ！――奴が朽ちて墓の上の土を通し悪臭を放つようにな。僕と闘おうとしなかったくせに、僕が船酔いでむかついているときに、リンカンシャーの田舎者に廷臣の息子の僕をぶん殴らせたのだから」

「まあ、廷臣の子ならその程度のことで死にはせん」スロックモートンが言った。「だが、背中をもっとぶたれたくなければ、どこでT・カルペパーと別れたか教えるんだ」

「グリニッジでだ」ポインズ青年が言い、呪いを吐いた。老女がポインズ青年の頭蓋骨の上の絆創膏を覗こうと鍋のところからやって来て、「わたしゃ絆創膏を貼るためにこの家にいるわけじゃないんだよ」とわけのわからぬ泣き言を言いながら炉辺に戻っていった。

「小僧」スロックモートンが言った。「すぐさまおまえの話を聞かせないなら、おまえは即刻ロンドン塔行きだ。日が暮れるまでにカルペパーが見つからなければ、貴様のようなポンコツ野郎の命はないものと思え」

ポインズ青年が腕を伸ばし、呻いた。

「ポンコツなのは打撲傷と船酔いのせいだ」青年が呟いた。「だが、もし日が暮れるまでになんとか奴の首を切れなかったなら、痘瘡が永久に僕の出世を奪いますように！　僕のうんざりな話を聞いてもらおうじゃないか」

スロックモートンは思案し、頭を垂れ、顎髭を指でいじり、言った。

「グリニッジではいつ奴と別れた」

「今日の夜明けだ」ポインズが答え、再び呪いの声をあげた。

「酔っていたか、素面だったか」

「ひどく酔っ払っていた」

老女がジャックナイフの束を両腕に抱えて来て、テーブル越しに呟いた。

「さあ、ベッドにお入り」老女はしゃがれ声でいった。「新しい敷布は暖めとらんが、あなたも使わんじゃろう。さあ、ベッドにお入り」

スロックモートンが老女の背中を押し、青年の上着の襟元を掴んだ。

「出かけながら、話すのだ」スロックモートンは、ポインズの体を揺さぶって言葉を強調しながら言った。「一人前の仕事を任せたのに、でくの坊が。おまえが足留めを食らわせられなかった男を我々で見つけられなければ、今夜、おまえを縛り首にして木から吊るしてやる」

生垣の間をスロックモートンの大股の足取りに合わせ、痛ましくも小走りしながらあえぎあえぎ話を語るポインズ青年は、カレーの町では影のようにカルペパーに寄り添っていたのだ。事あるごとにカルペパーに石積み船の船長に任じる証書を見せ、スロックモートンが与えた金を渡した。だが、カルペパーは少しも耳を貸さず、醸造酒場で何杯ものビールを飲みながら、リンカンシャー出の門番と荒っぽい友情を結び、免除金を出してこの男を仲間たちから解放し、キャサリン・ハワードとの結婚の証人として海の向こうに連れて行くことを主張した。執拗に、言葉と証書で事あるごとに説得を試みながら、ポインズは二人のあとを追い、テムズ川行きの船に同乗した。

この話はとぎれとぎれに、脱線しながら語られたのだが、青年が何人ものカルペパーを怒らせるに充分な程の鈍重な執拗さで仕事をし続けただろうことは、スロックモートンにもはっきりと分かった。宿屋で、カルペパーに石積み船の副官になるよう懇願した。曲がりくねった街路で、カルペパーのすぐ傍らを小走りした。グリニッジに運んでくれる船の舷門に立ちはだかった。事あるごとに札入れから副官の委任状を取り出した。そこで、ポインズ青年とともに快速の屋形船の艫に腰を下ろしたとき、スロックモートンの頭にはカルペパーのイメージがすっかり出来上がっていた。それは、野蛮なブルドッグが街を歩いたり舷側を上ったりする際に、その耳を引っ張っては目の前で跳ね回って踊るクマの子に、しつこく付きまとわれているイメージだった。カルペパーはポール枢機卿をパリから追い出すのに成功したことで、酒に酔ってひとり悦に入っていただろうことは容易に想像がついた。そうでなければ、カルペパーが最初の襲撃で青年を串刺しにしなかった事実の説明がつかなかった。剣が盗まれるという純然たる不運がなかったならば、カルペパーは青年を串刺しにしていたかもしれず、カレーで六ヶ月間監禁されていたかもしれなかった。カレーはイングランドの国境の町なので、どんなに相手に悩まされようが、そこで英国人が英国人に対して剣を抜くことは重大な犯罪だった。

スロックモートンはそれを当てにしていたのだ。そこで、カルペパーがアルドル郊外の盗人の小屋に足を踏み入れた日を呪った。それがなければ、カルペパーはポインズ青年に対して剣を抜いたに違いなかった。奴はカレーの監獄に足枷を付けられて横たわっていたに違いなかった。きっと奴はグリニッジに行ったに違いない。それというのも、カルペパーがイングランドを離れたとき、宮廷はグリニッジにあったので、そこで従妹のキャットを見つけられると期待しただろうから。彼女がハンプトンにいると分かれば、すぐさまハンプトンに飛んで行くだろう。だが、どれくらい早く奴はそれを知るだろうか。ポインズの話では、カルペパーは立っていられないほど酔っ払っていたという。リンカンシャー出身の従者の背中に負ぶさって陸にあがった、と。それ故、奴はひょっとしたらグリニッジの通りに横たわっているかもしれなかった。グリニッジは小さな場所だ。だが、人によって酒の酔い方は異なるもので、カルペパーが立っていられないほど酔っ払って上陸したにせよ、夕暮れまでに、ハンプトンに着いたときには素面になっていて、荒れ狂うクマのようであるかもしれなかった。

スロックモートンは何よりもそれを恐れた。というのも、その晩、キャサリンがアン・オブ・クレーヴズとの面会から戻ることになっていたからだった。キャサリンの求めが上手く行ったにせよ、行かなかったにせよ、国王は必ずや彼女の部屋にやって来るだろう。上手く行った場合には喜び祝うため、そうでない場合には激しく彼の大義を弁じるために。それに、スロックモートンには国王のことがよく分かっていた。それは彼が国王に対して持つ個人的なイメージだったが…。だから、そのときの国王とその場のカルペパーが出会えば、キャサリンを死に追いやることは確実だと思えた。スロックモートンは盲目の嫉妬の塊である王のことを思った。それに、ハンプトンでは、王璽尚書が、従妹のもとに来るカルペパーのために、すべての道を通れるようにしておくだろう。王璽尚書は、カルペパーの心に嫉妬の火をつけ、奴がおぞましい喚き声を上げながら宮廷中を突っ走れるようにするために、ヴィリダスに特別任務を割り当て、ヴィリダスはそのためにずっと奔走していた。

スロックモートンがハンプトンでカルペパーを待ち伏せすることを恐れたのは、このためだった。ハンプトンなら、遅かれ早かれ、カルペパーが見つかるのは確実だったが、宮殿に至るあらゆる道に王璽尚書の多くのスパイが置かれていそうだった。スロックモートンが自分でスパイたちを追い払うことも可能かもしれなかったが、それはあまりにも危険だった。どんな申し開きをしようが、もし彼がカルペパーをキャサリン・ハワードから遠のけるならば、クロムウェルはそのことで容赦なく彼を罰するだろうと考えられた。

スロックモートンは屋形船の舳先をグリニッジに向け、キラキラと輝き広がる灰色の流れを下って行った。海からの風がすがすがしく吹きつけた。潮は下流に下り、スロックモートンは海と微風と漕ぎ手たちの生み出す向かい風から目を守るために、ボンネットを引き下ろし目深に被った。というのも、この屋形船は王国一の高速船だったからだ。長く、黒く、幅が狭く、八人の漕ぎ手が漕ぎ、交代要員の八人が同乗。そして、すべての船着場に、この屋形船に乗り込むための八人の漕ぎ手が常駐していた。王璽尚書は、川の荒くれ男たちでさえこんなにも上手く組織化し、迅速に、突然に、船の便を整えた。スロックモートンは風の影響を和らげるため、艫の錨鎖を下ろしていた。

それでも、吹く風は冷たかった。そこで、スロックモートンはポインズ青年の体を暖めるため、外套を借り、サック酒の小瓶を手に入れた。ポインズは帽子も被らず、上着も着ないで、急いで一緒に出て来ていたのだ。ロンドン下流の広い水域に出て、青年の支離滅裂な話を聞いていると、スロックモートンは認めざるを得なかった。この若者は信じがたいほどに愚かだが、信じがたいほどに忠実であり、忠実な愚か者は単純な仕事のために取っておくのに良い道具だと。青年はまた、カルペパーに激しい憎しみを抱き、その憎しみをキャサリンに転移させていた。こうした憎しみは、青年が屋形船の床をじっと見下ろすときや舷側の板に唾を吐くときに、その青い目に現われ出た。頭蓋に広がり一方の金色の眉毛の上に垂れ下がる何張りもの絆創膏も、その憎しみの激しさを物語っていた。

「くそっ！」青年が叫んだ。「くそっ！　くそっ！　くそっ！」そして川の水を突き刺す新緑の藺草に向けて獰猛に拳を振り上げた。「奴らは僕が船酔いするまで待ってたんだ、立てなくなるほど胸がむかつくまで。誰にも引けをとらない船酔いになるまで。僕はロープにしがみつき、放すことさえできなかった。くそっ！　くそっ！　くそっ！　カルペパーは船尾楼の窪みに身を横たえ、リンカンシャーの畜生に僕をぶん殴らせたんだ」

ポインズ青年は再び陰気に押し黙ったまま、船の底に唾を吐いた。

「海の真ん中で」青年が言った。「船が天国を向き、それから地獄を向く海の真ん中で、僕はロープにしがみつき、ぶん殴られた。そして、あの売女の息子は、窪みに横たわって笑っていやがった。おまえはまだ小僧っ子だから、大人の会話や行動には適さないと言いやがった」

スロックモートンの目がかすかに光った。

「おまえは廷臣の息子に適さない扱いを受けたのだ」スロックモートンが言った。「おまえの受けた不正を正す面倒は俺が見てやろう」

ポインズは驚くほど忌まわしい言葉で悪態をついた。

「自分の受けた不正は自分で正す」ポインズが言った。「一人前の男として、自分でT・カルペパーと対決するんだ」

スロックモートンは穏やかに体を前に傾け、ポインズの腕に触れた。

「俺がおまえの受けた不正を正してやる」スロックモートンが言った。「そして、おまえの出世の面倒を見てやる。この勤めでは失敗したが、おまえは誠実に最後まで頑張り通した」スロックモートンは白い手を片方水につけた。「しかしながら」スロックモートンがゆっくりと言った。「この件でのおまえの勤めはここで終わりだと考えてもらいたい」スロックモートンはさらにゆっくりと言った。「どうか理解してくれ。以前、俺は、もしその他の手段でカルペパーに足止めを食わせることができぬならば、カルペパーに対し剣を使うよう、おまえに指示を出した」スロックモートンは指を一本突き立てた。「よいか、おまえの任務は終わったのだ。もはや俺の仕事のために、剣であれ、ナイフであれ、短剣であれ、竿であれ、棍棒であれ、あの男に対して使うことは罷りならん」

ポインズは陰気な驚きをもってスロックモートンを見たが、その驚きはすぐに激しい怒りへと変わっていった。

「あの男に対して暴力を使わないことをある人に誓ったのだ」スロックモートンが言った。「他の者に暴力を使わせないことも」

ポインズは七面鳥の額のように丸い赤レンガ色の額を、スロックモートンの顔に押し付けた。

「僕はあんたの誓いに縛られない！」ポインズが大声をあげた。スロックモートンは肩をすくめ、ポインズに対して指を振った。「あんたの誓いには縛られない！」青年が繰り返した。「あんたが誰で、何故そうなのかなど知るものか。だが、僕の首に絞首索をかけたのは、あんただと聞いたことがある。あんたは危険人物だと聞いたことがある。それでも、神かけて、僕はあんたに面と向かって誓う。もし奴と対面したら、あるいはあの汚い背中を見つけたら、奴が酔っていようが、起きていようが、眠っていようが、僕は奴の腹を突き刺して、奴の魂を地獄に送ってやる。廷臣の息子である僕を作男に殴らさせたのだから」

この長い台詞にポインズは息を切らし、喘ぎながら後ろに下がった。

「むしろあんたに僕の首を斬ってほしいくらいだ」青年はやけになって言った。「あんなにぶん殴られるよりは」

「いや」スロックモートンが答えた。「おまえの個人的な問題についちゃ、俺は関与しない。あの色男を串刺しにすることで、おまえに感謝したり、おまえを昇進させたりする者もいるかもしれん。だが、俺はそうじゃない。それでも、おまえは、できれば俺にもっと立派に仕えたいと思ってくれていたのだから、俺もおまえの味方になってやろう」

スロックモートンは内気に微笑み、爪を磨き続けた。少し経つと、青年の腕の打撲傷に触り、しばし屋形船を船着場に止め、三交代のうちの二回を漕いだ八人を別の八人と急ぎ入れ替え、さらに、青年にハムと小さなショウガと生卵と麻袋を買い与えた。

屋形船は、櫂のきしりと繻子を引き裂くような舳先の水の音とともに、波立つ広い水域を前に前にと猛進して行った。プラセンティアと呼ばれるグリニッジ宮殿の金メッキされた屋根や破風造りの正面が、爽やかな陽光を浴びて明滅した。スロックモートンはひどく興奮していたが、もっと頑張らないと革の鞭で打つぞと漕ぎ手たちに檄を飛ばすと、紫色の座布団の上に寝そべり返り、その後ろで揺れる黄色い旗の紐を弄んだ。青年に勇気を吹き込み、怒りを煽り立てることがスロックモートンの目的だった。青年に王妃の扉番の勤めを与える――たいした出世だ――と約束したり、若者が下男に殴られ自分は廏番にしか向いてないと次に言ったときには、その意気消沈に乗じてその意見に賛同した。その結果、青年は波止場では、揺れる船を後にして、元気に波止場に降り立つことができた。船酔いの跡はもうすっかり消えていた。カルペパーの喉を切り裂いてやるのだと、まるで去勢鶏の肉でも切るかのように宣言した。

スロックモートンは高い宮殿のアーチ門の下を潜り抜ける際、すべての小道を捜して隠れている酔っ払いを見つけ出すようにと十二人の部下を遣わし、自分は前庭を素早く縦横に駆け回った。ポインズ青年には、上陸したての水夫たちが腰を据えて酒を飲める村の三軒の酒場へ捜索に向かうよう命じた。しかし、館の隅の小部屋で眠る空き宮殿の守衛官を見つけると、二時間前にリンカンシャーの方言でしゃべる二人の男がそこに来て、俺たちはフランスから悪魔を追い出したのだから、ヴィリダス殿を捜して立派な地位に就けてもらわなければならない、と言っていたということを聞き出した。四十年間イングランドで暮らしてきた、年取った、でぶでぶと太ったスペイン人の守衛官は、今は亡きキャサリン・オブ・アラゴン王妃とともに来英し、王妃に愛されたが故にこの名誉職を賜った人物だったが、床の上に起き上がって座ると、ふっくらとした手を太鼓腹の前で組み、両脚を突き出し、頭を壁掛けにもたせ、話したのだった。

「あんな奴らが貴族だか勲爵士だかになるとはとても信じられません」守衛官が言った。「あいつらは女を捜していたが、その名を言おうとはせず、二十もの空き部屋を走り抜けて行きました」

守衛官はナイトキャップを引っ張ってさらに深く被り、スロックモートンに向かって頷くと、再び瞑想に耽り始めた。

宮殿の静かな、ひと気のない廊下に、二人の姿は見つからなかった。しかし、スロックモートンは、二人の男が生の牛の骨つき脛肉をどこで買えるか知ろうと騒ぎ、エムデン未亡人の店への道を教えられたということを、通用口で聞き出した。店では、二人の通った跡を発見した。というのも、窓の穴を覆う粗麻布が内側から外側に向けて引き裂かれ、牛の骨がドアの前の道に散らばっており、中では、黒く煤に汚れ、ひどく酔っ払った未亡人が、頭を物切り台の三脚の下に突っ込んで、粘土の床の上に逆さまに横たわっていた。それで未亡人はさらし台に繋がれているように見えたが、あまりに酔っ払っていて、脚を揺らすくらいが関の山だった。汚い部屋の隅で、頭をかち割られてしゃがみこんでいた店の年季奉公人が言うには、この牛の骨の山を築いたのは、鮮やかな緑色の服を全身にまとい、赤い顎鬚を生やしたリンカンシャー出の男で、その男が牛の骨を窓の外へ投げ捨て、それから、黒い瓶に入った大量の強い酒を飲ませて、金切り声をあげる未亡人を慰めた、とのことだった。二人組は、ある結婚を阻止する勇気が出るようにと生の肉が欲しかったのであり、粗麻布を通して牛の骨を投げたのは、その場所の悪臭があまりにひどかったからだった。二人組は、宮殿の門の前の、じめじめした、みすぼらしい村のすべての物置を訪ね歩いてきたようだった。敷き藁を蹴飛ばして撒き散らし、豚に陶器の破片を投げつけ、炉のなかで白目の皿を溶かしたのだった。

イングランドに再び上陸できた純然たる喜びのために、二人はあらゆる家々や泥でできた物置に硬貨を投げ入れ、酒場から缶や樽を持ち出し、パイを町中に投げ入れ、陰気な地区の人々に叫ばせた。「神よ、自由な英国人を救い給え！　海を呪い給え！」そして「悪魔である忌々しいフランス人を呪い給え！」と。

その連中のお祭り騒ぎの余波がスロックモートンを怯えさせた。というのも、襤褸を着た女たちが散らかった藁を整え直し、壊れたベンチから卵の黄身を拭き取っていた、いくつものみすぼらしい小屋から、襤褸を着た、もじゃもじゃの泥だらけの髪をした男衆が、さらには痩せた腰の周りでキュッキュッと音を立てる粗麻布の他は何も身につけていない少年たちが、どっと溢れ出てきたからだった。カルペパーとホグベンが振る舞った酒が彼らを興味津々にし、彼らの心を反抗精神と不満で一杯にしていた。そこで人々は、紫色のビロードを着込み、金のネックレスをつけ、宝石で飾られた帽子を被ったスロックモートンの華美な姿を取り囲んだ。スロックモートンに向かい「フランス人」と叫ぶ者もあれば、彼がスパイであることを知っている者もあり、彼に投げつけるために石や顎骨をこっそりと掴み上げる者もあった。

しかし、傲慢に胸を張ったスロックモートンは、街路の人ごみを肩で押し分けながら歩いている行商人から鞭を借り、それを使って男衆の脚やぼさぼさの頭を激しく打ちつけた。男衆は一人また一人と、茅葺き屋根の下の暗がりにこそこそと後ずさりしていき、カルペパーの伝説的接近でしばし盛り上がった群衆の吉日への感情は、空っ腹と熱気にボーッとなった頭のなかでもう一度凋み、線香花火のように消えていった。

「くわばら、くわばら。ここは死刑執行人にお出で願わねば」スロックモートンはそう言って、捜索を続けた。村の通りの突端でポインズ青年と出会い、青年の話を聞いた。カルペパーとその支援者は、ハンプトンに乗り付けるために三時間前に馬を借り、羊の脚骨を摑んで馬を打つための棍棒とし、全速力で走り去って行ったとのことだった。

「神かけて」青年が言った。「もし僕に馬を借りる金があれば、きっとあいつらに追いついてみせる。それ以前に悪魔に追いつかなければだが」

スロックモートンは絹の十字架が刺繡された紫色の札入れを取り出した。そして、そこから四クラウンの金貨を出した。

「小僧」スロックモートンが言った。「キャサリン・ハワードの従兄を追うための金を渡そうってわけじゃない。これはおまえが以前にやってくれた奉仕への駄賃だ」スロックモートンは少しの間、思いをめぐらした。「もしおまえが馬を手に入れ――俺はそれを勧めるのではないぞ――近衛兵仲間のいるハンプトンに行くつもりなら、おまえは十分に尽くしてきたのだから、何の恐れもなくもう一度仲間たちに加わって構わない。もしおまえがそうした馬を手に入れたいのなら、宮廷の廏に行って、俺がおまえを送ったと言うのだ。きっと、おまえは仲間たちのもとへ急いで戻りたいだろう。見上げた望みだ！　それに、陛下の馬は貸し馬より足が速いぞ。従って、おまえはハンプトンに向けて二時間早く出発した男たちに簡単に追いつけるだろう」

ポインズがすでに村の出口に向けて走り出して行くとき、スロックモートンは離れたところから青年に大声で言った。「すべての四辻の衛兵詰所で、あらゆる船着場や橋のたもとで、そこを通った者がいなかったか訊ねてみるのだ。そして桟橋では、乗馬者たちが考えを変えて、船に乗り換えなかったか訊ねてみるのだ」スロックモートンは風を切って櫂を漕がせ川を上っていった。潮は変わり、船の前進は捗った。

Ⅵ章

王妃はリッチモンド宮殿(1)の自らの画廊に座し、まわりでは侍女たちが縫い物をしたり、糸を紡いだりしていた。画廊は細長かった。窓と向かい合って長く続く画板には、様々な天使が赤と青と金色で描かれていた。そして中央の三つの四角い画板には、それぞれ、陛下の顔をした聖ジョージ(2)が緑の平地に建つ黄金の都市から現われ出でるところ、桜色をした槍で、オレンジ色の炎を吐く緑色の竜を退治しているところ、丘の中腹のバラ色の塔で結婚式をあげようと、本物の金で描かれた髪をし、黒いガウンをまとった王女をさらっていくところが描かれていた。

侍女たちが縫い物をしている間、王妃はスツールにじっと腰掛けていた。淡い色の肌の、あまり頑丈な作りとはいえない、滑らかな楕円形の顔をした王妃は、膝の上の金と真珠の刺繡に組んだ手を載せ、物思いに耽っているかのように遠くを見つめていた。王妃はあまりにもじっと座っていて、被っている幅広のフードの目に見えぬほど小さな白いローン織りの先端でさえ震えてはいなかった。着ているガウンは金の布で出来ていたが、イングランドに来てからは裳裾の付いたものを着るようになっていて、床の上に垂れた襞のなかではイタリア産の小さなグレイハウンドが眠っていた。首のまわりには、緑色の宝石と真珠が散りばめられた襟つき肩衣《かたあて》が巻かれていた。侍女たちは縫い物をしていた。紡ぎ車は錘《つむ》で編まれた亜麻糸を巻き取り続け、高い窓からは日光が差し込んでいた。王妃はなかなか美しい女性で、そこに座る王妃を見た多くの者が、どうして王はこの女を嫌うのだろうかといぶかしんだ。王妃は見事なほどにじっと動かず、ドレスの襞に小さな猟犬たちを載せ、こうして何時間も座り続けた。ただ半ば瞼を閉じた目だけは、物思いに耽ったその眼差しに、彼女が声に出して言うのを誰も聞いたことのないユーモアとアイロニーを添えているように見えた。

一同は開くドアのほうを振り向いた。赤らみが王妃の顔に差し、ゆっくりと白い首まで広がり、肩衣の白い開き口へと消えていった。王妃は、誰も気づかないほどわずかに頭を下げ、足元に跪いたキャサリン・ハワードに挨拶した。王妃の目はキャサリンの顔にじっと注がれた。キャサリンがドイツ語で話しかけると、瞼だけが突然動いた。

「あなたはわたしの国の言葉を話すのですね」王妃が不動のまま、低い声で訊ねた。キャサリンは跪いたままだった。

「子供の頃に、ドイツ語で本を読むことを学びました」キャサリンが言った。「王妃様がここにお出でになって以来、もし機会が得られましたなら、王妃様をお喜ばせできるようにと、毎日一時間、ドイツの天文学者と話をしてまいりました」

「それは有難いことです」王妃が言った。「そのようなことをしてくれる者は、多くありませんから」

「神様がわたくしに言語を自在に使いこなす能力をお与えくださったのでしょう」キャサリンが答えた。「他の多くの者も、王妃様をお喜ばせするために、ドイツ語を思い切って話したかったことでしょう。ですが、王妃様の言語は難しいのです」

「わたしはあなたの国の難しい文を学んできました」王妃が言った。「そして一日に何時間もたくさんの教師のもとで学びました。どうか立ちあがってください」

キャサリンは跪いたままだった。

「どうか立ちあがってください」と王妃が繰り返した。

「お願い事があるのです」キャサリンが答えた。

王妃は少しの間、正面をまじまじと見つめ、それからゆっくりと横を向いた。王妃の視線を浴びると、侍女たちは立ち上がり、履物をカチカチと、また衣類をカサカサと鳴らしながら、白い縫い物と静止した紡ぎ車を抱えて、画廊から出て行った。当時のドイツで流行りの大きな顎鬚を生やしたドイツ貴族、オーベルシュタイン(3)が、退いていく女性たちの背後からやって来て、王妃の前に立ち、通訳を申し出た。王妃は、何も言わなかったが、視線を注ぐことによって、彼を退かせた。王妃はこの世でもっとも寡黙な女性であった。これほど言葉を使わずに、男女の使用人に分別をもって勤めを果たさせる王妃はこれまで見た事がないと、あらゆる人々が言い合った。

静けさと日の光が二人の女性の姿を包み、そのためキャサリンには、冬の間ずっと広間で雨露を凌ぎ、今や新しい眩い世界に加わろうと、窓ガラスに体を打ちつけている褐色の蝶の、パタパタという音が聞こえたかのように思えた。キャサリンは目を床に伏せ、両膝をついたままでいた。身動きせぬ静かな王妃が、キャサリンのフードに目を止めた。ときどき、その視線はキャサリンの顔へ、その首に下がる大メダルへ、そしてキャサリンのまわりの床に垂れたビロード製の濃緑色のスカートへと移ろった。蝶は別の窓を探った。王妃がついに口を切った。

「あなたはわたくしの王妃の座をお求めなのですね」王妃の低い声には、怒りも無念さも疑問も諦めもなかった。

キャサリンは目をあげた。その目には閉じ込められた蝶が見えたが、キャサリンには言うべき言葉が見つからなかった。

「あなたはわたくしより勇気がおありです」王妃が言った。

王妃は突然、両手で膝の上から何かを払い除けるかのような仕草をした。目に見えない埃か何かを払いのけるかのような——ただ、それだけだった。それでもなお、キャサリンは動かず、話さなかった。彼女は様々な言葉を用意していた。王妃様が尊大になったり、激怒したり、涙に暮れたりしないようにするための言葉を。知恵を得るために、一晩中、アウルス・ゲッリウス[4]からキケロに至るまで、たくさんの書物を読んだ。しかし、ここではどんな言葉も要求されなかった。どんな話もすることができなかった。膝の上から埃を払い除ける王妃の仕草の意義深さが、ゆっくりとキャサリンを圧倒した。

「あなたはわたくしより勇気がおありです」王妃が繰り返して言った。まるでキャサリンの性質の一覧をゆっくりと制作して、私情を交えずに自分自身の性質と対比しようとしているかのようだった。再び王妃の目がキャサリンに注がれた。王妃は、初めて見せる素早い動作で、スツールの座面から、自分がそれまでその上に座っていた小冊子を手繰り寄せた。王妃の顔がゆっくりと赤らんだ。

「わたしの体を卑しめるために、こんな長い書き物を作る必要はありませんでしたのに」王妃が言った。「実に嘆かわしいことです」

キャサリンは我慢ならない非難を突きつけられたかのように、跪いたまま体を動かした。

「神かけて！——」キャサリンが言い始めた。

「ええ、あなたがそれを書くのに関わっていないということは信じます」王妃がキャサリンの言葉を遮った。「それでも、この書き物の故に、なおさら、あなたには勇気があると言うのです。他の女の体と能力について嘘を並べ立てる男と結婚しようというのですから！」

キャサリンはじっと座っていた。王妃の緩慢な怒りはゆっくりと静まっていった。

「この国の王がどうしてあなたをわたくしより美しいと考えるのか、わたくしには分かりません」王妃は私情を交えずに言った。「でも、何が男の愛を女に引きつけるのかは、未だ分かっていない事柄ですものね」

再び王妃が繰り返した。

「わたくしを卑しめるために、こんなものを書く必要などありませんでしたのに。陛下はわたくしに夫としての役割を果たしませんでした。どうか彼に言ってください、わたしは陛下からの危険にさらされるくらいなら、陛下に自分の好きにして頂きたいと思っているのだ、と。彼を引き留める気もなければ、この国の王妃であり続けようという気もありません。この国では王妃を殺すというではありませんか」

「もしわたしが王妃になろうというのであれば、それは神がこの国と陛下に再び旧教の恵みを授けてくださることを願ってのことです」とキャサリンが言った。王妃は目を細めた。

「あなたが何故王妃になりたいのかは、あなた自身が一番よくご存知のはずです」王妃が言った。「神があなたのこの国にどんな信仰をもたらそうとしているかは、神が一番よくご存知でしょう。神がどの信仰を一番に好まれるのか、わたくしには分かりませんし、神が王妃の役割のどの側面を一番にあなたに委ねようとしているのかも、わたくしには分かりません」

王妃は、見えないヴェールを被った新米の修練女であるかのように、ますますどんな争いからも身を引こうとしているように見えた。この世界を去り今後引きこもろうとする世界に対する要望だけを口にした。

「クレーヴズに戻るつもりはありません」王妃が明言した。不動の状態で、自分がどうしたいのかを長いことじっくりと考えていたのだった。「わたくしをこうした苦境に追い込んだのは、わたくしの弟の公爵の責任です。その上、弟は自分の国を守ることもできないでしょう。従って、もしわたくしが然るべき財産の継承権や収入をもってクレーヴズに戻ったなら、金が好物のカール皇帝が易々とわたくしを破滅させるでしょう。わたくしはここイングランドに城を持ちたいと思っています。イングランドは島国であり、あらゆるルートからの攻撃に対して十分に守られています。そしてその国の王は、わたくしのように彼の邪魔立てをしない人間には、名誉と約束を重んじてくださるでしょうから」

王妃は石版の上に書かれたメモを頭のなかで読み上げるかのように、ゆっくりと話した。読むことはできずとも、頼りになる記憶力を持っていた。「国王の軍隊に抵抗しおおすほどには頑丈でない城をわたくしに建てて頂きたいのです。わたくしが軍隊に抵抗しなければならない謂れはありませんから。でも、強盗団や一般的な暴徒たちからわたくしを守ってくれるほどには頑丈な城を建ててもらいたいのです。冬に陽が当たる斜面に、夏の暑いときには木陰に座れるよう、まわりに木々が植えられているところに。そして風采のよい召使たちを侍らせたいのです。わたくしは高貴な血統の王女ですもの。容易に話ができるようにほとんどの召使はドイツ人にして頂きたいのです。ですが、王様にわたくしが謀反を企てたりしていないことを納得して頂くため、何人かはドイツ語が分かる英国人にいてもらいたいのです。時々、王様にご訪問頂き、できるだけ丁重に、親切にわたしと話していってもらいたいのです。わたくしが悪臭を放ち、男を気持ち悪くさせるほどに不細工だという噂を打ち消し、失くして頂くために」

王妃はわずかな悪意を込めて、キャサリンに向けた目を再び細めた。

「どうぞご心配なく。そうした訪問の際に、わたくしが手練手管を使って王様を罠にかけるなんてことはありませんから。そもそも、わたくしは陛下が好きでありません。わたくしはこの国の王妃であることに満足しておりません。確かに、この国はわたくしの故郷の国と同じくらいに美しく、夏はもっと涼しく、冬はもっと穏やかです。ここは食べ物が美味しいし、料理人たちは、わたくしたちの国の料理人たちより腕がいいと言えます。世界中の女が、そして王女が欲しい最高のものがここでは手に入ります。ただ、男たちは例外です！　そのなかでももっとも危険なのが陛下なのです」

王妃の言葉は、キャサリンの心にすでに芽生えていた怒りを燃え上がらせた。前には、王妃の言葉は頭上を素通りして、キャサリンを恥じて口の利けない状態にしてしまっていたのだが。

「陛下はキリスト教世界全体で」キャサリンが言った。「もっとも国王然とした君主であり、もっとも高貴な弁舌家、もっとも威厳ある騎手、もっとも気前よくもっとも法に通じた男として知られています」

「そうかもしれません」王妃がわずかに微笑んで言った。「彼の邪魔立てをしたことのない者たちには。邪魔立てをすることが、わたしの悪しき宿命だったのです」

「王妃様」キャサリンが大きな声を上げた。「国王陛下ほどに邪魔立てされ、ひどい仕えられ方をされ、誤った方向に導かれ、裏切られている人物は他にありません。ときに不遜になったとしても仕方ないではありませんか。不遜なるが故に、わたしは一層、陛下を賛美します」

「まあ、あなたは彼を愛しているのですね」王妃が言った。「わたしには彼を愛する理由がありません」

キャサリンは王妃の片手を摑んだ。

「王妃様」キャサリンが言った。「女王であり、至高の権力をお持ちの王妃様、この国は国王を正しく導くことのできる人間を求めているのです。神かけて、わたしは権力やこの世の王冠を求めているのではありません。画廊に座って女王然としているほうが楽しいかもしれませんが、わたしはそんなことはほとんど考えたことがありません。考えるのはただ、ここに神の平安を呼び求める王、神の道に戻れるよう導いてほしいと大きな声をあげている国民、大風や疫病に襲われ、干上がって雨を乞い、神の恩寵が失われたことを嘆く国、神とこの国の間に立つ荒廃した聖なる教会のことばかりです」王妃はすでに自分の条件を明示したので、こうした問題には個人的な関心はなく、旅の話でも聞くかのように、キャサリンの話を聞いていた。「神かけて」キャサリンが言った。「単に陛下があなたをバージンでないと言い、この件であなたに偽りの証言を強要するのであれば、わたしは陛下の妻とはならず、妾になるでしょう。ただ、陛下ははなはだしくわたしを必要としているのです。陛下は何度もそう断言されました。わたしが、誰よりもこのわたしが、会話で陛下に憩いを与え、陛下を平安に導くのが一番よいと思うのです。陛下はわたし以外のどんな女も、善への道をこんなにはっきりと示してくれたことがないとおっしゃいました。また、適時にこれほど多くの心配事を忘れさせてくれた女もいないとおっしゃいました」

「まあ、あなたはわたくしが思っていたよりもずっと勇気がおありなのですね」王妃が言った。「そんなわずかな言質であんなに危険な男を受け取ろうというのですから」王妃はキャサリンに触れられた膝元の手を、前に出そうとも引っ込めようともしなかった。しかし、やがてこう言った。

「わたくしはあなたの国の人間ではありませんし、あなたの国のためを思っているわけでもありません。あなたと信仰を共にしているわけでもありませんが、あなたの信仰に反対しているわけでもありません。それでも、ここに来たからには、ここに逗留いたします。自分の意志で来たわけではありません。男たちが、人形があるかのように、わたくしを好き勝手に扱ってきたのです。でも、もしわたくしが照る太陽の光をたくさん受けることができ、公女なのですから国が上流階級に与える慰安をたくさん与えられ、敬意をもって遇されるならば、わたくしはあなたが国王、王冠、平民のすべてを受け取ったとしても構いません。あなたがわたくしに、わたくしの住む家の支配権と好きなように顔を洗える自由を残してくれさえすれば。わたくしはイングランドがシュマルカルデン同盟と結ぶのを見るよりは、再び教皇派と結ぶのを見たいのです。王が他の人と結婚するのを見るよりは、あなたと結婚するのを見たいのです。すべての男たちがわたくしを好きなようにさせておいてくれて、十分な食糧を与えてくれるのであれば、彼らは彼らで好き勝手にやってくれて構わないのです」

王妃は再びキャサリンを見て、初めてキャサリンに話しかけるかのように話した。

「あなたが世の中を正すことに関係したいという強い望みを持つ女性であることが分かりました。

そうした仕事には女より男のほうが多く関わってきましたが、わたくしはそんなことに関わりたい女ではなかったのです。王はわたくしと相性の合う男ではありません。たとえわたくしがそうした事柄で何らかの意見をもっていたにせよ、わたくしと相性の合う男にはならなかったでしょう」王妃は再び目を半ば閉じた。「そうでなくても、王様はきっと脅迫や拷問によってわたくしに偽証を強いたでしょう。わたしはドーバーに来たときのままのわたくしです。王様はわたくしを見るや、わたくしを棄てました。ですが、それはわたくしの体の醜さのためではなく、弟の陣営との同盟を王様が恐れたからだと、わたしは主張し、言明いたします」

　キャサリンは両手で目を擦った。

　そして「わたしは自分が泥棒で詐欺師であると感じます」と言った。

「あなたはどちらでもありません」王妃が言った。「あなたはわたくしがこの世でもっとも価値を置かないものを受け取るだけなのですから。あなたがいなかったならば、もっとひどいことになったかもしれません。確かに、わたくしは王とともに歩んでいくようにはできていないのです」

「それでも——」とキャサリンが言い出した。しかし、王妃はもはやキャサリンの話を聞くことに満足しなかった。

「あなたはわたくしの知るある人たちのようです」王妃が言った。「その人たちは欲しくてたまらないものを受け取るのをためらうのです。すぐにでも手の中に落ちて来そうなのに、です。欲しくてたまらないが故にためらうのです」王妃は組んだ手の中に握っていた小さな金の球を、スカートの脇の、三脚に支えられた盥のなかに投げ入れた。銀鈴のような衝撃音と球が金属の上を転がる音で、画廊沿いのドアがいくつも開き、召使たちがガラス壜に入ったラインワインを抱えて入ってきた。大きな盆の上には、ハート型のケーキや生地を恋結びのように捻ったケーキが載っていた。

キャサリンは、こうしたことは真似るに価するということに気づいた。

「わたくしには同じことです」王妃が言った。「飲むワインやケーキの山をあなたにあげるのも、その他のものをあなたにあげるのも」それにもかかわらず、王妃はキャサリンがカップを受け取るまで、彼女を跪かせたままにしておいた。自分が然るべき崇敬の念をもって遇されているところを召使たちに見せることが、王妃には嬉しかったのである。

Ⅶ章

その日の正午、キャサリン・ハワードはハンプトン宮殿に戻るため、馬でリッチモンドを出発した。スロックモートンの屋形船が危険なほどの速さでロンドン橋の下を通り抜け、ハンプトン宮殿に急いでいたのも、その日の正午だった。正午に、カルペパーもロンドン橋を渡った。というのも、大群衆がスミスフィールド(1)での火刑を見ようと、押し合いへし合いロンドン橋を渡っていたからだった。正午かその五分後に、ポインズ青年も橋のたもとを猛烈な勢いで馬を駆って通り過ぎたが、橋は渡らず、サザーク(2)を通ってハンプトン宮殿の方向に急行した。また、正午かそのあたりには、農夫のような緑色の服を着た王が、アイルワース(3)の対岸の、リッチモンド川沿いの森のなかで、丸太の上に座り号砲が鳴るのを待っていた。王はキャサリンに、アン王妃がこの結婚は結婚でないと言うのを聞いて満足したなら、リッチモンド宮殿の砲兵隊長に渡すようにと、一通の手紙を持たせていたのだった。大きな木々が草地に枝を垂らしその柔らかな緑の葉先を顕わにしている森の空き地に、三回のズドーンという音がこだましながら聞こえてくると、王は立ち上がり、緑の衣に覆われた大きな太腿をピシャリと叩き、大きな声をあげた。「ああ、わしはまた若返ったぞ」王は肩から下がる英国風のホルンの口に唇を当てた。両脚を大きく開き、肺一杯に空気を吸い込むと、かすかな澄んだ合図の音を奏でた。すると、藪や茂みや谷のなかから、王と同じように農夫の緑色の服を着、肩に矢を背負い、肘のところにホルンを下げ、紐に繋いだ犬を引っ張った男たちが現われ出た。

「おい」王は、灰色の顎鬚を生やした六十歳の御料林管理長官に向かって、しかしその他皆の者にも聞こえるように言った。「心して聞いてくれ。わしは諸君に陽気なイングランド男を支配するのがどんなことか、ご婦人方に示してもらいたいのだ」そして空き地の端に鹿を追う方法を皆に指示した。皮を剝いだ柳の木を白い標的板にし、農夫の格好をしたサリー伯(4)から大きな弓を受け取って林間の空き地に沿って力強く矢を放った。鹿たちに木々の側廊の間をどれほど遠くまで素早い幽霊のように進んで行って欲しいかを示すために。

ハンプトン宮殿からは人々が去り、宮殿は台所下働きたちに譲り渡され、台所下働きたちは日光のなかに横たわり、めったにない休息を味わっていた。弓を上手く射ることのできる非常に多くの貴族たちが、王と一緒に農夫に扮し、狩りに出かけていた。贅沢な立派な衣服を身につけた非常に多くの者が、リッチモンドから馬で戻る貴婦人たちに合流しようと出かけていた。国王評議会の議員たちは皆、荘厳な衣装をまとった貴族たちとともに、教会での王の至上権を否定した托鉢僧の火刑を見ようと、また、聖餐式におけるキリストの肉体の存在を否定した六人のプロテスタント信徒の火刑を見ようと、観客席に座るために出かけていた。火刑を指示したクロムウェルだけが、最近よく歩くようになった回廊を今も歩いていた。

「閣下」リズリーがしばらくして言った。「閣下がアン王妃を離婚させるしか道はないようです」

その言葉はまるで心臓の血を振り絞るかのように口に出された。

クロムウェルの側にはリズリーがおり、リズリーはすっかりうな垂れ、当惑した表情をしていた。クロムウェルは常にも増して素早く方向転換を繰り返しながら歩いていた。リズリーは大きな顎髭を生やした、心のなかを隠せないでいる顔を伏せ、三度ため息をついた。

クロムウェルは両手を背にまわし、両足を開き、リズリーの前に立った。「重大な問題は、だ」クロムウェルが言った。「つまり、誰がわたしを裏切ったか、ということだ。ユーダルか、ユーダルに文書を渡した酒場の女将か、それともスロックモートンか」

クロムウェルはその朝、クレーヴズ公がカール皇帝に書簡を送り、その書簡には、クレーヴズ公が公国を破滅から救うため皇帝に完全屈服し、義兄の英国王とシュマルカルデン同盟とプロテスタント諸侯との同盟関係を破棄すると書かれている、との確実な証拠をクレーヴズ公国にいるスパイから受け取っていた。そこで、その日、パリへ戻るための馬の調達を行っていたリズリーをクロムウェルは直ちに呼び寄せた。そして、今は秘密だが、一ヵ月後には世界中に知れ渡るであろうこの知らせをリズリーに伝えた。プロテスタント信徒のリズリーにとって、この打撃は世界の崩壊を意味するものだった。これでプロテスタンティズムは終焉を迎えることになるだろう。信仰を後世に伝えるためには、何人かの首を救うこと位しか残された道はなかった。そこで、リズリーは王璽尚書にアン・オブ・クレーヴズを離婚させるよう勧める言葉を不承不承口にした。他に方法はありません。他の結末はありません。王璽尚書殿はクレーヴズの王妃とプロテスタントの同盟へのご執着を放棄なさらなければなりません、と。

しかし、王璽尚書にとっての問題は、一分間素早く考えれば解決できる、何をすべきか、という問題ではなく、誰が彼を裏切ったかという問題だった。というのも、彼の全生涯は彼に奉仕する組織を纏め上げることに捧げられていたからだった。同盟か離婚かの決断は息をつく間に決定できるかもしれないが、自らの手先を訓練し、忠誠心に欠陥のある者を取り除き、反逆者に素早く酷い復讐を講じること――こうしたことは眉間に皺を寄せて考えることを必要とする事柄だった。クロムウェルがこうした点について考えている間、リズリーは長い時間をかけ熱心に話した。

王璽尚書殿が国家の舵取りを続けるのが、何より当を得たことでございます。王様がクレーヴズの姫君との結婚生活に長く耐えられないことは確かです。クレーヴズがプロテスタンティズム並びに真の信仰をこんなにも立派に約束する同盟から離脱したことは何とも嘆かわしいことです。しかし、そうした日が、嘆かわしいことながら、来てしまったのです。王様はそれなりに勇敢で高貴な方でいらっしゃいますが、安定してはおられません。従って、王様をプロテスタンティズムと立派な統治とに繋ぎ止めておくには、しっかりした男が何としても必要です。王璽尚書殿以外にそうした人物は見当たりません。この離婚を推し進めることが閣下の良心を咎めるにせよ、どうかよくお考えください。そうしなければ、大きな不幸がこの国を見舞います。ですから、この世の皆が持つ最高の希望を、疑わしき信仰の王妃にために犠牲にするよりも、良心に目を瞑るほうがはるかに良いのです。リズリーはこんな調子で長いこと話したので、回廊の上方の塔からは時計が半時を打つ音が二度聞こえたのだった。

やがて、長い顎鬚を生やし、しかつめらしい顔をし、立派な服装をしたリズリーが片膝をつき、床にボンネットを置いて、長い手を差し伸べた。

「ご主人様」リズリーが言った。「どうかわたしたちのもとに留まり、わたしたちをお救いください。わたしたちは小さな一団ですが、熱心であり、立派な服装をしています。もしあなた様が今の王妃を支えることで貴重な首を危険に晒すとしたら、この国を危険に陥れることになるということをよくお考えください。わたしとて、国王陛下に楯突くのは嫌ですし、わたしたちは皆、忠実、実直な臣下ですが、しかし、あなた様が失脚するようなことになるよりはむしろ――」

クロムウェルはリズリーの上に圧し掛かるかのように立ち、未だ手を後ろに組んだまま、彼を見つめた。

「そう、これは重大問題である」クロムウェルは言い抜けするかのように言った。立ち去ろうとするかのような動きも見せたが、突然、また踵を返した。「おまえはそんな風に話すことで、クレーヴズやガードナーやわたしのすべての敵がしてきた以上にわたしに害を加えているのだ。もし王がよい感情をお持ちでないときにおまえの言葉の噂が王の耳に入れば、きっとそれはわたしの役に立ってはくれまい」

クロムウェルは口を噤み、それから穏やかに話した。

「それにきっとおまえは害以上の不正をわたしに行ってくれるだろう」クロムウェルが言った。「おまえはわたしの悪い噂を聞いてきて、その一部を信じているに違いない。だが、わたしを知る者で心底からわたしのことを反逆者だと呼べる者はいないはずだ。だから、言っておこう。陛下や国の権威に抗して担ぎ上げられるよりは、潔く死んだほうがましなのだ。わたしを担ぎ上げることで、おまえは偶然わたしの命を救ってくれるかもしれないが、必ずや、わたしがそのために命を捧げているものを危険に晒すことになるだろう」

再び、クロムウェルは口を噤み、歩き出し、再び、同じ経路を辿ってリズリーが跪いているところへと戻った。

「わたしに危険はある」クロムウェルが言った。「だが、それはごくわずかな危険だ。陛下はわたしがどんなに良い僕《しもべ》であり、どんなに利益をもたらしているかよくご存じだ。女一人を喜ばすために、よもやわたしを見棄てたりはなさるまい。だが、これはたいへん注目に値する女だ――わたしが誰のことを言っているのか分かっていような。しかし、その女を国王陛下の面前で完璧に打ちのめし、その名声を汚す者をわたしはまもなく手中に納めることになると期待しておる」

「閣下は彼女が貞淑でないとお考えで?」リズリーが訊ねた。「閣下が言われたのを聞いたことがございます――」

「勲爵士殿」クロムウェルが答えた。「わたしの考えが明らかになるのは、今日、明日のことではなく、最後の審判の日となるだろう。それでも、わたしは我が主君の大義をこの上なく愛し、この忌まわしい折にわたしの大義を危険に晒すことになろうとも、この女を破滅に導こうと懸命に務めておるのだ」

リズリーが体をこわばらせて、ぎこちなく立ち上がった。

「神のご加護がありますように」リズリーが言った。

「さあ、出て行くのだ」クロムウェルが言った。「だが、親切心で言っておこう。おまえの仲間たちの口から大逆罪や異端とされる言葉が出てくるのを阻んでもらいたい、と。おまえも知っているように、おまえの友人三人がそうした言葉を話したことで、わたしは今日、そいつらを火刑に処さねばならない。おまえとて、おまえ自身とて、わたしはそうした状況になれば、火刑に処するか、あるいは断頭台送りにすることになろう。わたしはこの国を浄化しなければならないのだから」クロムウェルの冷たい目に、一瞬、危険な炎が揺らめいた。「愚か者め」クロムウェルが怒鳴った。「わたしはこの国から大逆罪や不和を掃き清めなければならんのだ。おまえの高慢で硬直した言葉についてわたしが自分とさらに協議を重ねる前にとっとと出て行くのだ。このことを覚えておけ。どんな信条、どんな欲望、どんな女、どんな男よりも、この国家と国土と国王の利益が優先するのだ。わたしは王の僕《しもべ》なのだからな。さあ、出て行って、わたしの言葉を伝えるのだ。わたしがおまえたちのもとへ怒り狂って押し寄せて行く前に」

回廊の端から端へととめどなく歩きながら、クロムウェルはこの台詞によって、午前中にし終えなければならない仕事を片付けることができたと考えた。きっとこの男たちは自分を危険に陥れるだろう。王以上に自分に忠誠を誓うこうした発言が一つならず彼の耳に入っていた。そうしたことは止めさせなければならない。

しかし、この問題は彼の頭から次第に消えていった。一人になると、クロムウェルは熱に浮かされたように両手を震わせた。クレーヴズの国と公爵に裏切られた！　いざというときの頼みの綱がなくなってしまった。こうなると、キャサリン・ハワードは不貞の化け物だと王に証明するしか方策はなかった。己の集めたキャサリンに不利な証拠は非常に強固だから、もう一度運を試すしかないだろう――これまでしばしばやってきたように、王の家臣たる自分がどんなに熱心に王をお護りしており、この国の隅々にまで目を光らせている男としていかに無くてはならない存在であるかを証明するのだ。

そうするためには、キャサリンの従兄を見つける必要があった。他のすべての者は、すでにこの宮殿に閉じ込めてあった。だが、キャサリンの従兄だ――早く来させねば、手遅れになってしまう！

王璽尚書は、国のすべての者が眠っているときに何時間もランプを燈して仕事に精を出す働き者だった。その日、彼にはたくさんの書くべき手紙があった。自治都市選出国王評議会議員の決定が進んでいて、いくつかの都市で市民たちに自分の推す候補者を選ばせようと骨折っていた。クロムウェルはそれぞれの州と自治都市に熟慮の末の細かな命令を与えた。彼はそれぞれの都市の市長を知り、選挙権を持つイングランド中のあらゆる人間の意見と行為を写したノートを持っていた。そこで、あらゆる選挙民に復讐の恐怖を吹き込んだ。これには熱心な仕事が必要だったが、その仕事を遅らせてまでも、王の前にカルペパーを連れ出す方法について思案するためたっぷり十分も割いたことは、彼の不安の大きさを示すものだった。

このようにクロムウェルが手紙を書くのに何時間も忙しくした後、大司教のスパイのラセルズがやって来て、夜明けがたグリニッジでトマス・カルペパーを目撃しスミスフィールドの火刑場まで跡をつけたこと、その後カルペパーはスミスフィールドからハンプトンに急行したということをクロムウェルに伝えた。そのとき、王璽尚書は勲爵士の金のカラーを自分の首から外し、ラセルズの首にかけた。一つには、これまで人生でこんなに嬉しかったことはなかったからであり、一つには、たまたま奉仕をしてくれた者にたくさんの褒美をとらすことが彼のやり方だったからだった。

「ラセルズ君」クロムウェルが言った。「君が大司教の家来で、わたしの家来でないのはまことに惜しいことだ。君の判断はわたしの判断とよく合致するというのに、な」

実際、ラセルズの判断は王璽尚書の判断と合致していた。ラセルズは大司教の私的な従者で、多くのことで大司教の判断を左右した。しかし、この件に関してはクランマーはあまりにも臆病でラセルズと同意見にはならなかった。

「わたしには」ラセルズが言った。「やるべきことはただ一つ、国王のキャット・ハワードへの敬意に打撃を与えることであって、あの女に打撃を与える唯一の方法は、あの女の従兄との関係を利用することだと思えるのです」

「ラセルズ君」クロムウェルが相手の言葉を遮った。「この点で君は、わたしが腹心の家来たちにしか話していないわたし自身の密かな判断を見事に言い当ててくれた」

ラセルズは膝を屈して、この大きな称賛に感謝の意を表した。「閣下」ラセルズが言った。「カンタベリー大司教殿は、むしろあの女のご機嫌をとるべきだと考えています。あの女の学問好きを満足させようと何冊もの書物を送りました。イングランドの聖職のほうがローマのそれより古いことをできればあの女に証明しようと、ラテン語の年代記やサクソンの年代記をあの女に送ったのです。大司教殿はあの女に屈服し、あの女の学識を褒め、なかんずくあの女におべっかを使うつもりであることを、何とかあの女に確信させようとしているのです。というのも、あの女には何よりもこうした経路で近づくのが一番近づきやすいとお考えだからなのです」

要するに、ラセルズが注意深いクロムウェルの脳に刻みつけた印象はと言えば、大司教がいつでもウサギと一緒に走るとともに猟犬と一緒に狩りがしたくてたまらない人物だということだった。大司教は王に任命された王の被造物で、ローマ司教の被造物でない分派的司教だった。高雅なペンで重々しい文章を書く才で、キャット・ハワードに自分が司教であり大司教であることを認めさせることができるなら、喜んでそうするだろうと思われた。また、キャット・ハワードの判断に屈しなければならないとすれば、喜んでそうするだろうと思われた。

「ですが」とラセルズが結論づけた。「わたしは大司教殿にこうした方針をとらないように勧めました。またこうした方針をとるにせよ、もう一方の目的に向かうようにと」というのも、キャット・ハワードがクランマーと取り引きしないことは明らかだったからだ。彼女は大司教をローマの方に跪かせ、それから火刑に処するだろう。火刑に処さないまでも、馬巣織りのシャツを着せ、隠遁者の小屋に死ぬまで閉じ込めておくだろう。「それは明らかだと思います」ラセルズが言った。「あの女には理屈も謀《はかりごと》も通じません。どんな策略を用いようとも、その座がローマにある大悪魔に生涯に渡って阿《おもね》ってきた連中以外とは、駆け引きすることもないでしょう」

クロムウェルは大司教の従者の意見に完全に同調し、彼を称賛するためにもう一度頷いた。たまたまその朝、ラセルズは大司教のために何冊かの本と小冊子を取りにグリニッジに行ったのだった。大司教はこの書物をウスターのヒュー・ラティマー司教に貸すつもりだった。その日、ラティマー司教は火刑に処させることになっている托鉢修道士のフォレストと公開討論をすることになっていた。未だキャサリン・ハワードとその従兄のことを考えながら夜明けにグリニッジに着いたラセルズは、緑色の服を着、赤い顎髭を生やした、背の高い、酔っ払った男が、灰色の服を着た肩幅のあるずんぐりとした相棒と一緒に、公共船着場でよろよろと船からあがろうとしているのを目撃したのだった。

「わたしは重い本を置いてきてしまいました」ラセルズが言った。「火刑に処される司祭に対するヒュー・ラティマー司教(5)の説教があの女を引きずり倒すことに比べて何だと言うのでしょう」

そこでラセルズはカルペパーとその相棒を尾行した。カルペパーがいきなり窓を開き、泥のなかに肉を撒き散らし、グリニッジ村の住民に食事を与えるのを見た。

「確かに」ラセルズが言った。「万一、国王陛下がこの男の汚さと卑しい振る舞いをご覧になったら、こうした猟犬の流儀を前にして食欲も失せてしまわれるでしょう」

カルペパーはスミスフィールドに着くと、そこに留まり、事の成り行きに拍手喝采した。ラセルズは、フォレスト司祭が悔い改めるのを見るために説教壇の後ろに座っていた大司教に素早く頼み込んだ――ハンプトンに行く許可を与えて下さい、と。

「閣下」ラセルズが言った。「大司教殿は大きなため息をついて、わたしに許可を与えました。それほどにこの件に関わるのを恐れているのです」

「いや、大司教殿がこの件に関わるまでのこともありますまい」クロムウェルが言った。クロムウェルは手を叩き、現われた金髪の小姓に、すぐさまこの件の係りのヴィリダスを呼んで参れと命じた。

ラセルズは、トマス・カルペパーがハンプトンに着くまで彼を四人の男に見張らせたこと、そして彼がハンプトンに着いたなら、すぐさま伝言を寄こすように命じてあることを、手短に物語った。それから、このスパイは声を落とし、胸元から一枚の羊皮紙を取り出した。

「閣下」とラセルズが言った。「カルペパーがグリニッジ宮殿に滞在していた間に、わたしは奴の到来に関して何か発見できるものはないかと思い、急いでカルペパーが乗ってきた船に乗り込んだのです」

　ラセルズはさらに声を落とした。

「閣下」とラセルズが再び口を開いた。「この地に、おそらく閣下ご自身のすぐ近くに、カルペパーが来るのを妨げようとした者たちがおるようです。というのも、その船にはハリー・ポインズという名の青年が、海でひどく船酔いし、ひどく打ちのめされて横たわっていました。青年は病んだ犬のように横たわり、見ることも聞くことも話すこともできないありさまでしたので、青年が何故に、誰の命令で、そんなことをしたのか知る機会はありませんでした。しかし、このことは分かりました。青年はあらゆる面で非常にしつこくトマス・カルペパーがイングランドに来るのを妨げようとしたので、ついにカルペパーが相棒にこの青年を打ちのめさせたというのです」ここでラセルズは再び一息ついた。「そして、これを発見し、青年の懐から失敬してきました。大司教殿への職務と奉仕のためです。神よ、大司教様を護り、大司教様に名誉を授け給え。わたしはこうした抜き取りをずいぶんと行ってきたものです」

　ラセルズが羊皮紙を持ち上げると、そこから血の滴りのように一枚の封緘紙が落ちた。

「閣下」ラセルズが言った。「この協定書は閣下の封緘紙で封をされています。差出人は閣下に仕えるスロックモートンなる人物。T・カルペパーをカレーの街と港のはしけ及び平底船の副官に任ずるものです。カルペパーにカレーに留まって精を出し、熱心にこの任務に励むようにと命じています」

クロムウェルはびくっとすることも動くこともなかった。床の一点を見つめて立っていた。それから、手を差し出して羊皮紙を受け取り、封緘紙と署名を凝視し、海水と汗で汚れた表面に黒い染みとなって残るスロックモートンの筆の跡を目で追った。

「いや、良かった。この羊皮紙が邪悪な者の手に渡るのを君が防いでくれたことは、本当に良かった」

クロムウェルは羊皮紙をきちんと巻き直すと、ベルトに仕舞い込み、四回、床を踏みつけた。

この合図で、クロムウェルの秘書の一人であるヴィリダスがやって来た。キャサリンに宮廷での振る舞いかたを最初に指南した人物である。それ以降、ヴィリダスはトマス・カルペパーを見張ることを任務の一つにしてきた。冷静に、密やかに、華奢な両手を体の前に組んで、ヴィリダスはご主人様が矢継ぎ早に浴びせる厳しい質問に答えた。ヴィリダスは増収裁判所大法官に接近してさらにたくさんの奉仕をし、王璽尚書が下賜する意向の農場や牧草地が特定の仲間や奉仕者を潤すように留意してもらっていた。というのも、ヴィリダスは数字や指示の詳細を忘れずにいることのできる頭の持ち主だったのである。

而して、ヴィリダスは、二人の男をカレーとパリに向かう道へと送っていた。二人の男には、トマス・カルペパーを見つけたら、宮廷でのキャサリンの淫らさについて話すようにと言いつけておいた。また、パリから枢機卿を追い出す報償として約束されたケント州の農場は証書となり署名もされているが、邪悪な男たちがその農場を奪い取ろうとしていると話すようにも命じていた。

「はしけの副官としてカルペパーをカレーに留め置くため小僧を送ったりはしなかっただろうな」

クロムウェルが素早く厳しい声で訊ねた。

「小僧であれ一人前の男であれ、一人たりとも送ってはおりません」ヴィリダスが答えた。

ヴィリダスは王璽尚書の命令によって行動していた。男たちをカレー、ドーバー、アシュフォード、メイドストーン、サンドイッチ、ロチェスター、グリニッジ、そしてロンドンのすべての船着場に配置した。トマス・カルペパーがまだハンプトンに急いでいないようだったら、その歩調を変えさせるためカルペパーに何か新たな話を伝えるよう、それぞれの男に命じていた。もしハンプトンに向かって急いでいるようだったら、そのままにさせておくように、とも。こうしたことは王璽尚書が命じたままになされたのだった。

「リンカンシャーからはどんな証人が来ておるのだ」クロムウェルが訊ねた。

単調な、抑揚の乏しい口調で、ヴィリダスは来ている面々の名をあげた。国王の地下室には、『キャット・ハワードは俺の愛人だ』というカルペパーの宣言を聞いたスタムフォードの五人の者が閉じ込めてあった——これらの者は本当にこのことを聞いており、入れ知恵の必要はなかった。ウェル・ウォードの門番小屋には、ある男の子をキャット・ハワードの子供であると証言する四人の者がいて、指図を受けていた——これらの者には、子供が生まれた夜について、また、その子がナプキンに包まれてエドマンド卿の家から連れ出された次第について、口裏を合わせてもらう必要があった。ヴィリダス自身も自宅の食料品貯蔵室に三人の者を留め置き、忠告を与えていた——これらの者は、エドマンド卿の家で奉公していたとき、カルペパーが何度かキャットと一緒に藪のなかにいるのを見ただとか、夜キャットの窓に登って行くところを見ただとか、夜明けにキャットの部屋のドアから出て行くところを見ただとかいったことを証言することになっていた。これらの者には、台詞を教え込む必要があった。

クロムウェルは、こうした指示の一項目一項目に注意を払いながら、小さく頷いて聞いていた。

「今度はわたしの言うことを聞いてくれ」クロムウェルが言った。「よく耳を傾けて聞くのだぞ」

ヴィリダスは、身体のすべての機能を聞くことに集中させるかのように床に目を伏せた。「六時かそれぐらいに、カルペパーがこの宮殿に到着するだろう。まっすぐに君のもとへ連れて来るように部下たちに命じておけ。七時かそれぐらいに、キャサリン・ハワードが自室に戻るだろう。農夫に身をやつした王も彼女と一緒に来るだろう。よいか。キャサリン・ハワードのドアは、ディーズ嬢のドアの隣だ。ディーズ嬢には、今朝、別の宿舎に移ってもらった。君はT・カルペパーを連れて、ディーズ嬢のこの部屋へ行く。国王陛下がやって来たのが見えるように少しドアを開き、テーブルについて座るのだ。だが、カルペパーにはそれが見えないように、君の向かいに座らせよ」ヴィリダスは顔を下に向け、木彫りの像のように、じっと動かなかった。ラセルズは口を少し開き、顔を前に突き出した。「待っている間、君はケント州の農場の譲渡証書を持って行き、カルペパーに見せるのだ。牧草地の良質さ、納屋やホップ乾燥所の便利さ、井戸水の甘さ、空気のうまさについて詳しく話し給え。だが、国王がキャサリン嬢の部屋に入ったならば、わたしが渡すワインの壜の中身をカルペパーに飲ませるのだ。そしてカルペパーがそれを飲んだなら、奴が結婚しようとしている女はまったく身持ちが悪い女だとほのめかせ。例えば、こんなふうに。『なあ、君の巣は立派に出来上がったが、メス鳥のほうはどうだ』そして女が大柄な農夫と親密に交際していたと話す。そしてカルペパーが麻薬と君のほのめかしでカッとなっているのが分かったら、こう言うのだ。『おい、このドアの隣がキャサリン嬢のドアだ。ひょっとしたら今もその農夫と一緒かもしれんから、行って見てきたらどうだ』とな」

ヴィリダスは一回、首を縦に振った。ラセルズは二回、手を叩き、この策略に歓喜した。クロムウェルがさらに命令を付け加えた。回廊を歩く彼、王璽尚書のもとにすぐに知らせを伝えられるようヴィリダスは部下を回廊の端に配置せよ。また、キャット・ハワードに不利な証言をする者たちを、彼、王璽尚書の指示ですぐに連れてこれるよう、別の部下を配置せよ。また、その夜、王のタワー・ハウスでT・カルペパーの首を刎ねよとの命令書を持参するもう一人の部下、さらに衛兵や隊長を連れてくるもう一人の部下を配置せよ。それぞれの隊の衛兵や隊長は、上の階の、王の礼拝室の隣の大部屋に集めておき、邪魔が入ったり不測の事態が生じたりしないうちに、即座に、細い階段を通ってキャサリン嬢の部屋に下りてこられるようにしておくこと。再び、ヴィリダスは一回、頭を下げ、唇を動かし、王璽尚書の命令を、発せられた言葉通りに繰り返した。

クロムウェルは口を噤み、再び考え込み、それから付け加えた。

「君のもとへT・カルペパーを連れていく任務は、この従者ラセルズに課すこととしよう。また、カルペパーが直に王と接触しないように、この従者に君たちがいる部屋に一緒にいてもらい、カルペパーがキャサリン嬢の部屋に入るとき、そのあとを君と一緒に追ってもらうことにしよう。君とともにラセルズにはカルペパーと王の間に割って入ってもらいたい。だが、もしカルペパーがキャサリン嬢を襲うつもりなら、二人ともカルペパーを止める必要はない。カルペパーが彼女を刺し殺してくれれば一番良い。きっと、奴はそうするだろう」

「本当に」ラセルズが大きな声をあげた。「わたしが王様になれるものでしたら、王璽尚書殿のように統率力があって深謀遠慮に長けた家臣を持つ王様になりたいものです」

「さあ、行け」王璽尚書がヴィリダスに言った。「言うまでもないことだが、忠実に行動し、この役目を立派に果たすならば、この国でおまえほど高く頭をもたげていられる者がまずいないほどの多くの褒美をおまえにとらせよう。わたしがどんなに仲間に良くしておるかは、おまえも知っていよう。だが、このことも心得ておけ。もしこの企みが、おまえの落ち度であれ他の者の落ち度であれ、不注意によるものであれ不運によるものであれ、反逆によるものであれ、一番下っ端の頭の悪さによるものであれ、失敗に帰したならば、おまえは今夜ベッドの上で眠ることならず、もうこれ以上、地上で日の目を見ることもないであろうということを」王璽尚書は、突然窓から、低くなった太陽を指差した。「あの円形を再び見ることができるよう励むのだ！」

ヴィリダスは何も言わず、ここへ来たときと同じように物音も立てずに手を体の前で組み合わせ、王璽尚書のさらなる命令がないか聞くためにしばらく待ってから、輝く床の上を去って行った。ヴィリダスは年老い身を震わせる増収裁判所大法官のもとへ行って、我ら二人の共通のご主人様の使いでしばらく留守にしなければなりませんと言った。「今夜、いくつかの首が飛ぶものと懸念いたします」と去り際に言い足した。王璽尚書の子分である増収裁判所大法官は、もう四月だというのに、着ている毛皮の下で震えていた。というのも、増収裁判所大法官には、王璽尚書が疑いを顕わにしたことを恐れる個人的な理由があったのだった。

回廊では、王璽尚書がまだ熱心にラセルズと話していた。

「この点での名誉と特権は君に与えよう」王璽尚書が言った。「わたしはすべてのことで準備怠りなくしているが、君のほうが別の男より信頼できると思っている」

ラセルズが受けた命令はこうだった。カルペパーを待ち構え、ヴィリダスのもとに急ぎ、幽霊のように物音を立てず、泳ぐサメに貼り付くコバンザメのように、二人に付き添い、仕事が成し遂げられるまでは二人のもとを離れることのないように。だが、もしもヴィリダスかもう一人の者に反逆の気配が見えたなら、誰にも劣らぬ速さで王璽尚書のもとに駆けつけるように、と。

「というのも」クロムウェルが言葉を結んだ。「もしこの国が救われるとしたら、それはこのことによってのみだろうと、君はわたしと同じ気持ちを抱いてきたのだからな」

これまで発言の機会がなかったラセルズが口を開いた。偉大な探偵であるラセルズは、ノーフォーク公爵夫人の召使たちを探し出し、脅しをかけ、子供の頃、祖母の家にいたキャサリンがフランシス・ディアラムという男と過度に親しい間柄にあったことを証言させようとしていた。ラセルズ自身、証人を選定し、出廷可能な状態にし、まさに王璽尚書に引き渡そうとしていたのだ。だが、彼は王璽尚書自身が充分な証人を持っていることを思い出した。明日がその日であることも。王は、今はキャット・ハワードへの悪口に聞く耳を持たないかもしれないが、一年経てば、あるいはすべての男が女に飽きるようにこの女に飽きさえすれば、他の者たちの話に加え、これらの者たちの話に聞く耳を持つようになるかもしれなかった。そこでラセルズはまた口を閉じた。そこで、クロムウェルが、真実に対する自分の思いはラセルズ君のそれと完全に一致している、と言わんとするかのように話し始めた。

「ラセルズ君」王璽尚書が言った。「わたしは君を買収し、カンタベリー大司教に仕えるのを辞めてもらい、わたしのもとへ来させたい気持ちだ。だが、わたしとて今の世の中を長く生き延びることはできないかもしれん。従って、君にはこう命じよう。君のご主人によく使え、彼を導くのだ。というのも、あの男には導き手が必要だ。今日まで君が巧妙に導いてきたように。こうした理由により、わたしは君を彼から取り上げようとは思わない。一つの家に同じ考えの者が二人いる必要はないからな。一人いれば十分だ。同じ考え方の二つの家のほうが、二つの頭がある一つの家よりも頑強だ。従って、わたしが若かりしとき偉大な枢機卿によく仕えたように、君はクランマーによく仕えるのだ。そうすれば、クランマーが死んだとき、ちょうどウルジーが死んだときのわたしがそうだったように、君は極めて高い地位に昇ることができるだろう」

クロムウェルは小さな私室に素早く入り、手に小さな本を持って戻ってきた。

「これをよく読み給え」クロムウェルが言った。「わたしもこれをよく読んできた。わたし自身の注釈が付してある。これはマキャヴェリの『君主論』だ。この世に類書はない。これをよく研究するのだ。散歩の際にも持ち歩くのだ。わたしは単純な男だが、この本がわたしを立身出世させてくれたと言ってもよいだろう」

回廊のあちこちに影が落ちていた。沈む太陽が川向こうの暗く高い楡の木の背後に回っていたからだった。

「誓って」クロムウェルが言った。「忠実なしもべを褒め称える王者キリストの助けによって天国に行きたいと望むわたし故、あの女の従兄がここに戻ってきたことを君が伝えてくれたとき、わたしは本当に嬉しかった。だが、それ以上に嬉しいことがあるとすれば、わたしの仕事を継承する者を見つけられるかもしれないことだ。まだ、見つかったと言える段階ではないが、この本についてじっくりと考えるのだ。その研究により、神はわたしの場合同様、君に大きな変化をもたらすだろう…さあ、行け」

クロムウェルは背中で手を組み、細い目の上まで帽子を引き下ろして、長いこと回廊を歩き続けた。夕暮れになっていたので、彼の姿は遠く離れた端に至るとほとんど見えなくなった。クロムウェルは開き窓から、淡い西の空にかかる小さな朧月を見上げた。カルペパーを王の前に連れ出すため、自分がどんな命令を下したか、詳細を心のなかで繰り返した。やがて、カルペパーが従妹を足元に切り倒し、拠って女は誹謗に立ち向かう弁舌を振るえなくなるだろうと考え、クロムウェルは言葉を発した。

「奴らの首は押さえた」

クロムウェルは自分をイタリアの騎兵からこの高い地位にまで押し上げた運命について考えながら、人差し指を曲げて月に挨拶した。月はクロムウェルの誕生を司る星だった。

「ああ」クロムウェルは声に出して言った。「わたしは四人の王妃の時代を生き抜いた」

キャサリン・オブ・アラゴンが死ぬのを見た。アン・ブーリンは断頭台で死んだ。ジェイン・シーモアは産褥の床で亡くなった。そして今、クレーヴズからの知らせで、アンの治世も終わりを告げようとしていた。

「四人の王妃だ」クロムウェルは繰り返した。

そして、素早くドアのほうを向き、スロックモートンがアーチ門にやって来たら、直ちに自分のもとへ遣わすようにと命じた。

第三部　雲間から漏れる陽光

I章

　正午近く、スミスフィールドの大広場に集まった群衆のはずれに、馬に乗ったトマス・カルペパーの姿があった。カルペパーの脇では、門番のホグベンが、混雑した人々の間で、馬のしりがいにかけた槍をおさえるのに大童だった。

　人々の頭が舗装のように広場を埋め尽くしていた。被りものをしている者もいれば、いない者もあった。その違いは、火刑に処せられることになっているカトリック教徒に浴びせられたウスター司教の言葉に感激してすでに帽子を高く投げ上げてしまったか、それとも非難を込めてさらに目深に帽子をかぶり、続く三人のプロテスタント信徒の絞首の際に喜びを表そうとしているかによって生じたものだった。

　広場の中央には鎖がぶらさがった絞首台が高くそびえていた。その鎖の端に、僧帽をかぶった男の肩と頭が見えた。人々からは、その男の姿全体は見えなかった。

　そして絞首台と同じ位高くそびえ立ち、上着と四肢を緑色に塗られ、金メッキの兜をかぶり、大きな槍を振りかざしているのが、カトリック教徒であるウェールズ人たちの崇拝するデビッド・ダーヴェル・ギャザレン[1]という偶像だった。この偶像は托鉢僧フォレストを火刑に処すときに彼を完全に焼き尽くすためにここに運ばれてきたものだった。偶像は日に照らされた広場の先のウスター司教の説教壇を、頬を赤くし無表情に睨みつけていた。司教のほうは、白い法衣、黒い帽子を身につけ、白い腕を振って、最後の瞬間に悔い改めるようにと、絞首台の男に説き伏せていた。このウスター司教、ラティマーの声が時折聞こえてきた。鎖につながれた托鉢僧は絞首台の柱に掛かった梯子段の上に立ち、頭を垂れ、首を横に振ったが、その唇から言葉が発せられることはなかった。

「憎むべき異端者、卑劣な裏切り者よ！」ラティマーの説教が人々の頭の海を渡って聞こえてきた。「ここに陛下の評議会を開く――」この言葉を聞いて疑問のざわめきが上がり、大群衆はいわば司教の言葉をかき消すほどの風を送った。というのも、「陛下」の称号がこの国にとってあまりに新しいものだったので、人々はこれがどんな評議会なのか、馴染みのない称号のどんな大立者が召集した評議会なのかと疑問に思ったのだった。ラティマーは半ば振り返り、後ろに腕を振って、国王の臣下たちを指し示した。指し示された大臣たちは、宝石のきらめく立派なボンネットをかぶり、腕や肩の間で階段座席を覆う赤い布を際立たせるような茶色の服を着て座り、華やかな色合いの服を着たたくさんの貴族や貴婦人に囲まれていたので、その姿はあたかも人々の頭の織り成す湖の上で花を咲かせる雅な岸辺のようであった。大臣たちはもし托鉢僧が恐れのためか、あるいは司教の説教に心を動かされて、公式に自説を撤回すれば、用意された特赦に署名しようとそこに座していたのだった。

　托鉢僧は確かに、頭を垂れ、梯子の横木にしがみつき、誰の目にもわかるほどに震えており、一度などは激情にかられて鉄の鎖を摑み、激しく揺すぶった。だが、その唇から漏れる言葉はなかった。カルペパーは出世確実な男として、自負と満足とではちきれんばかりだった。赤毛の頭から緑の帽子を取って振り回し、托鉢僧が恐怖をあらわにすると「万歳」と叫んだ。ホグベンはリンカンの地主のトムに万歳を叫び、多くの者たちが喝采した。しかし、人々の声は再び静まり、今では高まった司教の声だけが日の光を圧し、背後の家々の高い正面のまわりで渦巻いた。

「ここにこの国の貴族たち及び国王陛下の枢密顧問官たちが集い、おまえに特赦を与えようとしているのだ。不幸なる者よ。もしおまえに少しでも悔恨の情が起これば であるが」

　托鉢僧は群集の頭上を横切る巨大な黒い梁の下で、僧帽をかぶった頭を垂れ、ゆっくりと首を横に振った。

「おまえに過ちのあることをわたしは宣言した」ラティマーが大声で言った。「聖書に明らかなところにより、多くの神聖なる戒めをもって、わたしはおまえに悔い改めるよう説き聞かせた。だが、おまえは聞こうとも話そうともしない――」

「こん畜生!」カルペパーが叫んだ。「話ばかりで何も起こりやしない。万歳!　卑怯者を燃やせ、燃やせ、燃やすんだ!　イングランドの名誉のためだ」群集のはずれの彼から始まって、次々に「万歳!」「燃やせ!」そして「ロンドンの聖ジョージにかけて」といった叫び声が上がり、不穏なうわさが飛び交い、小競り合いが起こり、人々の頭が波打つように揺れ動いたので、司教の声はその日はもう人々の耳に届かなかった。
だが、偶像が足首までの高さを群集のなかに突っ込んで、ゆっくりよろよろと前方に動き出したとき、群集はシンと静まり返った。その人型の首に掛かった綱が手繰られ、ピンと張った。群衆のなかにはウェールズのカトリック教徒を揶揄する歌を歌い出す者もあった。

デビッド・ダーヴェル・ギャザレンは、
ウェールズ人の言うことにゃ、
無法者らを地獄から連れて来たっていうことだ。

歌の折り返しがあまりにもけたたましく、偶像が揺れてひっくり返り倒れても、その音が聞こえることはなかった。だが、偶像が倒れたことで、群衆がまた静まり返った。やがていくつもの斧が板を切り刻む音が聞こえてきた。梯子の上で動揺した托鉢僧が下を見て、十字を切った。説教壇の司教は、畏怖の念と祈願を込めて両腕を上にかかげたが、それはまるで新たなるどよめきを求めて合図を送っているかのように見えた。
カルペパーは喜びの叫びを上げている最中、誰かに脚を捕まれていることに気づいた。脚を蹴ってもぎはなしたが、今度は手綱を握った手を捕まれた。馬の肩のあたりに、胸に王璽尚書の獅子のバッジを付けた金髪の男が立っていた。顔を上に向け、喧騒のなかで聞き取れない言葉をしゃべっていた。カルペパーはその口に拳固を食らわせた。男は怯んで後ずさりしたが、それでも群集のなかでカルペパーから離れなかった。再び群集が静まり返ったとき、カルペパーは斧の立てる速いリズムの音の合間に男の言葉を聞いた。

「至急、馬でハンプトンにお出でください。わたしはクロムウェル卿の家来です」

カルペパーは火刑への思いに、さらにまた群衆と男たちの匂いと日光と喧騒への感動を伴うその日の喜びに浸っていたのだが、そうした興奮から再び我に返った。

「何だと、この野郎」とカルペパーが叫んだ。「俺について来い」カルペパーは男の襟をつかむと、馬の胴を蹴り顎を引っぱって、まばらな群衆を押し退けて、通りの開けた一角に出た。

「旦那」と男が言った。男の着ている濃い緑色の立派な生地で作られた三つ揃いは、彼がどこかの家で重要な地位についている男であることを物語っていた。「証書をお持ちのヴィリダス様のところへ早く出向いていただかないと、あなたはブロムリーの農場を失うことになってしまいます」

カルペパーは不明瞭なうめき声を発し、我慢強い馬の頭の側面を二分間激しく叩き続け、さらには馬の腹帯にかかとを突き立てた。

「旦那」男が再び言った。「旦那が六時までにハンプトンに着かなかったら、どこかの殿方が土地をもらってしまうってことです。どういう次第によるものか、召使風情には分かりかねますが。ヴィリダス様のおことづけを伝えているだけなので」

青い煙の薄い渦巻きがすでに托鉢僧の体を越して、よく晴れた空へと昇っていた。煙は絞首台の梁を嘗め、上へ上へと昇っていたが、それをカルペパーの血走った目が追っていた。

「神様の計らいで」とカルペパーが言った。「折角この火あぶりを見始めたのにな。あんたはたくさん見てきたのだろうが、俺は初めてだ」発作的興奮が新たにカルペパーを捕らえた。馬の手綱を引くと「全速力で走れ、走るんだ」と叫びながら、暗い通りへと消えていった。

ポールトリー[2]では、首のまわりに金の鎖をかけ赤い服を着た男を転倒させた。チープ[3]では、豚飼いの小屋を馬に飛び越えさせた。それで、ホグベンと馬と槍が地に投げ出された。パタノスター通り[4]では、三人の酔っ払いが喧嘩をしていた。カルペパーはその三人の体めがけて突進した。だが、やがてテンプルバー[5]を過ぎ、沼沢地や牧草地のなかに入った。カルペパーは生垣の間に、後をつけて馬を駆る者がいることに気づいた。カウの小川[6]が深い泥道を横切るあたりで、激しく手綱を引いて、後ろを振り向いた。

「そこの者」カルペパーが言った。「今夜、俺はネズミを一匹鎖で縛り、石炭の火の上にかざしてやる。だから、俺は火あぶりを見ることになる。キャットにも一緒に見てもらおう」彼はまた馬に拍車をかけた。

ブレントフォード[7]に着くころまでには、最初の男と同様の服装をした四人の男がカルペパーを馬で追っているのが見えた。カルペパーが馬を止め、リッチモンドヒル[8]の手前の川で馬に水を飲ませていると、川を渡って甘美な音楽が聞こえ、行列が向こう岸の土手の彼方を行進していた。槍や旗の先が木の幹の間から見えた。

「いつか俺もこんな行列をつくってやるぞ！」とカルペパーはつぶやいた。王璽尚書が友人となり、ヴィリダスが好意を示してくれる今、自分がさらに偉くなったと実感し、やがてどんな大立者よりも殿方よりも権力をもつだろうと想像した。ならば、彼の土地を欲しがっている男などとるに足るまい。カルペパーはその男の首を切り落とし、従妹のキャサリンにキスしたいという一途な思いで馬を走らせた。

ハンプトンの国王のアーチの前の緑の庭で、カルペパーが手綱を引いて馬を止めたのは、六時十五分前だった。そこでは極めて奇妙な乱闘が行われていた。それは皿のなかで戯れに点火される火薬のように、一瞬燃え上がっては消えていった。ラセルズという男がカルペパーを出迎えるため、アーチを潜ってゆっくりと出てきた。そのとき、小さな脇の戸口から、赤い半ズボンをはいたポインズ青年が緑の芝生を越えて駆けてきた。ポインズは、急いで身につけなければならなかった赤い上着を脱ぎ捨て、剣を力いっぱい引き抜こうとしたが、柄《つか》が袖の穴に引っかかって抜くに抜けないでいた。ポインズが出てくるや、それまでゆっくりと歩いていたラセルズが駆け出し、大声をあげた。王璽尚書の部下があと四人アーチから駆け出してきた。カルペパーの後を馬でつけてきた四人の男たちは彼の馬のまわりに集まった。ポインズは駆けているうちに上着が撓んで剣が抜けた。ラセルズが芝生の上のポインズに近づき、脚を引っ掛けて転ばせた。青年は両手を頭の上に伸ばした格好で大の字に倒れ、剣は三メートル先の場所に吹っ飛んだ。カルペパーが戸口から百メートル弱の彼らのもとへ乗り付けたときには、アーチから出てきた四人の男がポインズの脚につかみかかり、腕を押さえつけていた。

「これはこれは」とカルペパーが青年の顔をしげしげと眺めながら言った。「俺の農場をもらいたいというのはおまえさんだったのか」彼は青年の顔に唾を吐きかけ、満足そうに馬を進めてアーチ門を潜って行った。その脇の部屋部屋や国王の新たな大広間に通じる険しい階段のあたりでは王璽尚書の多くの部下たちが見張りについていた。

「やっと分かったぞ」とカルペパーは馬を降りながらラセルズに話しかけた。「どうしてあいつが俺をカレーに留め置き、はしけの番人にしておきたがったのかが。俺の土地を手に入れようとしていたんだ」

ぐずぐずせずにヴィリダス様のもとへ行くよう命令が出され、カルペパーは上機嫌でラセルズに先導されて、宮殿の、ウサギの飼育場のような狭い新しい廊下を通っていった。そこはすでにほとんど暗闇だった。

こうした次第により、スロックモートンが屋形船の旅の寒さに身をこわばらせ船着場から上がった後、出会ったポインズ青年は、緋色の半ズボンをはき、大地に倒れ、顔を切って出血し、剣を失くしたありさまだった。王璽尚書の部下たちが襲いかかり、彼を宮殿の外に蹴りだしていた。捕えるための許可証がまだ出されていなかったためであった。いずれにせよ、喧嘩は彼らの職務の埒外だった。青年は確かに近衛部隊の一員だったが、彼の同僚たちは目下ロンドン塔に配置されていた。

スロックモートンはポインズの報告を聞いて悪態をついた。目の前の、窓に明かりの灯る宮殿内にすでにカルペパーが入ったと聞くと、スロックモートンはアーチ門に駆け込んだ。彼は駆けながら知恵を絞る他なかった。アーチ門を潜るや、「王璽尚書が大至急お呼びです」との命令を受けた。スロックモートンはカルペパーの消息だけを尋ねたが、「ヴィリダス様が専用階段から上へお連れいたしました」との悲惨な答えが返ってくると、また駆け出した。暗闇のなかで、さまざまな考えが彼の頭を駆けめぐった。最悪の事態だ。だが、どこが最悪なのか。王璽尚書が呼んでいるという。だが、王璽尚書に会いにいく時間はない。カルペパーはキャット・ハワードの部屋へ行ったのだ。ヴィリダスはそこにカルペパーを連れていったに違いない。階段の上に彼が行ける部屋はそこしかなかった。とんでもなく悲惨な事態だ！　カルペパーを阻止するにしてもしないにしても、王璽尚書は彼が裏切ったことを知るだろう。駆けているうちに、またもう一つ、一か八かの方策が彼の頭に浮かんだ。彼は、王璽尚書が国王に反逆を企てていると密告する合意を、増収裁判所大法官のリッチとの間で結んでいた。彼自身、その朝、印刷工のバッジから反逆の話を聞き、格好の材料を得ていた。

ようやく回り階段のふもとに着くと、階段の脇に陣取っていた数人の男が呼び止めた。スロックモートンは呟いた。

「スロックモートンだ。ご主人様のお言いつけだ」そう言うと、そこを通り抜け、暗い階段を上っていった。

なぜかがり火が焚かれていないのだ。なぜこんな男たちがいるのだ。王がすでにカルペパーのことを聞きつけたのではないかという考えが浮かんだ。すでにキャサリンは捕らえられたのか。スロックモートンは階段を上りながら、呻いた。「その場合、男どもを背にして、俺はすでに牢獄のなかにいるのも同然だ」彼は立ち止まって、引き返そうとした。だが、そのとき頭に閃いた。たとえこの場を切り抜け、ただ一人彼の話に耳を傾けてくれ、彼を救うことのできる王を見つけられようとも、まずキャサリンがどうしたかを知ることが先決だ、と。その思いに心臓は突かれたように激しく痛み、彼は再び階段を上っていった。

キャサリンの部屋の隣のドアから、明かりが漏れていた。キャサリンの部屋のドアは閉まっていた。スロックモートンはその扉の前に飛んでいき、ノックし、頭を羽目板に押し付けて聞き耳を立てた。何の音もしなかった。もう一度ノックしてみたが、やはり何の音もしなかった。我慢しかねた。スロックモートンはドアを押し開いた。そこには誰もいなかった。女も男も誰ひとり。彼は部屋のなかに入った。「もし部屋が乱れていたら――」

薄明かりのなか、部屋がいつもと変わらぬ様子であることが分かった。椅子はあるべきところにぼんやりと現われ出た。炉には火が灯っていた。テーブルの上には書物が整然と並び、ひっくり返されたスツールは一つもなかった。心臓は早鐘のように打ったが、彼は青い薄明かりのなか、野獣のように耳を澄まし、どんな物音も聞き逃すまいと息を潜めながら、部屋の品々に囲まれて立った。

声がした。

「おや！　スロックモートンではないか！」と潜めた声が。隣のドアからの明かりが強まり、また弱まった。彼は「スロックモートンだ」という言葉を聞き取った。その声を聞くや、スロックモートンは鞘から短剣を抜いた。何が計画されているのかがぼんやりと分かってきた。彼らはキャサリンが来るのを待っているのだ。彼の心から重しがとれた。まだ、キャサリンは捕らえられていないのだ。

スロックモートンは立ち止まり、乱れがないように顎鬚を撫でつけ、走っている最中に肩の後ろに回っていた鎖の付いた大メダルを肩越しに引っぱった。一分後、彼は様々な思いを抱きながらも、堂々と落ち着いた様子で隣のドアを押し開いた。

彼はすっかり元通りの位置にドアを戻すと、三人の押し黙った男たちをじっと見つめた。トマス・カルペパーは眉をひそめ唇を動かし、首を傾げながら、地図でブロムリーの農場の大きさを目測していた。ラセルズが部屋から出て行き、戻ってきてスロックモートンという男が隣の部屋にいると言ったことは、カルペパーには何の意味もないことだった。彼は農場のことを聞くためにここへ来たのだ。

ヴィリダスは押し黙り、険悪な謎めいた様子で、テーブルの一点をじっと見据えていた。ラセルズは口を少し開き、目を大きく見開いて、両手をテーブルの上に置いていた。

スロックモートンは、テーブルと長椅子を除き部屋が空であることに気づいたが、何も言わなかった。壁掛けは取り外されていた。家具はすべてなくなっていた。朝のうち、部屋は調度品でおおわれ、温まり、ディーズ夫人が占有していた。従って、クロムウェルが変化をもたらしたのだ。他の者にはそんな権限はなかった。それでは、この三人はキャサリン・ハワードか国王が来るのを待っているのだな、とスロックモートンは思った。ラセルズは彼がここにいるのを見て、恐れ驚いた様子だった。だとすれば、この件にはラセルズが深く関わっているのだ。今朝、ラセルズはクランマーに仕えていた。ところが、今はここに座っている。従って、ラセルズもまた、確かにこの計画に参与しているのだ。彼は王璽尚書の新たな従者なのだ。新たな従者ほど熱心なものはない。ヴィリダスには事の成り行きを話してある。従って、一番危険なのがラセルズだ。

スロックモートンはゆっくりカルペパーの後ろにまわり、臀部から青い刃が突き出た短剣を左手に持ち、カルペパーの脇に腰を下ろした。カルペパーの位置はスロックモートンの右側だった。スロックモートンはラセルズに、大変穏やかにイタリア語で言った。

「手は二つともテーブルの上に置いておくのだ。もし片方でも動かしてみろ、俺の短剣がおまえの目を突き刺して脳みそを貫くぞ。おまえが英語でしゃべっても同じことだ」

ラセルズが「ユダめ！　裏切り者！」とイタリア語でつぶやいた。ヴィリダスは身動き一つせず、カルペパーは農場の図面に指を走らせた。

「ここがこやしの山だ」とカルペパーはヴィリダスに訴え、ヴィリダスが頷いた。

ゆっくりとした動作と低い声のスロックモートンは、まるでラセルズのところに天気や火あぶりについて話しに来た友達、といった感じだった。カルペパーはスロックモートンには関心がなかったし、何も発言しないラセルズに関しても同様だった。

　スロックモートンは、未だラセルズに話しかけるかのように、ラセルズに顔を向けたまま、未だ同じ平坦な声でイタリア語をしゃべり続けた。

「ヴィリダス、おまえに言っておこう。これは非常に重大な問題だ」無意識に彼は王璽尚書の決まり文句を使っていた。「事態をよく考えるんだ。我らが主人の時代は終わりに近い。おまえの盟友で主人であり、わたしの仲間でもある増収裁判所大法官のリッチが、今夜、わたしと一緒に証拠や書類をもって王のもとへ行き、国王陛下に謀反を起こした罪で王璽尚書を告訴する予定になっている。我々と行動を共にするか、それとも王璽尚書とともに滅びるか、おまえはどちらを選ぶ！」

　ヴィリダスはテーブルの同じ一点に視線を注ぎ続けた。

「もっと詳しく知りたい」とヴィリダスは言った。「事はきわめて重大だ」ヴィリダスの口調は平坦かつ単調で、穏やかだった。彼もまた「今日は日が暮れるのが遅いな」と言っているだけのように見えた。

「あんたがた宮廷人の間ではラテン語で話すのが流行りなのだろうがな」カルペパーが遠慮会釈ない嘲りの声で言った。「そんなことだと英語という神の言葉を忘れちまうぞ」そしてスロックモートンの袖をぴしゃりと打った。「見てみろ。俺が報酬としてどんなに素晴らしい農場を手に入れたか、を」

「もっと素晴らしいものが手に入るぞ」とスロックモートンが言った。「わたしが王に、おまえのためを図ってくれるように頼み込んである」だが、スロックモートンはラセルズから目を離さなかった。

カルペパーは被っていたふちなし帽を後ろに下げ、上体をそらしてスロックモートンの背中をぴしゃりと打った。

「あんたは、俺の偉業を聞いたのか」

「イングランド中に鳴り響いているからな」スロックモートンが言った。

スロックモートンは「動くな、犬め！」とラセルズに向けてイタリア語を差し挟み、ついでカルペパーに「王は今夜、すぐそこの、おまえの従妹の部屋にお越しになる。わたしから頼んでおいた。おまえがまず従妹のところに行くだろうと思ったのでな。王はおまえと話したいと切望しておられる。わたしの命じるとおりにふるまえば、おまえは出世間違いなしだ」

カルペパーは喜んで、病的興奮気味の笑いを浮かべた。

「驚いた」カルペパーが叫んだ。「ヴィリダスさん、これに比べりゃ、あんたの提案なんか糞みたいなもんだ。農場三つでは俺は満足できん。十個でもだ」

スロックモートンは視線をちらっとヴィリダスに向け、再びラセルズを見た。

「口を利いたら殺すぞ」スロックモートンが言った。ラセルズは目を剝き、口をもごもご動かした。テーブルの上に置かれた手は激しく震えていた。一方、ヴィリダスは少しも身動きせず、じ

っと座ったままだった
「驚いた」カルペパーが言った。「本当に驚いた！　あんたの手にキスさせてくれ」

「いいか」スロックモートンが言った。「わたしが口を利いていいと言うまでは、黙っているんだ。ここでの、わたしの身分は極めて高い。その重みと礼儀を弁えられぬのなら、王のもとへ連れて行くわけにはいかない。おまえには宮廷の流儀が分かっていないようだな」

「ああ、あんたの手にキスさせてくれ」とカルペパーが答えた。「けれど、どうして手に短剣をもっているんだ」

「いいか」スロックモートンが再び言った。「黙るんだ。もし王がドアの前を通ったら、おまえがわめき散らしているのを聞いて腹をお立てになるだろう」ここでヴィリダスに向けてイタリア語の言葉を投げかけた。「このバカ野郎によく考えるように言うんだ。これ以上、証拠を出すわけにはいかないが、大法官のリッチとわたしの側につくか、王璽尚書の家来にとどまるか、即断するのだ」

スロックモートンはラセルズから一瞬たりとも目を離さなかった。額には汗が流れた。一度ラセルズが動いたとき、スロックモートンは死の間際まで追い込まれた剣士が相手にフェイントをかけるかのように、息を弾ませながら、素早い動作でテーブルに短剣を滑らせた。だが、彼の声は少しも高まりもしなければ、低まりもしなかった。

「もしこのことであんたの助けをすれば、俺はどんな報酬を得る？」ヴィリダスが訊ねた。彼もまた低い抑揚のない声でしゃべり、目はテーブルに伏せたままだった。

「わたしの増収分の半分を五年間、増収裁判所大法官の増収分を半分、それにおまえが陛下と新しい王妃様の恩顧を得られるよう骨を折る」

「それで、もしあんたと組まないとすれば？」

「王がこのドアの前を通ったとき、『謀反だ！謀反だ』と叫んでやろう。おまえもわたしもこの男もあの男も今夜は国王の監獄で眠ることになる。王璽尚書の監獄ではなしにな。それに、わたしがキャット・ハワードとツーカーの仲だということを考えてもらいたい。もしあれの従兄が醜態を演じなければ、キャットが国王の考えを支配するということを」

ヴィリダスは何も言わなかった。だが、何もすることがなく大あくびをしたカルペパーが、二人を挟むテーブルの上に置かれた蝋燭の下の黒い酒壜を取ろうと手を出すと、ヴィリダスが前方に手を伸ばして壜をつかんだ。

「酒を飲んでいる場合ではない」ヴィリダスが言った。

「一体なぜだ」とカルペパーが訊ねた。

「今夜国王陛下の前に出るときに醜態を演じないようにだ」ヴィリダスは冷ややかな、脅すような声で言った。「そしてまた、おまえが国王の手にキスするとき、忌まわしい酒の匂いがしないようにに」

カルペパーが言った。

「くそっ！　国王陛下のことを忘れていた」

「よいか、国王の前に跪き、口を利いてはならん。床から視線を上げることも、大きな音を立てて息をすることも罷りならぬ。よいか、いと高く畏れ多い国王陛下がおまえを放免したら、静かに立ち去るのだ」とスロックモートンが話した。「よいか、従妹とは話してはならない。従妹の話をすることもご法度だ。王は恐ろしいお方だ。他の誰よりも恐ろしい。怒り方と敬意の要求にはものすごいものがある。他の誰よりも恐ろしい。だから、もしおまえが囁き声以上の大きさの声でしゃべったなら、もしおまえが教師の鞭を前にした従順な子供のようにふるまわないとすれば、おまえは完全に追放され、破滅させられるだろう。農場も土地ももらえなくなるだろう。喜びとも楽しみともお別れだ。国王陛下のために勇敢にふるまったことなどなかったかのように、穴のなかで朽ち果て、忘れられてしまうだろう」

「ちぇっ！」カルペパーが言った。「王と話すより、王のことを話すほうが余程簡単みたいだな」

「よいか、いま言ったことをよく覚えておくんだ」スロックモートンが言った。「王にお越し頂いておまえと話してもらうために、わたしは随分と骨を折ったのだぞ」

スロックモートンはラセルズの体にさらに短剣を近づけ、唇に指を当てた。ヴィリダスは一度も動かなかった。相変わらず身動き一つしなかった。カルペパーは口に手を詰め込んだ。

というのも、外から人の声が聞こえてきたのだ。しんと静まり返ったなか、女性の長衣のきぬずれの音がさらさらと穏やかな調べを立てた。太い声が重々しく発言した。

「ああ、おまえの気持ちはよく分かっている。わしにも悲しみはある」その声は瞬時停止し、また続いた、「おまえのルクレチウスを締めくくれよう。『ある隠れた力があって人間の運命をくつがえす』[9]という句でな」三人が皆息を潜める部屋のドアの前で、話し手は瞬時立ち止まったように見えた。「最近は世俗の作家たちより教父たち[10]の書いたものを読むことが多くなった」

彼らは階段を上ってきたがっしりした体格の男の息づかいを聞いた。その声はさらにかすかになった。

「『伝道の書』のなかの素晴らしい言葉だけを考えていればよい。『わたしは知っている。命のある限り楽しく善く生きるより…[11]』」ドアが閉まり、声が完全に止んだ。通り過ぎた松明の明かりで、スロックモートンは、王がキャサリンの部屋の明かりがつけられるまでそこで待機していたことを知った。ヴィリダスにそっとつぶやいた。

「わたしが王と王妃のところへ行っている間、この短剣をこの馬鹿者の喉に突きつけていてくれ。こいつが王璽尚書にしゃべり立てるのを防ぐために、できるだけ時間を稼ぐのだ。リッチやユーダルやその他多くの証人を今夜、王のもとへ連れて行く。そのことも頭に入れておけ」

「スロックモートン」ヴィリダスが言った。「行く前にいろいろ条件を詰めておきたい。まだ、あなたの手に我が身を委ねたわけではない」

Ⅱ章

リッチモンドでアン・オブ・クレーヴズの前に跪いて以来、深い悲しみがキャサリン・ハワードを襲った。ドアの外で明かりが点けられるのを待っている間、王がキャサリンと話していたのがこのことだった。意に副わぬ王冠など喜んで放棄しましょうと言うアンの主張は、キャサリン自身が喜んで王冠を受け取るという仕儀には至らなかった。緑色の農夫の服装をした伝令が煌びやかな回廊に入ってきて、アン王妃と金髪の貴婦人キャサリン・ハワード殿に馬を並べてお越し頂き、テムズ河畔の森で農夫たちが行う余興をご覧になって頂きたい、と告げたのだが、キャサリンは王妃のラインワインでさえ取り除くことのできない失意に陥っていた。キャサリンは一人きりになって祈りたかった――さもなければ、ヘンリーと二人きりになり、思いの丈をぶちまけ、どうやって王妃に償うかを考えたかった。しかし、実際は、キャサリンは王妃を右手に、サフォーク公(1)を左手にして、馬に乗って行かなければならなかった。蛮族の王らを捕らえた後のカエサル一行も、このように捕虜たちに挟まれてローマに馬で乗り付けた。だが、キャサリンは戦争を遂行してきたわけではなかった。

キャサリンは王を非難する気にはならなかった。王が凶暴さと勇ましい見かけのなかに逃げ場と休息を見出さなければならない苦い悲しみに沈んだ男であることを知っていた。今はじっと耐え、王のために弁明を見出すことが、彼女の務めだった。しかし、キャサリンは王が繰り返したルクレチウスの言葉を心のなかでつぶやいた。「ある隠れた力があって人間の運命をくつがえす」農夫の弓を見るために白い馬を走らせている一行のなかで、キャサリンがもっとも寡黙だった。一行は皆、小さな旗をなびかせ、角笛を吹き鳴らしていた。貪欲な貴婦人や騎士たちは、こうした事柄や、とりわけ弓術の上手さを愛し、一番よい腕をもつと思う射手や偶然や風向きの恩恵や恩寵を得そうに見える射手に両手を差し出して、誰が優勝者になるか賭けるのだった。

しかし、王と二人きりになると――（というのも王妃が馬でリッチモンドに帰った後、緑の服を着た、かの名うての射手は、キャサリンの鐙を押さえ、鞍頭に付いてハンプトンまで歩いて戻ったのだ）――キャサリンは悲しみを吐き出さずにはいられなかった。

「わたしは知っている。命のある限り楽しく善く生きるよりほかに良い事はない」――ヘンリーはキャサリンの部屋に入ると、引用を最後まで言い終えた。そしてキャサリンの椅子に腰を下ろし、両脚を大きく伸ばして広げた。キャサリンの鞍の前輪に付いて長く歩いて疲れたため、大きな喜びの荒々しさはもはや彼のものではなかった。もはや膝をぴしゃりと打とうとはしなかった。これは求める幸せを表す絶好のイメージだったが、むしろ彼はブドウの木の下に座り、よい収穫が得られることを知った農夫のような和やかな気分だった。

「本当に」と王は言った。「今日は人生最高の日だ。曇りない気分だ。雲間から漏れる陽光のようだ。クレーヴズが結びつきを断ったのだ。もうアンと付き合う必要もない。おまえに身を引かせる理由も力ももはやない。明日、議会が開かれる。どこの国の、いつの時代の議会よりも、わしの意志に従ってくれる議会だ。もはや、わしにはクロムウェルも必要ない」

王はひとつまみの埃を払うかのように指を弾いた。キャサリンが椅子の前に両膝をつくと、その頭の上に手を置き、寛大な微笑を浮かべて話し続けた。

「子供の頃から、このような日を過ごしたことはめったにない」王は目の前のキャサリンの方に体を傾け、その黒ずんだ金色の髪を撫で、その肩に手を置き、赤らんだ頬に指で触れた。

「おまえのルクレチウスよりわしの趣味に合うホラチウスを引用してこんなことを言った日もある――『どんな嵐や黒雲が明日起きようとも、わたしは今日生きた、と一日の終わりに言える男は、偉大で幸福である』(2)と…」

王は緑色のズボンに包まれた脚を組んで、重い頭を傾げ、キャサリンが彼のために祈ろうとしているのを知っていながら、どうしても自分の思いを打ち明けずにはいられぬ男のように話し続けた。

「ホラチウスの言っているような日々ならば、わしにもあった。だが、今日のように、それ自体すばらしく、その上すばらしい明日への清らかな見通しを啓示してくれるような日はこれまでになかった」王は再び微笑んだ。「そうなのだ、わしは自分で思っていたほど老人ではないのだ。おまえの馬の傍らをあんなに遠くから歩いてきたのだからな」このことは二つの点で彼を喜ばせていた。一つには、歩いてもほとんど疲れなかったからであり、もう一つには、馬丁の役を果たすことで大きな惜しみない敬意をキャサリンに払うことができたからだった。「わしはこれも吉兆としておまえに差し出そう。おまえもそれを受けてくれよう。聖母マリアを除き、この国でおまえほどそうした敬意に値する女はいないのだから」そして宝石が散りばめられた緑色のボンネットに触れ、それを頭からはずしてテーブルの上に置いた。

「陛下」キャサリンは叫んだ。両手を揉みしだき、性急な苦悶の言葉を発した。「結婚の誓約を交わす日に、王や貴族は花嫁に一つか二つ恩恵を与えてくださる習慣がこれまでにもありました――一地方の歳入の授与であることもあれば、罪人の恩赦であることもありましたが」

「まさか王璽尚書の特赦を願い出るのではなかろうな」

「陛下」キャサリンがさえぎった。「王璽尚書の特赦を願うのではありません。でも、わたしの気持ちを話させて下さい」

王は優しく言った。

「話したい気分だと！　話すがいい！　おまえの話をさえぎる術を、わしはもちあわせていないのだから」

「陛下、わたしは王璽尚書の特赦を求めてはおりません。彼の財産に関しても生命に関しても、です。この男は陛下によく尽くし、反逆者ではないと主張いたします。それでも、この男は貧しい者たちをしいたげ、誤った証言をもたらすことで陛下が嫌われるように仕向け、教会を貶めてきたが故に――こうして国に、そして哀れで愚かな国民に危機をもたらしたが故に、わたしの知っている誰よりもひどい反逆を働いてきたのです。もし陛下が彼に死刑を宣告するのであれば、わたしは『なりません』と申すほど愚かではありません」

ヘンリーが額にしわを寄せて、言った。

「貧しい者たちをしいたげるのは、法的には大逆罪ではない。大逆罪に問えなければ死刑に処すわけにいかぬ。王璽尚書が反逆者だと証明する者をわしの前につれてきてもらいたい」

キャサリンは王の前に跪き、王の左右の膝を片方ずつの手で掴んだ。

「陛下。これは陛下がお決めになるべきことで、わたしの決めるべきことではありません。貧しい者たちへの不正といかさまの宣誓に対し、わたしの意を汲んだ処置を王璽尚書にとって下さるよう、陛下ご自身が陛下の良心とご相談してくださるように望みます。ただ、これをわたしに認めていただきたいのです。大逆罪の嫌疑で王璽尚書に死刑を宣告するには、無実の人たちをたくさん連座させないわけにいかぬでしょう。心のなかで大逆罪を犯そうなどとはまったく考えも疑いもしなかった人たちを。そうした人たちの命をわたしに預けてくださいませ。セネカで読んだ話を陛下にお聞かせいたしましょう」。キャサリンは床に膝をついたまま王のほうに体を動かして行き、両の腕に手をかけ、請うように、真心込めて彼の顔を覗き込んだ。

「陛下」キャサリンは言った。「どうかご自身でセネカをお読み下さいませ。(3)キンナの反逆を知ったとき、アウグストゥス帝は夜、心のなかでこれについて議論しながら横になっておりました。一方で彼はこう主張いたします。『わたしの命を狙った後で、陸海の戦いでも失わず、その後世界の隅々にまで平和を確立したこの命を狙った後で、この男を許すことなどできようか。わたしを殺害しようとしたばかりか、わたしが生贄を捧げている最中、それを捧げ終わる前にわたしを殺し、わたしが地獄落ちになるように謀った男を、どうして無罪放免にできようか。断じて許せるものか!』けれど一方で、アウグストゥスはあなたのような高貴な君主でしたので、慈悲の心に優っており、こうも主張いたしました。「アウグストゥスよ、こんなにも多くの人間が、おまえが死ぬのを望んでいるのなら、おまえが生きる価値がどこにある。おまえが課する復讐や懲罰は際限ないものとなるであろう。己の命一つ保つためにそれほどの犠牲を出す必要がどこにある」

「ああ、わたしもそうしたことは考えた」とヘンリーが言った。「話を続けてくれないか。わたしと同じように考えたその皇帝はどんな行動をとったのだ」

「陛下」キャサリンは話を続けた。今では両手を王の左右の肩にかけていた。「皇帝の隣には皇后のリヴィアが休んでおり、皇帝の汗と苦悶に気づいておりました。『女の助言ではありますが、お聞き頂けましょうか』と皇后は言いました。『通常使う薬が効かないときに医者が行うことを試してごらんなさいませ。医者は正反対の薬を使うのです。陛下、あなたは始めから現在まで、厳しくすることで決して益を得て来られませんでした。レピドゥス(4)の死がサウィディエヌスの死に続き、ムレナの死がレピドゥスの死に続きました。カエピオの死がムレナの死に続き、エグナティウスの死がカエピオの死に続きました。情け深い処置が治療上いかに効果的か、今の状況でお試しなさいませ。キンナの有罪は証明されています。彼を許しておあげなさい。もう彼にあなたを害する力はありません。キンナを許すことで、あなたの栄誉は永遠に高まるでしょう』」

キャサリンは両腕を王の首に巻きつけ、体の重みをすべて預けた。

「陛下。アウグストゥス帝は妻の意見を聞き入れ、それに続く日々はローマの黄金時代と称されるようになりました。そして皇帝と皇后は栄誉を授けられました」

ヘンリーは頭を搔き、胸にもたせかけられたキャサリンの顔に頰髯がかからないように手で押さえた。キャサリンは再び王から身を引き、手を王の膝に当てた。彼女は痛々しいほどに怯えた顔をしていた。唇は震えていた。

「愛しいご主人様」キャサリンは震えながら言った。「大変悲しいことに、わたしは俗世に生きています。非常にたくさんの者が断頭台やまき束の上で死ぬのを見て来ざるをえませんでした。それも際限なしに。今日も、あちらこちらで火刑が行われています。あなたの理由、あなたの試練、あなたの労苦は存じています。ですが、陛下、リヴィア皇后のことをお考え下さい。クロムウェルが死ぬのなら、他にキンナのような許すべき人を見つけて下さいませ。あなたは偉大な君主らしい努力によって、ローマの平和を世界に与えておられます。どうかこの愛しい国に黄金時代をもたらして下さいませ」

キャサリンは立ち上がると、両手を大きく広げた。

「これがわたしの望む栄誉です。あなたに助言した栄誉をわたしは与えられましょう。もし本当に可能ならば、わたしはあなたの王妃になることから逃れたい気持ちです。むしろ、立派な忠告を与え、懺悔服を着て岩だらけの洞窟に住んだシビルの巫女たちのようにわたしは生きたい。それがわたしの好みです。あなたがこの結婚の誓約でわたしをご自分のものとなさるおつもりでも、わたしはあなたから宝石をもらおうとも、寡婦産として地方の歳入をもらおうとも思いません。ですが、ですが、後世の人々がわたしのことをローマの貴婦人とみなせるようにして頂きたいと願っています」

ヘンリーは体を前に傾け、自分の膝を片方ずつ撫でた。

「もちろん、許すべき者を出そう」と彼が言った。「おまえの多言は必要としない。おまえの話を聞いていると、人殺しにはうんざりした気持ちになる」そのとき、傲慢で挑戦的なしかめ面が王の顔に浮かんだ。すさまじい勢いで眉間にしわが寄った。王はほの暗いなか、ゆっくりとした慣れた手つきで、ほとんど気づかれぬほどに開かれようとしているドアを睨みつけた。ドアの動きは、もし訪問客が歓迎されざる者であれば、なかの者が叫び声をあげられるほどの緩慢さだった。というのも、当時はたいてい、貴婦人たちがドアに閂をかけていたからであった。

スロックモートンが蝋燭の光にまばたきしながら、そこに立っていたが、やがてゆっくりと跪いた。

「陛下」スロックモートンが言った。「陛下がおいでとは存じませんでした」

王は険悪な沈黙を保っていた。緑の巨体は不活発ながら危険といった感じだった。

「このご婦人の従兄が」とスロックモートンがゆっくりと言葉を発音した。「たった今フランスから戻ったのでございます。ポール枢機卿をパリから追い払った男です」

王は膝に置いていた片手を上げ、また重々しくそれを下げた。

スロックモートンはさらに注意深く言葉を選んで言った。

「このご婦人の従兄が従兄妹同士のよしみでこのご婦人と話したいのだそうです。王璽尚書殿の命により、わたしが世話をしております。わたしが無事に彼をここまで連れて参りました。剣で彼に襲いかかる輩があったものですから」

キャサリンは喉に手を当て、背を伸ばして立つその高さから王に注いでいた視線を半ばスロックモートンのほうへと向けた。「一体どうして」という言葉が彼女の唇から漏れた。

「一体どうしてだか、わたしには分かりません」スロックモートンはキャサリンの問いに着実に答えた。彼の視線は少しの間、王から逸れ、キャサリンの顔に注がれた。「ですが、事件があったことは知っており、こうして彼を保護している次第です」

「おそらく」王が言った。「それらの剣士たちはポールの仲間であろう」

「おそらく」とスロックモートンが答えた。

彼は膝の脇に置いたふちなし帽の鍔を無頓着に指でつまんだ。

「この男のためには、陛下」とスロックモートンは言った。「その行いに王侯らしく気前よい報酬を与えた後、どこか遠くの地に、スコットランドのエディンバラあたりに送るのが適当かと存じます。横になり観察していることだけが男たちにとって必要な土地柄ですので」

「おそらくおまえの言う通りであろう」王が言った。「さあ、もう下がるがよい」だが、スロックモートンがその場を離れようとしないので、王は「一体どうしたのだ」と言葉を発した。

「陛下」スロックモートンが言った。「貧しく純朴な剣士に是非会ってやって頂きたいのです。彼は宮廷向きの人間ではないので、報酬を与えたなら、悪いことが起こらぬうちにここから送り出してしまうに如くはありません」

王は眉を顰めた。

「おまえはその男に惚れ込んでおるのだな」と言った。

「遠まわしに言うにも程があります」という言葉がキャサリンの唇からほとばしり出た。背の高いキャサリンは、二本の蝋燭が灯す薄明かりのなか、両手を組み合わせて回し、青白い顔をして、少しふらついていた。「従兄はわたしのことを愛しています。愛しすぎていると言ってもいいでしょう。この男はわたしの従兄が騒動を起こすのではないかと心配しているのです——実際、従兄はときどき頭に変調をきたすことがあります。それでこの男は、遠い土地にわたしの従兄を追い払うようあなたに求めているのです」

「ああ、随分と気を使う男だ」ヘンリーが言った。「その田舎者に会おうではないか」王は実際、この中断に一種の満足を感じていた。キャサリンが乞い願うとき、彼は一肌脱いで、聖トマスの社(5)

に罪の償いに行っても悪くはあるまいとさえ思うのだった。

　キャサリンは心臓に手を当て、従兄が戸口から緑の姿を現したのを見ると、身をこわばらせた。カルペパーは敷居を越えるとき身震いし、キャサリンではなく王の靴を見ながら、床の中央に跪いた。苦悶と激情に駆られ、言葉が王妃の口から飛び出した。

「陛下、これは私の愛する従兄です。私が貧しかった頃、食事と衣服を与えてくれた男です」

　カルペパーが肩越しにつぶやいた。

「黙るんだ、キャット。恐れ多き王の御前では沈黙を守らなければならないことを知らないのか」

　ヘンリーは頭を後ろに投げ出して大笑いし、その間一分ほども椅子のきしる音が聞こえた。

「黙れ」と王が言った。「黙るんだ！　この女性が話すのを聞いたことがないわけでもあるまい」

　ふざけ気分が終わると、王は威厳を正した。

「お手柄であった」と王は言った。「剣を渡しなさい。おまえを勲爵士に叙することとする。おまえは貧しいそうだな。年収百ポンドの地所を与えよう。おまえはがさつな正直者だそうだな。わしの宮廷におるよりも甥の宮廷に行くほうがよかろう。エディンバラに行きなさい」王はスロックモートンに手を振り、「後はおまえに任せるぞ」と言った。

　カルペパーは抗議の言葉を発した。王は座ったまま体を前に傾け、怒鳴り声をあげた。

「とっとと出て行け。そして今夜のうちに北部地方に向け三十マイル進むのだ。おまえはここで喧嘩騒ぎを起こしたそうではないか。さあ、行くのだ。これはウィンザー家ハリーの命令だ」

王は、目の前の男の、緑の服を身につけた肩に、剣の鈍い平面を載せた。左、右と、叩くかのように。

「さあ、立ち上がれ、サー・トマス・カルペパー。そして出て行け」

呆然とし、まだ少し震えているカルペパーは戸口までギクシャクと進んでいった。彼がそばを通り過ぎたとき、キャサリンはその肩に両腕を投げかけた。

「可哀相なトム」と彼女は叫んだ。「でも、あなたにとってもわたしにとっても、あなたが出て行くことが一番良いのです。ここにあなたの居場所はないのです」カルペパーは頭がボーッとしている男のように、首を振り、出て行った。

「おまえはあの若者に寛大すぎる」王が言った。

スロックモートンがもう一度跪いたのを見て、王は再び「何事だ！」と怒鳴り声をあげた。

――「陛下」とスロックモートンが言った――彼の冷静な声がはじめて乱れた。「今日、非常に大きな反逆があることが知れました！」

「これは驚いた」王がうなった。「反逆の話は待て。今、この婦人が黄金時代について大変理になった話をしてくれていたところなのだから」

「陛下」とスロックモートンは言い、身を支えるために床に片手をついた。「陛下に対抗するため王璽尚書を担ごうという男たちの大それた反逆なのです。わたしはそれを目撃したのです。この目で、ロンドンの街中で、わたしはそれを目撃したのです」

キャサリンが叫び声をあげた。「まあ！」

王は飛び跳ねるかのように立ちあがった。

「ならば、わしも戦いの用意をしなくてはなるまいな」と王は言ったが、その顔は青ざめていた。この国王は、手に剣をもつことも、どんな戦いも、ほとんど恐れていなかった。だが、ライオンが小さなネズミを恐れるように密かな謀反を恐れた。

「陛下」スロックモートンは言い、キャサリンのほうに挑戦するかのように顔を向けた。「これは誰が何と言おうと、真実中の真実です。今日、わたしはロンドンの街にある印刷工のジョン・バッジの家で聞いたのです――」そしてその陰気な男の話を繰り返した。「――王璽尚書を危険から守るため、千人の奉公人と千人の職人を集めよう、一万のロンドン市民とその十倍の各州からの人間を集めようと、この男が言っているのを」

キャサリンはスロックモートンに視線を注いだ。彼女が王に揮う支配力を知っているスロックモートンは、この言葉は真実だと保証するかのように、重々しく頷き、彼女の目を覗き込んだ。

しかし王は、立ち上がって、戸口へとしっかりした足取りで歩いていった。「近衛兵に武装させよ」と王は言った。「ロンドンの街をネロのように破壊せよ」

それでもスロックモートンは跪き続けた。

「陛下」と彼は言った。「その男の身柄は確保してございます」実際、印刷工がロンドン橋を渡っているときに、スロックモートンは部下たちを送ってこれを逮捕させ、ハンプトンへ運ばせたのだった。「逮捕状なしに捕えましたこと、ご容赦いただきたく存じます。王璽尚書にお願いするわけにも参りませんでしたので」

王は歩を止めた。

「役に立つ男だ」と王が言った。「おまえのような者がたくさんいればよいのだが」この共同謀議の首謀者が逮捕されたとの知らせで、王の突然の恐怖は治まった。「その男に会おう。ここに連れて参れ」

「陛下」キャサリンが言った。「わたしたちはたった今、まさにキンナのことを話していました。どうかキンナのことを頭に留めておいて下さい」

「キャサリン様」スロックモートンが臆することなく言った。「この男はあなたのことを悪く書いた印刷物を刷った男です。この国で彼ほどあなたのことを嫌い、あなたの不身持ちについて言い立てた男は他にいないでしょう」

「それだけ一層わたしは彼を許します」キャサリンは言った。「陛下やすべての人々に、わたしが彼の嘘をまったく恐れていないことを示すために」

スロックモートンは、それは狂気の沙汰にしか思えぬローマの許しだと言わんばかりに、耳に届くほどに大きく肩をすくめた。

「どうか後悔なさりませぬように」とスロックモートンが言った。「陛下」と彼は王に向けて話を続けた。「三十分間、王璽尚書の部下たちに邪魔立てされずに宮廷内を動きまわれるよう通行権をお与え下さい。王璽尚書はその命に従う強力な部隊をもっていますが、わたしには一人の味方もありません。三十分の猶予を与えていただければ、反逆の親玉を陛下のお部屋に連れて参りましょう。そして王璽尚書が陛下及びこのよき国にとって不実で忌まわしい反逆者であることを、すべての抗弁や否認を撥ねつけて、力強く徹底的に証明する者たちを連れて参りましょう。忠実なる陛下の僕、スロックモートンはこれをお誓い申し上げます」

他の証人たちの名はキャサリン・ハワードの前で挙げるつもりはなかった。証人の一人は増収裁判所大法官で、彼はロチェスターからグリニッジへ向かう屋形船の上で、もし王がアン・オブ・クレーヴズと結婚しないなら、廃位させてしまおうとクロムウェルが言ったと証言する用意があった。さらにヴィリダスには、クロムウェルが自分の武具を前にして、シュマルカルデン同盟の大使に、国王も皇帝もこんな武具はもっていないが、イングランドにはこれ以上のものをもつ四百軒もの立派な邸があって、そのすべてがプロテスタントの信仰と王璽尚書を守るために戦う用意をしている、と言ったと証言させるつもりだった。スロックモートンはこうしたことを王の前であらわにするつもりだったが、キャット・ハワードの前でこれを言うつもりはなかった。というのも、彼女はセネカを読むことから得た真実と真実を書き記したものへの強烈な熱意を頑ななまでにもっていたので、きっと口論を始めるだろうと思えたのである。それに彼には無駄にする時間はなかった。話しながらも聞き耳を立てていた。ヴィリダスがラセルズに短剣を突きつけている隣の部屋から静寂を破る音が聞こえてくるのではないか、と。

王が言った。

「行け。おまえが行きたいところに行くのを妨げる者があれば、国王の用件だと言うのだ。もしおまえがいま話していた者どもをつれて三十分以内にわしの部屋に来れぬようなら、おまえを引き止めた者はただでは済まさぬ！」

スロックモートンはやっとのことで立ち上がった。ドアのところで一瞬よろめき、目を閉じた。目的は達せられたが、彼は戸口の側柱にもたれ、顎鬚を指でさすりながら、悲しげな、情熱的な眼差しをキャサリンに注いだ。その目は忠実な猟犬の目に似て、キャサリンに向かい、厳しい判断を下さないで欲しい、俺に反駁せずにいて欲しいと、無言で訴えているかのようだった。今日は彼にとって、生まれてこの方、一番に緊張を強いられた日だった。

スロックモートンを見つめ返すキャサリンの目は哀れみに満ちていた。それほどに彼は重圧に打拉がれているように見えた。

「何ということだ！」王は二人に降りかかった沈黙を振り払うかのように言った。「さあ、クロムウェルを捕まえるぞ」

キャサリンが大きな声で叫んだ。「わたしを自由の身にしてくださいませ。自由の身に。ここはわたしのような者が住む世界ではありません」

王は自らの力を示すかのようにキャサリンを腕に抱いた。

「ここは黄金の世界だ。そしておまえは黄金の王妃だ」と王は言った。

キャサリンは頭を後ろに引いて王の唇をはずし、彼の腕からもがき出ようとした。

「ここには率直さがありません。明確な方針が見えません。どうかわたしを自由の身にしてください」

王が再びキャサリンを引き寄せ、キャサリンはもがいて身を引き離した。

「わたしの話を聞いてください」と彼女は叫んだ。「聞いてください。わたしの身の潔白を疑う印刷物が刷られました。わたしに不利な証言をする人たちが用意されています。わたしはあなたご自身にその印刷物を読んでいただき、これらの証人を吟味していただきたいのです」

「誓って」と王が言った。「印刷工は絞首刑にし、証人はこの手で殴り殺す。こうしたことがどんなふうにでっち上げられるものなのか、わしには分かっておる」王は握りこぶしを震わせた。「わしはおまえを愛している。たとえ彼らの言うことが真実で、おまえがソドムの女だとしても、わしはおまえを我が妃にするぞ」

キャサリンは「ああ」と声をあげた。

「愛しい子よ」王は気持ちの昂りを抑えて言った。「おまえを無理に捕らえるのはよそう。だが、是非ともおまえの口でキスしてもらいたいのだ」

キャサリンは膝が震え出し、場所を移動してテーブルに凭れた。

「話させてください」と彼女は言った。

「ああ、誰も妨げはしない」と王は優しく彼女に答えた。

「わたしは誓ってあなたのことを愛しています。ですので、あなたの声が鉄の上に振り下ろされる槌の音に聞こえます」そう彼女は言った。「わたしにはあなたと話すとき以外、心休まることがほとんどありません。あなたと話すことであなたの僕《しもべ》は支えられています。それでも、最近の流儀に恐れを抱かないではいられません。わたしの心に歪んだ謎が生じています。あなたを熱愛しているからこそ、あなたと一緒になるのが恐いのです。気違い沙汰というのなら、そう言ってください。ですが、どうかお約束ください」

キャサリンは両手で目をこすり、取り乱したように王を見つめた。

「心のどこかに罪の償いをしなければならないという気持ちがあります」と彼女は言った。「わたしはずっと、大きな王冠の重みを額の上に感じたいと望んできました。従って、わたしにお約束ください。わたしが王冠の重みを感じる機会を決してお作りにならないことを。そしてこれをわたしの罪の償いとさせてください！」

「愛しい子よ」と王が言った。「華やかに堂々と戴冠せずして、どうして王妃になりえようか」

「陛下」キャサリンは口ごもった。「この高い地位に就くための準備として、わたしはイングランドの王妃であった人たちの伝記を読んできました。カンタベリーの大司教が別の目的でわたしに送ってきた本でしたけれど。アッサー(6)やサクソン年代記(7)には書かれています。サクソン国の王妃たちのうち、謙虚で二番目以降の妃になる者たちは、戴冠され神聖視されて即位するのではなく、アルフレッド大王の継母ジュディスやその他、即座に名前は思い浮かびませんが、何人かの者たちがそうであったように、休日に、国王の妻として人々にお披露目されたそうです」

キャサリンは頭を垂れた。

「世間と、天にましますす聖母マリア様の前で、わたしは真実、謙虚であり、また、あなたの最初の妃でなく、五番目の妃となるのですから、戴冠させて頂くのではなく、皆の前でお披露目だけをさせて頂きたいと思っています」

キャサリンは後ろのテーブルに凭れかかり、両手をその縁に宛《あて》がい体を支えた。悲しげな彼女の目は、王の顔を貪るように見つめていた。

「ああ、我が子よ」王が言った。「おまえが王妃になってくれさえすれば、戴冠された王妃であれ、お披露目された王妃であれ、わしはどちらでも構わない」

キャサリンはもはや王の腕に抱かれるのを拒まなかった。もう拒む力がなかった。

「聖母マリアに判断して頂きましょう。わたしとわたしに不利な証言をする者たちと、どちらが正しいのかを。もうわたしには、わたしの喜びと望みを抑えておくことができません」

「苦行者の着る馬巣織りのシャツを着るがいい」王が言った。「袋地の粗服を着るがいい。わしのため、おまえのために、十分な祈りを捧げるがいい。だが、もう祈りの必要はないのだ」王は彼女を腕に抱き、揺り動かしてなだめた。「おまえは偉大な弁舌家だ。たくさん話すがよい。だが、おまえはまだ子供だ。わしがおまえに与えようと思うすべての喜びを、神がおまえに送ってくださいますように！　そしておまえに罪があるならば、それとともにわしも地獄の果てに突き落としてくださいますように！」

蝋燭の明かりが二人の絡み合った影を壁や天井に映し出した。キャサリンの頭は後ろに垂れ、目は閉じ、その結果、彼女は死んでいるかのように見えた。力の抜けた彼女の両手はスカートの裾を押さえてさえいなかった。

訳者あとがき

本書はフォード・マドックス・フォードの *The Fifth Queen* 三部作の第二巻 "Privy Seal: His Last Venture" の全訳で、昨年刊行した『五番目の王妃　いかにして宮廷に来りしか』の続編となるものである。前編の出版以降、チューダー朝を主題とする二十一世紀の二つの傑作長編が邦訳された。フィリッパ・グレゴリーの『悪しき遺産』（加藤洋子訳、集英社文庫）とヒラリー・マンテルの『ウルフ・ホール』（宇佐川晶子訳、早川書房）である。

前者は映画化もされた『ブーリン家の姉妹』の続編となる大衆小説の華であり、『五番目の王妃』とまったく同時代が舞台、アン・オブ・クレーヴズ、キャサリン・ハワード、ジェーン・ロッチフォードがロンド形式で交互に起こった事柄を物語っていくというものである。最新の歴史研究も踏まえ、チューダー朝への作者の広い知識が窺われることもさることながら、読者に頁を繰らせていく作品の面白さは抜群である。殊に、作者のグレゴリーは近親相姦のテーマがお好きらしい。『ブーリン家の姉妹』ではアンが国王の世継ぎとなる男子を生むために兄のジョージと関係するが、『悪しき遺産』では、国王の世継ぎとなる男子を身籠るために、五番目の王妃キャサリン・ハワードは従兄カルペパーと関係を持つ。史実通り、キャサリンとジェーンは斬首されるが、すべてを裏で操っていた悪党をキャサリンの伯父のノーフォーク公に設定して、物語にどんでん返しを加えているところも妙味であろう。

一方、ヒラリー・マンテルの『ウルフ・ホール』は玄人向けの作品である。歴史小説と言いながら、百人を超える多数の人物を登場させストーリーを断片化する手法、「彼」という三人称を使いながら自由連想や現在形を用いて主人公の内面を浮き立たせる方法など、モダニズム以降の趣向をふんだんに取り入れている。時代は『五番目の王妃』より遡り、アン・ブーリンが第一王妃のキャサリン・オブ・アラゴンに取って代わり王妃の座につく時期が中心となる。映画『わが命つきるとも』がその代表であるように、トマス・モアに比して悪役として描かれることの多かったトマス・クロムウェルが、人情味豊かな人間として描かれている点が新機軸である。彼の師匠トマス・ウルジーと同様にイングランドの国力を増進させた優れた政治家としてクロムウェルを讃えている点は、この作品のイデオロギー的スタンスだと呼ぶこともできるだろう。

今回、フォード・マドックス・フォードの『王璽尚書　最後の賭け』の翻訳を上梓するに当たり、上記二作品の翻訳から多くを学ばせて頂いたことをまずは感謝したい。その一つとして、第一巻の『いかにして宮廷に来りしか』の作中人物名を、ロックフォードはロッチフォードに、

「あとがき」に名を出したライオセスリーはリズリーにと、改めたことをあげなければならない。読者には不便をおかけするが、ご容赦をお願いする次第である。また、これは両翻訳から受けた恩恵のほんの一端にすぎないことも記しておきたい。

さて、『五番目の王妃』三部作の発表以降一世紀に渡る歴史的研究を踏まえた二十一世紀の大著二作と読み比べると、フォードの作品は旧教の信奉者であるキャサリン・ハワードをあまりにも美化し、いかにもフィクションめいた人物造形を行っていると感じられるかもしれない。また、プロテスタントと結ぶクロムウェルは、旧教復活を願うキャサリン・ハワードの敵役としてステレオタイプ化されすぎているようにみえるかもしれない。確かに、この時代を総括すれば、カトリック教とプロテスタントとの相克があったことは事実であるが、しかし、この小説群に描かれるキャサリンとクロムウェルの対立がカトリックとプロテスタントの対立に単純に置き換わるものではないこともまた事実である。

ペンギン版の前書きでA・S・バイアットが書いているように、フォードは『英国と英国人』のようなノンフィクションで、クロムウェルをイングランドの国力を増進した政治家として高く評価している。このクロムウェルと共通する一徹さは、『王璽尚書』のなかのキャサリンにも見て取ることができる。クロムウェルを倒すためならば多くの血を流すことを厭わないと説くキャサリンを、分析力鋭い作中人物のスロックモートンは「教義は別として、このキャット・ハワードとその学識は、ローマカトリック教徒よりもルター派信徒に近いのだ」と述べる。クロムウェル自身もプロテスタントというわけではなく、便宜のためにその勢力を利用しているだけにすぎない。リズリーのような硬直した考えのプロテスタント信徒を嫌ってさえいる。

十八歳でカトリックに入信したフォード・マドックス・フォードであるが、その信仰は、教義に惹かれたものというよりはその「官能的で詩的な」ところに魅せられた日和見的なものだったとも伝えられている。(Alan Judd, *Ford Madox Ford*, Harvard) フォードが本作品を献呈したドイツ在住の伯母ラウラ・シュメッディングとの間でどんな論争が行われたのかは定かでないが、献呈の辞に書かれているこの伯母との「論戦」の成果もあろうか、フォードは決して一つの観念なり一つの宗派の立場なりからものをみているわけでなく、根底に異なる立場からの対話があり、複眼的な作品を仕上げることができた。そして、むしろ細かな事実の積み重ねによって作品を織り成していると言ってよいだろう。

私は、第一巻『五番目の王妃　いかにして宮廷に来りしか』あとがきで、この作品を情景と人物からなる歴史絵巻と記述したが、『王璽尚書　最後の賭け』についてもその特徴が変わることはない。しかし、人物紹介に主眼が置かれた第一巻と比べると、プロットの構成が緻密になっている点は見逃せない。第一部の最初の三章はパリが舞台で、三部作のコミックリリーフ役ユーダルが再び冒頭に登場する。残りの四章の舞台はロンドンとなる。第二部の最初の舞台はカレーであり、カルペパーの帰還を食い止めるため送られたポインズ青年とかつてカルペパー家の小作人だったホグベンが登場。行動が思考に先立つ（自分が帽子を投げ上げたり、唾を吐いたりしたかで、人が通りかかったどうか判断できると言う）ことを説くホグベンは、第二巻で初めて登場する端役であるが、彼なりの哲学をもつ印象深い人物となっている。残りの五章はロンドンが舞台となる。パリとカレーの出来事はほぼ同時期（一五四〇年の三月から四月）に起こり、第一部のロンドンと第二部のロンドンでの出来事はほとんど同日時、連続した三日間のうちに起きる。

具体的に言えば、第一部の最初のロンドンの場面Ⅳ章は、謁見に来るキャサリンを持ち構えるクロムウェルとその仲間たちの姿を描いているが、この章からこの部の最後Ⅶ章までは、一日間の出来事として連続している。ロンドンを舞台とする初日である。その最中、Ⅴ章では、フランス王に宛てたクレーヴズ公の書簡の写しをもってユーダルがパリから到着、そのときスロックモートンがその姿を見つけて、クロムウェルをだますための陰謀にユーダルを加担させる。キャサリンのヘンリー八世への影響力が堅固になるまでクロムウェルを油断させ時間稼ぎをするために、クレーヴズ公がイングランドとの同盟を破棄しようとしている事実ではなく、逆に同盟を強化しようとしていることを書いた写しを偽造しようというのである。ただし、この計画はクロムウェルが予想外の反応を示すことでうまく行かない。

第二部Ⅳ章は、キャサリンがヘンリーとの結婚を決める前に、現王妃のアン・オブ・クレーヴズに会いに行くと言っているのを、スロックモートンが諫める場面であるが、この場面はキャサリンがヘンリーからその行為の許可を得た第二部Ⅲ章の翌日であり、またキャサリンがクロムウェルに謁見し、カトリック教徒への迫害をやめるよう訴える第一部Ⅳ章の翌日（従って三日間の二日目）に当たる。そのことは、「キャサリンが…王妃のいるウィンザーまで騎馬行列を行うことになったという噂を聞いて、スロックモートンはその翌朝、彼女のもとへやってきた」、「この前日に、王璽尚書に遣わされ、キャサリンを王璽尚書のもとへ連れて行ったことを除けば、スロックモートンは、実際、もう何週間もキャサリンと話していなかった」というこの章の冒頭の言葉から明らかである。

第二部Ⅳ章の翌日に当たるⅥ章で、キャサリンは実際にアン王妃に会いに出かけるが、その次のⅦ章では、同じ日の朝、カルペパーがグリニッジに上陸したことを、スパイのラセルズがクロムウェルに報告する次第となる。また、その前のⅤ章では印刷工のバッジからカルペパー帰還の知らせを受けたスロックモートンがオースティン・フライアーズに押しかけ、ポインズ青年に事情を質す。従って、第二部Ⅴ章からは三日間の三日目ということになり、カルペパーのイングランド帰還はユーダルの帰還のわずか二日後の出来事と推定されよう。

同日、ヘンリー八世一行は鹿狩りに、枢密顧問官たちはスミスフィールドの公開処刑に立ち会うために、ハンプトン宮殿を後にするが、夕方には、カルペパー、彼を追うポインズ青年、スロックモートンなどと共に、皆がハンプトン宮殿に集結することになる。最初、ゆっくりと流れていた時間は、途中、速度を増し、急流となって第三部の終局（これも三日目の続き）へと流れ込むのである。

終局では、クロムウェルの計画に従って、王とキャサリンが一緒のところを襲わせようとカルペパーを引き留めているヴィリダスとラセルズのところへスロックモートンが乗り込み、短剣で脅しながら、カルペパーには気取られないように二人に向かってイタリア語で話し、クロムウェルの大逆罪を説き、自分の味方をするか、それとも王璽尚書とともに滅びるかの選択を迫る緊迫した場面へと至る。

ところどころ前後しながらも続いていくそうした直線的な流れは、ストーリーを楽しみたいという読み手のもつ根源的な欲求を満足させてくれるだろう。しかし、『王璽尚書　最後の賭け』は第一巻『五番目の王妃　いかにして宮廷に来りしか』の反復でもあり、二作品ともが同じ円環を描いている。両作品とも、物語を導入するのは、コミックリリーフ役のニコラス・ユーダルであり、話を閉じるのは、ヘンリー八世のキャサリンへの求愛の場面である。ただし、第二巻の第二部Ⅲ章で、ヘンリー八世自身の口からキャサリンに結婚の申し込みがなされるので、話は間違いなく新たな次元へと進んでいる。円環というよりは螺旋を描いているといったほうが当たっているのかもしれない。それでも、第二巻の最後でも、第一巻同様に、キャサリンが宮廷内の陰謀と権力闘争に嫌気と恐怖を抱き、ここから去らせて欲しいとの言葉を発し続けることには変わりがない。

反復の感覚は、登場人物がほぼ同じであることによっても醸し出されるかもしれない。ニコラス・ロッチフォードのように、第一巻ではボズワース・ヘッジの戦いの勇者としてのイメージが強かった人物が、事なかれ主義者に変わってしまう事例もみられるが、キャサリンやクロムウェルを取り巻く人物たちの性格は第一巻とほぼ変わらない。ただ、前述のカレーの門番ホグベンや、後々第一代サウサンプトン伯に出世するリズリーが初登場して華を添えるほか、第一巻にわずかに姿を見せたクランマー大司教の従者ラセルズが、失脚するクロムウェルの跡を継ぐ世俗主義者として本格的に登場し、第三巻の悲劇の立役者となることを予想させるのである。

その第三巻も近々刊行する予定でいますので、出版をお待ちください。

なお、末筆ながら、第一巻同様、装丁や校正をはじめ出版に向けてさまざまなご尽力をいただいた論創社の松永裕衣子さんに、心より御礼申し上げます。

二〇一二年一月

訳　者

（7）サクソン年代記

イングランドの七王国時代を含む古代の出来事を主に記した年代記である。同一の題材をもとにした写本が複数現存している。

紀元1世紀から1154年までを扱っており、写本によっては紀元前60年にガイウス・ユリウス・カエサルがブリテン島に遠征したという（史実とは年時が異なる）記述がある。噂の類もかなり含まれていて史料として比較的信憑性は低いが他書には載っていない情報も記されている。

「アングロサクソン」（Anglo-Saxon）の名前は後代につけられたもので、1692年の初版では "Chronicum saxonicum" という題である。

（10）教父たち

古代から中世初期、２世紀～８世紀頃までのキリスト教著述家のうち、特に正統信仰に基づいて誤りのない著述を行い、自らも聖なる生涯を送ったと歴史上認められてきた人々をいう。

（11）『わたしは知っている。…』

原文はラテン語、"Et cognovi quod non esset melius, nisi laetare et ..."

「伝道の書」第三章十二節。次のⅡ章でヘンリー王は et の後 "facere bene in vita sua" を足して、この節を最後まで言い終えるが、ラテン語の語順で翻訳すると訳がぎこちなくなってしまうので、後に出てくる部分を先取りし、順序を変更して訳してしまっていることをお断りしておきたい。本来は、「わたしは知っている。楽しく生きるよりほかに良い事はない」。

Ⅱ章

（１）サフォーク公

ヘンリー八世の妹メアリーの夫チャールズ・ブランドンのこと。

（２）どんな嵐や黒雲が明日起きようとも…

ホラチウス『歌集』三巻 29 歌 41－43 行。

（３）どうかご自身でセネカをお読み下さいませ

この話はセネカの『寛容について』（*De Clementia*, I. ix. 2－6）にある。十六世紀の哲学者モンテーニュの『随想録』第一巻二十四章「同じ意図からさまざまな結果が生じること」に再録されている。

（４）レピドゥス

ここにあがっているレピドゥス、サウィディエヌス、ムレナ、カエピオ、エグナティウスは、いずれもアウグストゥス帝に陰謀を企て処刑された人々。

（５）聖トマスの社

12 世紀にカンタベリー大司教であったトマス・ベケットの殉教の地、カンタベリー大聖堂。大司教就任後、ベケットは教会の自由をめぐってヘンリー２世と対立するようになり、ヘンリー２世の部下の手で暗殺された。死後２年経ってから、殉教者としてカトリック教会より列聖された。

（６）アッサー

紀元 893 年頃、『アルフレッド大王伝』を書いたウェールズの聖デイヴィッヅ出身の学僧。生年は不詳。885 年頃にアルフレッド王に乞われて聖デイヴィッヅを離れ、アルフレッド王が宮廷に集めた学者たちに加わった。892 年頃、シャーボンの司教に叙せられ、908 年か 909 年に死去。

（2）ポールトリー

シティ・オブ・ロンドンの地域名。一帯に家禽商人が多かったことからきた名称で、チープサイドからバンクへつながる通り。

（3）チープ

シティ・オブ・ロンドンの市場があった地域。

（4）パタノスター通り

シティ・オブ・ロンドンのセントポール寺院に隣接した地区。パタノスターはロザリオの数珠を意味し、数珠が製造され売られていたことに由来する。

（5）テンプルバー

ストランド街とフリート・ストリートが接する地点に立っていた、シティの内と外の境界門。東がシティ・オブ・ロンドン、西がシティ・オブ・ウェストミンスター。

（6）カウの小川

シティ・オブ・ロンドンからロンドン西郊に向かう間を流れる小川。不詳。

（7）ブレントフォード

ロンドン・ハウンズロー地区にある近郊住宅地区。西部ロンドン、テムズ川とブレント川の合流するあたりに位置する。チャリング・クロスの南南西12.9キロメートル。

（8）リッチモンドヒル

ロンドン西郊にある小高い丘になった地域。現在は高級住宅地で、リッチモンド宮殿跡地がある。18世紀にロイヤル・アカデミーの初代会長だったジョシュア・レイノルズも、晩年の20年間ここに住み、19世紀の画家のターナーやコンスタブルは、ここの景色を描いている。

（9）『ある隠れた力があって…』

原文はラテン語、“Usque adeo res humanas vis abdita—”ルクレチウス『事物の本質について』第五巻1231行。（Lucretius, *De Rerum Natura,* V. 1231.）

ルクレチウス（紀元前99年頃－紀元前55年）は、共和政ローマ期の詩人・哲学者。エピクロスの宇宙論を詩の形式で解説。説明の付かない自然現象を見て恐怖を感じ、そこに神々の干渉を見ることから人間の不幸が始まったと論じ、死によってすべては消滅するとの立場から、死後の罰への恐怖から人間を解き放とうとした。主著『事物の本性について』で唯物論的自然哲学と無神論を説いた。

はイングランド国旗でもある。

また、彼の名は「土」(geos) と「耕作」(orge) に由来するらしく、処刑された4月23日が聖ジョージの祭日であるが、春の豊穣の祭りである。

(3) オーベルシュタイン

ドイツ南西部のフュルステンベルク城の所有者で、軍人であるオーベルシュタイン伯爵のこと。

(4) アウルス・ゲッリウス

Aulus Gellius (117－180) ギリシャ・ラテンの文学・歴史・哲学・言語方面の本の挿話・感想・注釈を綴った『アッティカ夜話』*Noctes Atticae* 20巻を書いた。

Ⅶ章

(1) スミスフィールド

シティ・オブ・ロンドンの北西部にある地域。公開処刑の実施場所として古くから利用されていた。

(2) サザーク

ロンドン、テムズ川南東の地区。

(3) アイルワース

ロンドン西郊ブレントフォードの南に位置する町。

(4) サリー伯

第一部Ⅱ章 (6) の注、参照。

(5) ヒュー・ラティマー

Hugh Latimer (1485－1555) プロテスタント派の説教師として名高く、ヘンリー八世の時代にはウスター司教であったが、望むような宗教改革が行われないことに抗議して辞任した。メアリー一世が即位すると逮捕され、異端として火刑に処せられた。

第三部　雲間から漏れる陽光

Ⅰ章

(1) デビッド・ダーヴェル・ギャザレン

ウェールズの民衆によって崇拝されていた巨大な木製のキリスト受難像。いつかこの像が森全体を焼くという言い伝えがあり、これを逆手にとって、「森」を意味するフォレストという名の托鉢僧を火刑に処する際の薪として使われる。

マカトリック教徒を指している。
（2）シュマルカルデン同盟
1530年に神聖ローマ皇帝カール五世のもとで開かれたアウグスブルク帝国会議後の1531年に、シュマルカルデンにおいてプロテスタント諸侯と諸都市によって結成された反皇帝同盟。

Ⅵ章

（1）リッチモンド宮殿
リッチモンドはロンドンとハンプトン・コートの中間地点にあり、王室の狩り場であったところで、壮麗な宮殿が存在した。チューダー朝の開祖ヘンリー七世が即位前にリッチモンド伯爵であったことに因み、この宮殿をリッチモンド宮殿と命名した。ヘンリー七世はどの宮殿よりもこの宮殿が気に入っていたが、ヘンリー八世はハンプトンに建造されたウルジー枢機卿の館が気に入り、1525年に「献上」という形で手に入れると、主としてこちらを主なる生活の場とするようになった。
（2）聖ジョージ
聖ジョージ（セント・ジョージ）はキリスト教7人の英雄の一人に数えられる。サン・ジョルジュ、サン・ジョルディ、聖ゲオルギウス、いずれも彼のことである。

263年（270年説もある）カッパドキアに生まれた彼は、17才でローマ帝国軍騎兵となり、やがて将校となるが、皇帝ディオクレティアヌスのキリスト教迫害に反対する。しかし、皇帝はむしろジョージにキリスト教の棄教を迫り、それを拒絶した彼は303年4月23日ニコメディアにて処刑され殉教聖人となった。

しかし、聖ジョージといえば、ドラゴン退治譚が有名である。

リビアのサレム（またはシレナ）という街近郊の湖に住むドラゴンは、街の人間に牛と羊を生贄に要求していたが、ついにはそれらをすべて喰い尽し、街の娘を生贄に要求した。王女クレオドリンダを生贄に差し出さざるを得なくなった時、ちょうど旅の途中だったジョージが、アスカロンという魔法の剣によってドラゴンを退治し、この土地の人々をキリスト教に改宗させた。その後クレオドリンダと結婚したという伝もある。この物語は、異教徒の制圧と布教を戯画化するにあたって、ギリシャ神話のペルセウスのアンドロメダ救出譚を変相したと見られる。

なお、彼はイングランドの守護聖人で、彼の旗印は白地に赤の十字、これように申し述べたところ、レオフリックはゴダイヴァが慎み深い女性であることを知りながら「お前が全裸で馬に乗って町を一周したら考えてやろう」と言った。悩んだ末にゴダイヴァは決意し、町中の民に外を見ないように命じた上、長い髪だけを身にまとって馬で町を一周したのである。町民はみな、このゴダイヴァのふるまいに心を打たれ、窓を閉めて閉じこもった。これにより、レオフリックはやむを得ず税を軽くしたという。なお、このときにただ1人外を覗いた男がおり、これがピーピング・トム（Peeping Tom）という言葉の由来になったという。この伝説にちなんで、市の中心部には、馬に乗ったゴダイヴァの像が建っている。

（4）聖カタリナ

紀元287－304。アレクサンドリアのカタリナとも言う。ローマカトリックでは「14人の聖なる援助者」の一人とされている。ジャンヌ・ダルクと話したとされる聖人の一人。

（5）あのときのカエサルの妻

ユリウス・カエサルが元老院でブルートゥスに殺害される前に、不吉な夢をみて夫の外出を止めようとした妻カルパーニアのこと。

（6）ヘスペリデスの園

ギリシャ神話の主神ゼウスの嫉妬深い妻ヘラの果樹園で東にあり、そこに不死を得られる黄金の林檎の林があった（あるいは1本だけ植えてあった）。ヘラは庭に、百の頭を持つ不眠のドラゴン、ラードーンを放し、見張りをさせた。ヘラクレスの12の功業の11番目は、ヘスペリデスの園から黄金の林檎を盗み出すことだった。

（7）アタランタ

ギリシャ神話に登場する俊足の美女の名。ここではプラトーンの『ティーマイオス』と『クリティアース』の二対話中に語られている伝説的な島アトランティスとの混淆があるように思われる。

（8）カトー

第一部Ⅵ章（9）の注、参照。

Ⅴ章

（1）アマレク人

シナイ半島北部に住んでいた古代パレスチナの遊牧民族。イスラエル人を大量殺戮しようとした外敵であったが、後にユダヤ人に吸収され消滅した。堕落の限りを尽くしたとされる。ここではプロテスタント信徒から見たローる妊婦が聖壇にキャンドルを納めるといった習慣をもつ地域もある。この日をもってクリスマスシーズンが終わりを迎えるとする国もあり、クリスマスツリーなどをこの日に火にくべる。農家においては冬が終わり、この日からまた春の畑仕事が始まるという区切りの日でもある。

（3）アングリアとガリアとフランスとヒベルニアの王！

原文ラテン語、Rex Angliae, Galliae, Franciae et Hiberniae!

アングリアはイングランド、ヒベルニアはアイルランド、ガリアは現在のフランス、ベルギー、スイスおよびオランダとドイツの一部などを指す。

（4）ウィンザー

ロンドン西郊の都市。現在使われている居城のうち最も古く最大級のものであるウィンザー城がある。十一世紀にウィリアム一世によって建てられ、以降、歴代の王によって増改築が繰り返された。

（5）レオニダス

第一部Ⅵ章（10）の注、参照。

Ⅳ章

（1）わたしは司教にはなりたくありません

原文はラテン語、Nolo episcopari.　責任ある地位への就任辞退の言葉。

（2）マキャヴェリ

Nicollo di Bernardo dei Machiavelli（1469－1527）イタリアの政治学者、歴史家。政治を非宗教的実証的に考察して近代政治学の基礎を築くとともに、独自の国家観および史観に基づく歴史叙述を残した。国家目的の達成が支配者の任務であり、そのためには個人倫理に制約さるべきでないとする彼の政治思想は、マキャヴェリズムと呼ばれ早くから激しい論争をまき起こした。

（3）コヴェントリーのゴダイヴァ

コヴェントリーは現在、イングランド中西部バーミンガム市から約30km東に位置するウェスト・ミッドランズ地方の工業都市。1043年、当時あったアングロサクソンの古王国マーシア（Mercia）の領主レオフリック（Leofric）とその妻ゴダイヴァ夫人（Lady Godiva）により、ベネディクト派の修道院が設立されたことに端を発していると言われてきた。しかし、最近の調査では、この修道院は1022年には存在していたようであり、２人はそれを支援したといった見方が強い。

領主レオフリックとゴダイヴァ夫人については有名な伝説がある。重税に苦しむ領民を気の毒に思ったゴダイヴァが、夫レオフリックに税を軽くする

らなかったのが、かの十二の功業ということになった。

十二の功業を順番にあげると、（1）ネメアの獅子退治 （2）ヒドラ退治 （3）アルカディアの鹿の捕獲 （4）エリュマントスの猪の捕獲 （5）アウゲイアス王の廏の掃除（なんと三千頭の牛がいた）（6）ステュンパロスの森の鳥（アレス神に属する邪悪な生き物）退治 （7）クレタ王ミノスにポセイドンが送った雄牛の奪取 （8）トラキアの人喰い馬の奪取 （9）アマゾーンの女王の帯の奪取 （10）スペインに棲んでいた怪物ゲーリュオンの赤牛の奪取 （11）ヘスペリデスの林檎の奪取 （12）冥府からケルベロスを連れてくる事。

この功業が完了した後、ヘラクレスはケンタウルスのネッソスと争い、巫女であったデイアネイラを妻として勝ち得るが、ネッソスの企みによってその血に浸され、毒となった衣をまとったために命を落としてしまう。そして火葬され、天に昇って星の間に位置を占めるようになった。

（7）パバーヌ

16世紀から17世紀にかけての西洋の宮廷舞踊。フランス語でパドバ（イタリアの都市）風舞曲の意味といわれる。2拍子系のゆったりした曲で，各種ダンスの初めに踊られた。

Ⅲ章

（1）枢機卿

トマス・ウルジー（Thomas Wolsey, 1475－1530）のこと。ウルジーはイングランド東部イプスウィッチに生まれ、オックスフォード大学のモードリン・カレッジで学び、ヘンリー七世の時代に宮廷付司祭となり、ヘンリー八世に認められ、36歳の若さで枢密院議員となった。1514年、ヨーク大司教、1515年に枢機卿、1518年に教皇特使となる。枢機卿はカトリック教会において教皇に次ぐ高位聖職者の称号。今もハンプトン・コート宮殿としてロンドン西部に残る館は、もともとウルジーが個人の邸宅として建てたものだったが、1525年にはヘンリー八世に献上した。その後、ヘンリー八世の離婚問題の調停に失敗し、イングランド北部に引退するも、反逆の理由で逮捕され、ロンドンへ護送中病死した。

（2）聖燭節

クリスマスから四十日後の2月2日。聖母マリアが神殿で出産の穢《けが》れをはらい、清めを受けたこと、またキリストが神の子として初めて聖堂に現れたことを祝う祭日。この日はキャンドルを手にミサを行ったり、安産を祈願す

第二部 遠くの雲

Ⅰ章

（1）オースティン・フライアーズ

ロンドンのシティにある地区・街路の名前。1243年にエセックス伯爵がアウグスティノ修道会修道士のための修道院（Augustinian Friary）を建立し、その Augustinian が Austin と短縮され、そこの修道士を表す Austin Friars という言葉がそのまま街路名となった。

（2）リド

イングランド南東部のケント州、ロムニー・マーシュにある町。

（3）ワロップの一団

カレー総督となったイングランドの軍人・外交官 John Wallop（1490頃－1551）指揮下の部隊。

（4）ヘイルズの聖血

十三世紀に、コーンウォール伯爵リチャードがグロスターシャー州に設立したシトー派のヘイルズ修道院に、その息子エドマンドがドイツからもたらした、キリストの血が入ったとされる小瓶。

Ⅱ章

（1）止まれ、こっちに来い！

原文はフランス語、Arrestez. Vesnez!

（2）「手を貸してくれ」

原文はフランス語、'Cestui à comforter!'

（3）「倒された、泥棒だ、助けてくれ」

原文はフランス語、'Tombé! Voleurs! Secourez!'

（4）「彼の家まで運んでくれ」

原文はフランス語、'Portez à lous maisons!'

（5）スタムフォード

ロンドンの北約160kmのところにあるリンカンシャー州の都市。

（6）ヘラクレス

名前は「ヘラの栄光」という意味だが、実際には義母ヘラの敵意により、大変な目にあったギリシャ神話で最大の英雄。

ゼウスと、テーバイの女性アルクメネーの間に生まれた子供で、正妻のヘラの情け容赦ない敵意により追いつめられて狂気に陥り、自分の家族を殺してしまうこととなる。そのおぞましい行為の償いとして成し遂げなければな聞こえ、天から炎のような舌が一人ひとりの上に分かれて降った。集まって祈っていた信徒たちは聖霊に満たされ、さまざまな国の言葉（普通の人に理解できない「異言」ではなく、「外国語」のことである）で語り始めた。地中海世界全域に離散していたディアスポラのユダヤ人たちが、五旬祭のためにエルサレムに集まっていたが、（パレスチナ出身の）信徒たちが地中海世界各地の言葉で語っているのを聞いて驚いた。ペトロが中心になってイエスの死と復活の意味について語ると、多くの人が信じて洗礼を受け、使徒たちのグループに加わった。これが聖書が語る聖霊降臨の出来事である。五旬祭は西方教会においては5月10から6月13日の間の移動祝日となっている。

（7）ミネルヴァ

詩・医学・知恵・商業・製織・工芸・魔術を司るローマ神話の女神。ミネルヴァは俗ラテン語などに基づく読み方。芸術作品などでは、彼女の聖なる動物であり知恵の象徴でもあるフクロウと共に描かれることが多い。音楽の発明者でもある

（8）聖ネアン

4世紀末から5世紀初めにかけて、スコットランドにキリスト教を広めた司教で、聖人。

（9）カトー

Marcus Porcius Cato Censorius（紀元前234年－紀元前149年）。共和政ローマ期の政治家。清廉で弁舌に優れ、紀元前195年に執政官（コンスル）、紀元前184年にケンソル（高位の政務官職）を務めた。曾孫のマルクス・ポルキウス・カト・ウティケンシス（小カトー）と区別するため、大カトー（Cato maior）やカトー・ケンソリウス（Cato Censorius）と称される。

（10）レオニダス

スパルタのレオニダス1世（在位：紀元前489－紀元前480）を指していると思われる。ペルシア戦争を控えてデルポイに神託を聞いたところ「王が死ぬか、国が滅びるか」ということだった。そこでレオニダスは覚悟を決め、他の都市から来た兵士を帰し、わずかな軍でペルシアの大軍に立ち向かっていったとヘロドトスは書いている。テルモピュライの戦いでペルシアの大軍を迎え撃ったが、内通者が出たため300人のスパルタ兵全員とともに戦死した。

（11）あの宿命の丘

ロンドン塔と処刑場のあるタワー・ヒルのこと。

Ⅵ章

（1）ルキアノスが語っているパンクラテス

ギリシャ語で執筆したシリア人の風刺作家サモサタのルキアノス（英語ではLucian of Samosata, 120頃－180以後）の詩『嘘を好む人たち』に登場する魔法使い。この作品に基づきドイツの文豪ゲーテはバラード『魔法使いの弟子（Der Zauberlehrling)』を書いた。そのフランス語訳に基づき、デュカスが交響的スケルツォ『魔法使いの弟子』を作曲した。

（2）バーンズ博士

Robert Barnes（1495頃－1540）英国の宗教改革者で、ルター主義者。異端として火刑に処された。

（3）アルカディアの農夫たち

アルカディアはギリシャのペロポネソス半島中央部の農耕に適さない貧しい山岳地帯だが、後世、牧人の楽園との伝承が生まれた。古代アルカディア人の住地で、牧畜を主とし、マンティネイア、テゲアなどのポリスがあった。前4世紀にはアルカディア同盟が成立し、中心地としてメガロポリスが建設された。

（4）カクスの牛たち

カクスは3つの頭を持ち、3つの口から炎を吐き出すギリシャ神話に登場する巨人、怪物。英雄ヘラクレスがゲリュオンの牛を奪った時、更にその牛を盗み出し洞窟に連れ帰ったが、洞窟から仲間の牛を呼ぶ声に気づいたヘラクレスが岩を叩き割って中に入り、退治した。

（5）聖ヒュー

Saint Hugh（1140－1200）フランスのブルゴーニュ地方の町アヴァロン生まれ。幼い時に入れられた小修道院での生活によく馴染み、19歳で助祭となり、1179年にはサマセット州ウィタムに設立されたイングランド初のカルトジオ修道院の院長になった。1186年にはリンカン司教に選出され、宗教改革の時代、トマス・ア・ベケットに次いで有名な聖人となる。いろんなところから聖遺物を失敬しリンカン大聖堂に持ち帰ったことでも有名。

（6）聖霊降臨の炎

聖霊降臨に関する記事は新約聖書の『使徒言行録』2章1節～42節にみられる。それによれば、復活したイエスは弟子たちに「近いうちに聖霊が降る」ことを告げて（使徒言行録1章8節)、天に昇っていく（キリストの昇天)。それから10日後、ユダヤ教の五旬祭の日に使徒とイエスの母や兄弟たち、イエスに従った女たちが集まって祈っていると、激しい風のような音が他に、『名婦の系譜』など断片が残る。

（9）ポリュクラテス

アイアケスの子で、サモス島の僭主（在位：紀元前538年頃－紀元前522年）。

歴史家ヘロドトスがによると、カンビュセス2世の治世の終わり頃、サルディス総督オロイテスがポリュクラテスの殺害を企み、ポリュクラテスをサルディスに招いた。不吉な夢を見た娘が行かないよう説得するが、ポリュクラテスはそれを押し切り、サルディスに行き、暗殺されたという。どのような方法で殺されたかはヘロドトスは書いていない。しかし、ポリュクラテスが死を予言した娘の忠告を振り切って暗殺者を訪ねたことから、罰せられたい欲望を心理学では、ポリュクラテス・コンプレックスと言い慣わしている。

（10）「境遇と年月と経験は、常に新しい何かを惹起する」

原文はラテン語、'Res, aetas, usus, semper aliquid apportent novi.' Terentius, *Adelphoe*, Act 5のなかの台詞。Robert Burton, *The Anatomy of Melancholy* にも引用されている格言。

（11）主の意思がなされますように！

原文はラテン語、fiat voluntas.

（12）コカトリス

雄鶏の卵から生まれ頭・羽・脚は雄鶏で胴体・尾はヘビの、ひとにらみで人を殺したという怪物。

（13）ルター

Martin Luther（1483－1546）ドイツの宗教改革者、プロテスタント派の祖、聖書のドイツ語訳者。

（14）ブーツァー

Martin Bucer［Butzer（独）］（1491－1551）1518年にマルチン・ルターと出会いその影響を受けた。ストラスブールに拠点を置き、プロテスタントの宗教改革者として活動。ルターとスイスの宗教改革者ツヴィングリとの論争で両者の仲介を試み、アウグスブルク国会では信仰告白を拒絶し、ツヴィングリに同情的な四都市信仰告白（Tetrapolitan Confession）を起草（1530年）。アウグスブルク仮信条協定に署名を拒否して攻撃され、1549年にイングランドに亡命、ケンブリッジ大学で神学を教えた。

（2）ペテロ献金

英国の土地所有者は聖ペテロの祝日に一戸につき1ペニーローマ教皇庁に納付していた。ヘンリー八世の時代に廃止された。

（3）反キリスト

キリスト再臨の前に現われる敵対者。聖書では新約聖書のヨハネの手紙一（2：18、2：22、4：3）、ヨハネの手紙二（1：7）にのみ記述されている。

V章

（1）プルタルコス

I章（20）の注、参照。

（2）タキトゥス

Cornelius Tacitus（55?－115）ローマ帝政時代の歴史家・政治家。貴族出身で護民官・執政官・アジア州総督などを歴任。帝政に批判的で、共和政を理想とした。著に『ゲルマニア』『歴史』『年代記』などがある。

（3）ディオドロス・シクルス

紀元前1世紀の人で、シケリア島で生まれた歴史家。歴史書として『歴史叢書』を残している。

（4）セネカ

II章（16）の注、参照。

（5）キケロ

I章（8）の注、参照。

（6）人々は血の味をしめてしまったの

1536年のアン・ブーリンの処刑を指す。タワー・ヒルは斬首刑が行われたロンドン塔のある丘。

（7）ユース法

1535年にヘンリー八世が制定した。土地の信託に大きな制限を加えることになった法律。

（8）『というのも、地は悪に満ち、海も満ちていたのだ』

原文はギリシャ語、*πλείη μὲν γὰρ γαία κακῶν, πλείη δὲ θάλασσα·* ヘシオドス『労働と日々』101行。

ヘシオドスは紀元前700年頃のギリシャの詩人。自伝的記述を織り込みながら、兄弟ペルセスに正義、農事、日の吉凶を神話・格言を交えて説いた教訓詩『労働と日々』、天地の生成と神々の系譜を歌った『神統記』が伝存。

して功を成し、民衆派の英雄として計７回の執政官選出を果たした。ローマにおいて元来、民衆の義務とされていた兵役（市民兵制）を志願兵制度に切り替えるなど大胆な軍制改革を行い、ポエニ戦争で没落していた無産階級の住民を雇用する事で職業軍人としての兵士からなる軍を構成した。

彼のポプラレス（民衆派）の指導者としての地位、及び新生ローマ軍はローマを帝政へと導く遠因の一つとなる。

（15）ディオゲネス

古代ギリシャの哲学者。紀元前336年、アレクサンドロス大王がコリントスに将軍として訪れたとき、ディオゲネスが挨拶に来なかったので、大王の方から会いに行った。ディオゲネスは体育場の隅にいて日向ぼっこをしていた。大勢の供を連れたアレクサンドロス大王が挨拶をして、何か希望はないかと聞くと、「あなたにそこに立たれると日陰になるからどいてください」とだけ言った。帰途、大王は「私がもしアレクサンドロスでなかったらディオゲネスになりたい」と言った。

（16）パンドラ

ギリシャ神話の中に登場する、災いをもたらす箱の名であり、同時にそれを開けた女性の名である。その災いの箱には、箱の隅にたった一つの「盲目の希望」が残されていた…

（17）シビル

ギリシャ神話に登場する予言の力を持つ女性。ローマ建国の祖となる英雄アイネイアースに未来の予言を与え、下界（冥府）にアンキセスを訪ねる旅に同行する。

（18）グィネヴィア

伝説上の人物で、アーサー王の王妃。円卓の騎士長ランスロットとの不倫の話が有名。

（19）『騎手の後ろに座っているのは――』

ホラチウス『歌集』３巻１歌40行。post equitem sedet atra cura.

Ⅳ章

（１）スキュラとカリュブディスの間

スキュラは六つの頭を伸ばして船乗りたちを食べてしまう、カリュブディスは大渦巻を起こして船を呑み込んでしまう、共にギリシア神話に登場する海の怪物で、この言い回しは恐るべき脅威に挟まれた状況を表す。

（6）ローマ司教

Paulus Ⅲ（1468年－1549年）のこと。第220代ローマ教皇（在位：1534年－1549年）。本名はアレッサンドロ・ファルネーゼ（Alessandro Farnese）。イエズス会を認可し、プロテスタント側との対話を求め、教会改革を目指してトリエント公会議を召集した事で知られる。英国国教会の立場からすれば、カトリックの最高指導者たるローマ教皇も、まずはローマの教会の司教であるにすぎない。

（7）ニューコレッジ

オックスフォード大学の古くからあるコレッジの一つ。1379年に設立された。

（8）ロンドン塔

ロンドンのテムズ川北岸にある城砦《じょうさい》。十一世紀にウィリアム一世（征服王）が建て、増築を重ね、長い間国事犯の幽閉所として使用された。現在は博物館になっている。

（9）「わたしは何と愚かで馬鹿なのだろう」

原文はラテン語、'Insipiens et infacetus quin sum!'

（10）『喜びのなかにも…』

原文はラテン語。"Inter delicias semper aliquid saevi nos strangulavit."

中世のスコラ哲学者アウグスティヌスによる『詩篇』第41編への注解。

（11）日の出ずるところより

原文はラテン語、a solis ortus cardine グレゴリオ聖歌の一節。

（12）この最高に学識ある人間に！

原文はラテン語、Virum doctissimum!

（13）スッラ

Lucius Cornelius Sulla Felix（紀元前138年－紀元前78年）。共和政ローマ期の軍人・政治家。スッラは二度ローマへ自らの軍を率いて侵入し、最終的に独裁官（ディクタトル）に就任、領土を拡大したローマを治める寡頭政府としての機能を失いかけていた元老院体制の改革を行った。しかしこの改革は強力な独裁官の権限をもって反対勢力を一網打尽に粛清するという方法も含んでいたために多くの血が流れる事となった。また彼の施した改革のほとんども彼の死後その効力を失うようになる。

（14）マリウス

Gaius Marius（紀元前157年－紀元前86年）。共和政ローマ末期の軍人、政治家。ガイウス・ユリウス・カエサルの叔父にあたる。平民出身の軍人と

(18) バッコス

ローマ神話のワインの神。ギリシャ神話のディオニュソスに対応する。

(19) オレステスを追う復讐の女神たち

古代ギリシャの悲劇作家アイスキュロスの『オレステイア三部作』に登場。オレステスの父アガメムノンは戦のために娘イピゲネイアを生贄にする。母クリタイムネストラはそれが許せずアガメムノンを殺す。その母を息子のオレステスが討つが、オレステスは復讐女神（エリーニュース）に襲われる幻覚に苦しみ狂乱状態に陥る。女神アテナが復讐の女神たちをなだめ、アポロンに庇護されたオレステスを義とすることで、復讐の連鎖は断ち切られる。

Ⅲ章

（1）新学問

十五～十六世紀のヨーロッパで文芸復興に促されて興った古代ギリシャ文芸の研究、また聖書の新研究。

（2）イートン校

正式名称は King's College of Our Lady of Eton beside Windsor。1440 年に創設された英国の男子全寮制パブリックスクール。ロンドン西郊に位置する。

（3）聖エロワ

Saint Eloi（紀元 588? ～ 659 又は 660）日本では一般に、ラテン語読みにしたがい、エリギウス（Eligius）と呼ばれる。アキテーヌ地方出身の金細工師だったが、フランク王国の金庫係として勤め、クロタール二世によって造幣局長に抜擢された。クロタール二世王の死後は、その息子のダゴベール一世によって相談役に選ばれ、彼が王位に就いてから死ぬまでのあいだ相談役として仕えた。ダゴベール一世の死後は、ピカルディー地方の町ノワイヨン（Noyon）の司教になり、北方地域の諸民族をキリスト教に改宗することに生涯を捧げたと言われている。金細工師やその他の金属職人の守護聖人として知られる。

（4）プラウトゥス

Titus Maccius Plautus（紀元前 254 頃－紀元前 184）痛快な喜劇をローマ人に供給した偉大な喜劇作家。

（5）神聖ローマ帝国皇帝

スペインのハプスブルク家出身の神聖ローマ帝国皇帝カール五世（在位 1519 年－1556 年）のこと。

（9）『円積問題について』

De Quadratura Circuli：円積問題は古代の幾何学者たちによって定式化された「与えられた長さの半径を持つ円に対し、定規とコンパスによる有限回の操作でそれと同じ面積の正方形を作図することができるか」という問題である。円の正方形化（squaring the circle）とも呼ばれる。

ここで言われている「ドイツの天文学者たち」が誰を指しているのかは不詳。

（10）一通たりとも。左様に、何も知らないのです

原文はラテン語、litteras nulla scripsi: argal nihil scio.

（11）わずかな学識しかない奴隷

原文はラテン語、mancipium paucae lectionis

（12）エウセビオス

Eusebius（紀元260?－340）カエサリア（Caesarea）司教、*The Ecclesiastical History and the Martyrs of Palestine* の著者。

（13）オリゲネス

Origenes Adamantius（紀元185?－?254）アレクサンドリア生まれの神学者でギリシア教父。アンブロシオスの依頼で、哲学者ケルソスのキリスト教批判への反論『ケルソス駁論』（246－248年）を書いた。

（14）アンブロシオス

オリゲネスの弟子にして助力者。

（15）『いかに書くかではなく、何を書くか』

原文はラテン語、“Quid scribam non quemadmodum”

（16）セネカ

Lucius Annaeus Seneca（紀元前4頃－紀元65）ローマの詩人、哲学者。皇帝ネロの教師、ついで執政官になる。ネロの暴政が昂ずるにつれ、身を引こうとしたが、ピソ（Gaius Galpurnius Piso）の反逆に加担した疑いで死を命じられて自殺した。彼の思想は、ストア哲学を和らげてエピクロス主義に近づけたものと言われるが、理論的・体系的であるよりも、むしろ宗教的・詩的であり、温かい人間愛にあふれていて、多くは処世哲学として後世愛読された。その他、悲劇十篇を書いた。

（17）プリアーポス

ギリシャ神話における牛飼い、庭園および果樹園の守護神で生殖と豊穣を司る。男性の生殖力の神で、巨大な男根を持つ。

Ⅱ章

（1）アルデンヌ

Ardennes：現在では、ベルギー南西部、ルクセンブルク、および一部がフランスにまたがる地域の名。海抜350ないし500mの丘陵が続き（アルデンヌ高地ともいう）、大部分が森林で被われている。

（2）サッポー詩体

古代ギリシャの詩人サッポーに由来する4行から成る詩形。最初の3つの行は、1行が11音節からできていて、その並びは、トロキー（長短格、強弱格）、トロキー、ダクティル（長短短格、強弱弱格）、トロキー、トロキーである。最後の行は、アドニス風詩行（Adonic or adonean line）として知られる、ダクティル、トロキーから成る行となる。

（3）ウェヌスとヘーベー

ウェヌス（Venus）は美の女神ヴィーナスのラテン語読み。ヘーベー（Hebe）は青春の女神。ゼウスとヘラの娘にして、オリンポス山の神々の給仕。

（4）胃袋

ここで使われているweamという単語はwame［= belly, abdomen］の廃れた形。

（5）聖セシリア

二〜三世紀頃の人で、ローマカトリック教会の四大殉教童貞聖女の一人。

（6）サリー伯

第三代ノーフォーク公トマス・ハワードと彼の二人目の妻エリザベス・スタフォードの長男、ヘンリー・ハワードHenry Howard（1517－1547）のこと。英国ルネサンス詩の創始者の一人としても知られる。

（7）「豊穣のアーチのなかに立つ我を見よ。…」

ラテン学者同士の会話につき、原文はラテン語。'Ecce quis sto in arce plenitatis. Veni atque bibe! Magister sum. Udal sum. Langstaffe ave.'

（8）ブケパロス

プルタルコスの『プルターク英雄伝』によると、ブケパロスはペラスギティス産（テッサリアの馬の産地）でアレクサンドロスの父ピリッポス2世への貢物だったが、暴れ馬で誰も乗りこなすことはできなかった。アレクサンドロス3世はブケパロスが自身の影に怯えていることに気がつき、父と賭けをして太陽の方向に向け落ち着かせたという。この後アレクサンドロスの愛馬となる。

(24) パポスの女王

ヴィーナスを指す。キプロス島のパポスにはアプロディテー(ヴィーナス)の神殿があり、アプロディテー(ヴィーナス)崇拝の主要な中心地の一つだった。

(25) ピュリス

ウェルギリウスの『牧歌集』*Eclogae* の田舎娘。

(26) アイギュプトス

ギリシャ神話のエジプトの王。

(27) ゼウスがヘラよりもダナエーを…

ギリシャ神話の最高神ゼウスは正妻ヘラがありながら、いろいろなものに変身し、たくさんの美女と契りを交わす。ゼウスと不倫の恋に落ちたダナエーはゼウスの正妻ヘラの怒りをかい塔に幽閉されるが、金の雨に姿を変えたゼウスは夜毎ダナエーの元へと降りてくる。ゼウスとダナエーの間には英雄ペルセウスが生まれる。

(28) ヘラクレスが自分の力以上にオムパレーを…

オムパレーはゼウスの命令でヘラクレスが三年間奴隷として仕えたリュディアの女王。ヘラクレスに女装させ、糸を紡がせた。後に彼の子をもうけたという。

(29) ユダヤ王のダビデがバトシェバを…

兵士ウリヤの妻バトシェバを欲したダビデ王は、ウリヤの上司に命じてウリヤを最も危険な戦いに出して戦死させ、バトシェバを妻にした。しかし、預言者ナタンから罪を指摘され、それがいかに大きな罪であるかを知り、後悔する。大きな罪を犯したダビデだったが、悔い改めたダビデを神は赦し、ハドシェバはソロモンの母となる。

(30) イミトス

ギリシャ南東部の、アテネの東の山地。大理石、蜂蜜の産地。

(31)「さあ、司祭を連れて来なさい」

原文はフランス語。'Ho là! Apportez le prestre!'

(32)「サー・ランスロットと同様に」

アーサー王物語中、ペレス王は、魔法の薬を使い、ランスロットに娘エレーヌが彼の恋人グィネヴィアであると錯覚させ、契りを結ばせた。

(33)「今日はわたしに! 明日もわたしに!」

原文はラテン語。'Hodie mihi: mihi atque cras!' 墓碑銘によく見られる警句 Hodie mihi, cras tibi <今日は私に、明日は汝に>のもじり。

たもの・暖かいものと冷たいもの・輝くものと暗黒なものの相克を表現していると。アテネ＝思慮、アレース＝無思慮、アプロディテー＝欲望、といった具合に、神々を倫理的観念に置換した。神話擁護の行為が結果的に破壊の方向に進んだ。

(16) ゴルドニウス

Bernardus Gordonius：13 世紀から 14 世紀の中世の医師。サレルノで医学を勉強し、モンペリエで教鞭を取ったことが知られている。イングランドで著名であった。

(17)『予想はこうなる…』

後に Robert Burton が *The Anatomy of Melancholy*（1621）で引用している。原文は "Prognosticatio est talis: si non succuratur iis aut in maniam cadunt: aut moriuntur."

(18) ファビアン・モンタルトゥス

Robert Burton が *The Anatomy of Melancholy*（1621）で引用している Aelian Montaltus のことと思われる。

(19) パルテニオス

紀元前一世紀のギリシャの著述家。ギリシャで知られていた悲しい恋物語を集め、作品にまとめた。

(20) プルタルコス

プルタルコスは、末期ギリシャの道徳家、史家。非常に多作家で 227 部の著があったと伝えられる。大別してエティカ・モラリアと呼ばれる倫理的内容の作品と伝記とに大別され、伝記は晩年の作である。

(21)「助けて！　助けて！」

原文はフランス語、'Au secours! Au secours!'

(22) パエトン

ギリシャ神話に出てくる太陽神ヘリオスの息子。父の日輪の車で地球に火災を起こしかけて、ゼウスの雷に打ちのめされた。

(23) タルペーイアという名の岩

タルペーイアはローマの建国伝説に登場する、ローマを裏切りサビニ人に砦を明け渡した女性。しかし、その後サビニ人は彼女を殺害しその遺体を崖から捨てた。このため、その崖を「タルペーイアの岩」と呼ぶようになった。岩はその後、ルキウス・コルネリウス・スッラの時代に処刑場として使われ、死刑判決を受けた罪人が岩の上から突き落とされる場ともなった。

りを」…「第三の都市は髪飾りを」

出典はキケロの『ウェッレース弾劾』（*In Verrem*. lib.3. c.33）で、これは前シチリア総督ウェッレースを不正蓄財で糾弾したキケロの弾劾演説。引用部分は、ペルシアの王たちが征服した諸都市から妃のために貢物を要求した次第を述べている。原文はラテン語、'Haec civitas mulieri redimiculum praebuit.' … 'Haec in collum.' … 'Haec in crines.'

（10）ピューラモスとティスベー

Pyramus, Thisbe：ギリシア神話で、相思相愛の若者と娘。待ち合わせ場所で、ティスベーがライオンに殺されたと誤信したピューラモスが自殺。ティスベーもピューラモスの死体を見つけて自殺した。

（11）ディードー

Dido：カルタゴの女王。ウェルギリウスの『アエネーイス』によれば、カルタゴ没落後、漂着したアエネーアースと愛し合うようになり契りを結ぶ。ところが、神託の実行を迫られたアエネーアースはイタリア行きを決意して出発してしまう。アエネーアースに裏切られたディードーは悲嘆の余り、火葬の炎に身を焼かれて命を絶ったという（『アエネーイス』第4巻）。

（12）メーデイア

Medea：ギリシャ神話中のコルキス（現在のグルジア西部）の王女。魔法に通じた。金毛羊皮を取りに来たイアソンに恋し、羊皮入手を助けて一緒にギリシャに来、妻となる。のち夫に裏切られたため、彼の新しい妻とわが子を殺し有翼の車に乗ってアテナイへ逃亡。

（13）クロイソス

Croesus：リディア最後の王（在位前560年頃－前546年頃）。巨万の富の所有で知られた。ペルシア王キュロス2世に挑戦するも敗北、のちの運命はヘロドトス《歴史》第1巻に詳しい。

（14）カリロエー

Callirhoe：ギリシャ神話に登場するリビア王リュコスの娘。トロイ戦争後、ディオメーデースが帰国の途中嵐でリビアに漂着し、捕えられてアレースに犠牲に供せられようとした時、彼に恋しその命を救うが、ディオメーデースは彼女を捨てて去り、絶望し首をくくって死んだ。

（15）哲学者テアゲネス

紀元前6世紀後半、レギオン出身。神話の外皮に心理が隠されており、それをロゴス的に抽出し表現すべきと考えた最初の人。ホメロスの神話は真理を寓意的に表現していると。神々の戦いは、自然における乾いたものと湿っ

訳 注

第一部 到 来

I章

（1）フランス国王

ヴァロワ朝第9代フランス王（在位：1515年－1547年）のフランソワ一世（François Ier de France, 1494年9月12日－1547年3月31日）のこと。

（2）サー・トマス・ワイアット

Sir Thomas Wyatt（1503頃－42）イングランドの詩人・外交官。文学上は、ヘンリー・ハワード（II章（6）の注参照）と共にイタリアのソネット形式を英国に輸入した功績がある。

（3）カンター判事の奥方

第一巻『五番目の王妃 いかにして宮廷に来りしか』第一部I章では、コーマーズ判事の奥方だったが…

（4）四ペンス銀貨と同じ枚数の五シリング銀貨を日ごとにもらえる

すなわち15倍の給金となる。

（5）ポール枢機卿

Reginald Pole（1500－1558）。イギリスの教会政治家。エドワード四世の姪の子に当たる。ヘンリー八世の寵を得たが、その離婚に反対して大陸に逃れ（1536）、ローマで枢機卿に任じられ（同）、トリエント宗教会議開催に重要な役割を演じた（45）、メアリー一世即位後教皇使節として帰国し（54）、クランマー処刑後カンタベリー大司教となった（56）。メアリーの旧教復帰、新教徒迫害政策を援助した。

（6）『アルカディアの人々だけが、歌に長けた者』

ウェルギリウス『選集』第十歌。原文はラテン語、“Soli cantare periti Arcades.”

（7）「娘も美しいが、母はもっと美しい」

原文はラテン語、‘Filia pulchra mater pulchrior.’

（8）マルクス・トゥリウス・キケロ

Marcus Tullius Cicero, 紀元前106－紀元前43。誉れ高いローマの雄弁家、著述家、哲学者、政治家。

（9）「一つの都市は妻に頭飾り帯を提供した」…「もう一つの都市は首飾

†著者

フォード・マドックス・フォード（Ford Madox Ford）

1873年生まれ。父親はドイツ出身の音楽学者Francis Hueffer、母方の祖父は著名な画家Ford Madox Brown。名は、もともとはFord Hermann Huefferだったが、1919年にFord Madox Fordと改名。
多作家で、初期にはポーランド出身のJoseph Conradとも合作した。代表作に*The Good Soldier*（1915）、*Parade's End*として知られる第一次大戦とイギリスを取り扱った四部作（1924-8）、1929年の世界大恐慌を背景とした*The Rash Act*（1933）などがある。また、文芸雑誌English ReviewおよびTransatlantic Reviewの編集者として、D.H. LawrenceやJames Joyceを発掘し、モダニズムの中心的存在となった。晩年はフランスのプロヴァンス地方やアメリカ合衆国で暮らし、1939年フランスのDeauvilleで没した。

†訳者

高津　昌宏（たかつ・まさひろ）

1958年、千葉県生まれ。慶應義塾大学文学部卒業、早稲田大学大学院文学研究科前期課程修了、慶應義塾大学文学研究科博士課程満期退学。現在、北里大学一般教育部教授。訳書に、フォード・マドックス・フォード『五番目の王妃　いかにして宮廷に来りしか』（論創社、2011）、ジョン・ベイリー『愛のキャラクター』（監・訳、南雲堂フェニックス、2000）、ジョン・ベイリー『赤い帽子　フェルメールの絵をめぐるファンタジー』（南雲堂フェニックス、2007）、論文に「現代の吟遊詩人──フォード・マドックス・フォード『立派な軍人』の語りについて」（『二十世紀英文学再評価』、20世紀英文学研究会編、金星堂、2003）などがある。

王璽尚書《おうじしょうしょ》　最後《さいご》の賭《か》け

2012年3月20日　初版第1刷印刷
2012年3月30日　初版第1刷発行

著　者　フォード・マドックス・フォード
訳　者　高津昌宏
発行者　森下紀夫
発行所　論創社
東京都千代田区神田神保町2-23　北井ビル
tel. 03（3264）5254　fax. 03（3264）5232
web. http://www.ronso.co.jp/
振替口座　00160-1-155266

装幀／宗利淳一＋田中奈緒子
組版／フレックスアート
印刷・製本／中央精版印刷
ISBN978-4-8460-1124-6